帶我去巴黎

邊芹 著

國家圖書館出版品預行編目資料

帶我去巴黎／邊芹 著一台北市：信實文化行銷，2007〔民96〕
面；　21×14.8 公分
ISBN：978-986-8368-04-0（平裝）
1.法國文學 2.文學
876.9　　96017053

帶我去巴黎

作　者：邊　芹
總編輯：許麗雯
主　編：劉綺文
美　編：陳玉芳
行銷總監：黃莉貞
發　行：楊伯江
出　版：信實文化行銷有限公司
地　址：台北市大安區忠孝東路四段341號11樓之三
電　話：（02）2740-3939
傳　真：（02）2777-1413
http://www.cultuspeak.com.tw
E-Mail：cultuspeak@cultuspeak.com.tw
劃撥帳號：50040687 信實文化行銷有限公司

製版：菘展製版（02）2246-1372
印刷：松霖印刷（02）2240-5000

圖書總經銷：大衆雨晨圖書有限公司
地 址：台北縣中和市中正路872號10樓
電 話：(02)3234-7887
傳 真：(02)3234-3931
行政院新聞局出版事業登記證局版臺省業字第890號

2007年9月初版
定價：新台幣350元整

自序

不需要簽證的心靈遊蕩

幾年前途經日內瓦時，我去看了伏爾泰的故居「樂園」。不到「樂園」不知道這老頭兒多麼迷戀中國。伏爾泰的一生正趕上歐洲開始反省自己的政治、文化、宗教，中國便被拿去做一面鏡子。當年只有少數幾個遠渡重洋去過中國並且能活著回來的傳教士，將這個遠東帝國的情況轉介過去。資訊經過這麼遠這麼緩慢的跋涉，再加上寫者虛榮心的過濾，細節一路都丟光了，只剩下骨架，也就是說漂亮骨架下面的不精彩被有意無意地忽略了。但樣樣與歐洲不同，卻是一目了然的。比如中國沒有一統天下的宗教，更沒有權力比國王還大的教皇，不信教也不會被燒死；還有歐洲人凡事講究血統，從國王到貴族，統治階級都是世襲的，中國卻除了皇帝鐵定由兒子接班，做官則不論出身還得通過科舉考試；再就是中國重農輕商，在啓蒙時代部分知識分子看來，至少比唯利是圖的歐洲社會更符合人的理想；中國要碰到個仁君，老百姓日子就好過，「仁」這個字有歐洲人譯爲「人道主義」，那時候就講「人道主義」，絕對是「領先國際」；不像歐洲，國王的脾氣好壞，礙不著百姓的飯碗。如此不一而足。

剛剛站起來反王權、反宗教的歐洲人，一時之間像發現了幸福彼岸一樣看著中國。就像我們在兩百多年後，像發現幸福彼岸一樣看著西方。更有趣的是，原來「先進」的東西又全都變成「落後」的東西，唯恐扔之不及。

那時候，歐洲人想罵政府或罵教會，有什麼不便或不敢說的話，便借中國人來說。可見「借刀殺人」每個民族都在行。伏爾泰是借此路走得最遠的。比如他對天主教不滿，便搬出中國人來反。我讀過他在1768年寫的書裡有一段中國皇帝和里果萊修士的對話，妙趣橫生。兩人當時在談基督的誕生：

> 皇帝：什麼！她是個處女，卻已有了孩子！
>
> 里果萊修士：千真萬確。事情妙就妙在這裡，是上帝讓這姑娘懷上了一個孩子。
>
> 皇帝：我一點也不明白。你剛才說她是上帝的母親。這麼說上帝和她母親睡覺，然後再從她肚子裡生出來。
>
> 里果萊修士：說得正是，神聖的陛下……上帝化身為鴿子讓一個木匠的妻子生了個孩子，這孩子就是上帝本人。
>
> 皇帝：可是說到底不就有兩個上帝了：一個木匠和一隻鴿子。
>
> 里果萊修士：還有第三個，就是這兩個的父親，是這個上帝命令鴿子讓木匠老婆生了孩子，木匠上帝就這樣誕生了。不過其實這三個上帝合三為一……一個人如果不相信這事，不管在陽間還是地府都是要被燒死的。

過了不久里果萊修士拿了一個盒子回來，裡面盛著天主教信徒做彌撒時吃的小薄麵餅，那象徵基督之肉身。於是中國皇帝又說了：「你們的上帝就在你這個盒子裡呀。」等他看了薄而小的麵餅，又說：「照我看，上帝應該更豐肥一點才是……。」

我在捧腹之後，倒覺得伏爾泰用中國鏡子這一點很值得玩味。與我們相反的或不一樣的東西，都可以視爲一面鏡子。但人往往是非把對方理想化，否則便不足以做鏡子。也許這是做鏡子的「必要步驟」，不然人便不願在裡面照見自己。這樣做的結果是物極必反，看得像一朵花，湊近了必失望，失望倒也罷了，發展到蔑視，當年那個「愛」的承受物的災難也就開始了。

伏爾泰後來爲「迷信」中國付了不少代價，被後世的「清醒者」奚落了兩個多世紀。這個案看樣子還要兩個世紀才可能翻，或永遠不能翻。歷史證明伏爾泰眼裡的中國是戴了玫瑰眼鏡的，沒有宗教狂熱固然是中國人聰明的地方，但迷信到只相信死人不聽活人的，還不夠愚嗎？

戳穿「東洋鏡」是從18世紀末開始的。推動由愛到恨的一個關鍵人物是1793年由英王喬治三世派到中國的特使馬戛爾尼（George Macartney, 1737~1806）。

馬特使帶著通商目的來華，眼睛就比只想救贖靈魂的傳教士尖得多。這是鴉片戰爭前東西文化的一次眞正碰撞。相比之下，馬可・波羅和歐洲傳教士帶來的那些碰撞，都可以說是擦邊球。我在法國名記者阿蘭・佩雷菲特（Alain Peyrefitte, 1925~1999）寫的《停滯的帝國》中讀到，馬特使在參觀了熱河的皇家花園後，對英式與中式花園有一番比較，足見他已開始「透過現象看本質」。我讀後覺得很有意味，盎格魯－撒克遜人有從小事洞悉大事的本領，中國人則有將大事化成小事的天賦。有時花園就很說明問題。馬戛爾尼在《出使觀察》中寫道：「如果這是一塊乾地，他們就從河裡引水過來，造一個湖；如果是一塊平地，他們就堆山挖谷，點綴上岩石。」然後他總結說：「我們是讓自然更趨完美，他們是將自然控制在手。」佩雷菲特則爲馬特使做了一個兩百年後的註解：「中國人的專制甚至表現到風景的布置上。」不過他是不是忘了，要說對草木的專制，法式花園遠遠超過中國。

這次歷時半年多的外交訪問，對封閉已久的神祕中國無異一次間諜刺探。「東洋鏡」自此拆穿。伏爾泰從此爲他喜歡而不甚瞭解的中國背上了「黑鍋」。

每當我比較這地球兩端，眼前便出現一塊巨大而頑固的磐石。來自雙方的愚頑並沒有讓時間對這塊石頭起太大作用。我時常驚異於這種隔閡之自然，雙方都抓住皮毛作大文章，一個世紀、兩個世紀還只會繞著走。人只相信他願意相信的東西。「愚頑」這個詞我年輕時讀到，並沒有現在這樣深的感受。碰到頑固的人，或愚蠢的人，都好辦。唯獨碰到把這兩個特點結合起來的人，束手無策。我的確碰到過這樣的人，特點是完全看不清自己是什麼人，眼睛上好像綁了一副望遠鏡，只能往外看，絕無可能往裡看。他或她心目中的自己與大致實際的自己，中間好像有一條不可逾越的界河，有的人可以渡來渡去，但有一些人只站在自己那一邊，永遠只站在那一邊。這也許是生命永恆的力量？不愚頑豈能長久？每一個民族都有其行爲密碼，另一種文化的人是很難破解的。清醒的文明不長久，卻是歷史給我們的可悲遺產。

有一次我和朋友H爭論，他說我寫文章時常不明確表態，缺少《醒世恆言》那樣一種「鬥志」。他反問我：「否則我們爲什麼而寫？難道不就是爲了改造社會和人嗎？」

我說你還停留在啓蒙時代知識分子的月臺上，伏爾泰當年就是過於堅信「不破不立」，把與己不同的中國理想化，結果授人以柄。我乘的車已經開到下一站了。人的演變常常是徒勞無功的。中國一百多年的「破」字當頭，結果好的學了多少呢？一種文化就像大多數人住在裡面的房子，不管舒服不舒服，總歸有房子住。你把它推倒重來，只怕再建出來的與推倒的未必有本質差別。何況誰有這個力量推倒重來？軍閥、獨裁者都未必做得到。我們這些人揭掉幾片瓦，拉斷幾根樑，不過救出幾個「清醒者」而已。況且自命「清醒者」本身，就好像是把自己拉到絕路上，只剩下投江一個壯舉了。我不是沒有看到問題，而是看得太清楚了，也不是不想有使命感，而是在理想的熱情和現實的操作間搖擺。你怎麼保證你傳遞的東西不被誤解呢？文化交流的終點站常常是誤解，甚至生出更糟的東西。再說一般人都以幾十年至多一百年來爲歷史蓋棺定論，這受制於我們自身短暫的生命。其實文明的流變要遠比我們想像的遲緩和有耐心。中國人一直把形式視爲終歸，這從英使馬戛爾尼1793年像密探一樣來到中華帝國到今天，儘管歷經革命，無數人頭落地，並沒有絲毫改變。何況心靈有其理，理智未必解。就算退一步承認你有道理，可是我改造不了的人不讀我的文章，讀我文章的人不需要我來改造。

這樣想的時候，便時常想自己在做什麼？提供一面小鏡子？這在現代資訊海洋裡，不過一滴水。所幸兩百多年來，有一些人甘願去做一滴滴的水，雖然滴不穿巨大而頑固的磐石，畢竟琢出了一點痕跡。現代社會往往給我們交流如洪水的感覺，但那除了磨光了石頭表面，並沒有滴水的透徹和恆久。

每次進書店，年輕時是流連忘返，年齡大了以後，便是想逃跑。現代文明的一大特點，就是造紙和印刷越來越發達，於是書不再是寶，而是垃圾了。而且重複地製造。於是我便問自己：是否要參與這種植物變紙、紙變字、字變書、書再變紙的周而復始的運動？何況即便是講講故事，把自己放到故事裡去，做一個人物，也已經太遲了。這種事情宜早不宜遲。這樣的問題問多了，就像每天早晨醒來，在片刻的清醒中問自己：爲什麼活過來，爲什麼還要活下去？所幸絕大多數人是不問這個愚蠢問題的，他們沒有時間。人六十或八十年的生命，大約有三萬天即七十萬小時的時間，說多不多，說少也不少了，但一生卻是在沒有時間中度過的。難怪釋迦牟尼面壁十年的結果是發現「不存在」才是眞福。再這麼說下去，離「僞善者」已經不遠了，好像「永生」不是我們的終極目標？何不承認人就是個追求「永生」的魔鬼，而作家又是這群魔鬼中最不願意承認自己是魔鬼的人。他們坐在家裡寫字，寫出來的無非是一篇篇的辯護詞。巴斯卡（Blaise Pascal, 1623~1662）在他的《思想錄》（*Pensees*）裡說：「我會讓那些我使之產生欲望的人上當的。」

在這個世界，最無奈地發現，莫過於「清醒者」的僞善和「糊途者」的眞誠。在與人生做的交易上，我們往往不是自己的同盟者，而是叛徒。靠思想寫作的人，往往逃不出「道德家」的羅網；而靠身體寫作的人，則不是反叛者即是背德者。如果能選擇，寧願做後者。但這恰恰是寫者最被動的地方。跨進這個門檻的那一天，你就沒有什麼選擇了。很少有人能像夢中那樣脫身而出，冷冷地看著另一個「自己」。寫書的人，每時每刻在做的，就是試圖拋出另一個「自己」。或者說是撿回另一個「自己」。

司湯達說：「小說是一面沿途漫步的鏡子。」是「鏡子」自然是既照到別人，也照到自己。並且主要還是照自己。所有反射出去的東西，最後都會回照過來的。也許我無須聲明一下這批文字並非小說，人筆下的世界多多少少都離小說不遠。這只是一面起仲介作用的鏡子，可以帶著你在法國四處漫遊。在地理的旅行之上，有時間的旅行，時間的旅行之上，還有人文的旅行，人文的旅行之上，便是心靈的遊蕩。那是不需要簽證的。

這種鏡子反射完也許就不再有用，可以扔掉。一代人有一代人的語言和心態，時過境遷便不被人理解。比如上幾代的作家們多多少少都得了「被迫害狂」症，那是一個時代的烙印。而我們這一代則是還沒有發言就被拋棄了，下面是神童美女的時代。多數人都只定格在一個時代裡，不要說走不出去，人家就願意待在裡面，你又有什麼辦法。而如此快速變化著的世界，又給我們增加了一種惆悵，就是那種不再能抓住什麼東西的感覺。如果一本書是流沙中的一株荊棘，那麼即使最終是垃圾的命運，也還是值得輪迴一圈的。

交書稿時是沒有準備寫序的。總覺得又不是學術著作，並不需要一個導讀。文字本身有其生命力，越好的文字，越可以遠遠地逃離作者。「生死有命」，這話並不單對人。但出版社要求還是寫一個，那麼就寫一個，在我最後還是這批文字的主人的時候。

交出去的文字，讀者就是主人了。他們通過閱讀，操縱著這些文字，再造一個世界。一個幾乎已與我無關的世界。這也許是寫者唯一的作用，遠遠地拋出一根細線，這根細線甚至連文字與現實間的這面哈哈鏡都穿不過去，但畢竟還是有一些人可以接住，我有什麼資格對這些願意接住的人作引導呢？即便是解釋都是沒有必要的。

到最後，很多事都會由模糊到虛無，只有寫者與讀者間這赤裸裸的聯繫還有一面的眞實。那時，全部的虛榮心都會如潮水般退去，只留下對「鍾情者」的感激。

邊芹

2005年3月6日

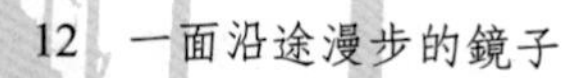

Contents
目　錄

Contents

目　錄

尋找海明威

每走過一個城市，我時常會想，人們到一個城市來尋找的是什麼？除財富、夢想之外，應該還有點什麼，就是那麼一點點有別於其他城市的多餘的東西。那應該是一種爲某些特別敏感的心靈準備的東西，用城市的味道，或城市的靈性，或城市的靈魂這樣的現成詞句，勉強可以套用。但我總覺得，我們往往用一些抽象的詞語，將我們並不太說得清的東西，籠統地裝進去，似乎有點不太負責任。

那天，我在巴黎地鐵6號線巴斯德站（Pasteur）等車的時候，在通常貼滿廣告的牆壁上，看到了蘭波（Arthur Rimbaud, 1854~1891）的一首小詩，類似的小詩，有時在地鐵車廂裡也能讀到，高高地貼在看板上方約兩張A4紙那麼大的地方。詩的後半段是這樣寫的：

> 六月那些美妙的夜晚，
> 椴樹散發著馨人的香氣，
> 空氣時而如此的溫柔，
> 讓人禁不住合上了眼瞼。

原諒我，翻成中文已失去了大半的味道。但這正是我在那個夏日的傍晚，站在拉丁區幾條小街與布蘭維爾街交會而成的街心廣場時，所感覺到的。那其實只是街道交錯時留下的一小塊三角地，稱之爲廣場是大大言過其實了。三角地上只有一個碎石砌成的橢圓形的花壇，也並沒有什麼花，只是長滿了矮灌木。花壇邊上三兩棵樹，形成濃蔭，樹下兩張漆成綠色的長椅，上面坐著幾個年輕人。兩盞同樣漆成綠色的路燈柱，和花壇另一邊豎著的供行人飲水的人工噴泉——也是綠色的，就是這小廣場上唯一的點綴。眞的沒有多餘的東西，與穿過短短的布蘭維爾街幾分鐘即可到達的護牆廣場（Place Contrescarpe）的喧鬧相比，這裡要安靜許多。路燈還沒有點亮，夏日晚上9點半，太陽落下去了，只在不遠處萬神廟（Le Pantheon）的圓形穹頂和聖艾蒂安杜蒙教堂（St. Etiennedu Mont）哥德式尖頂上留下一點粉紅色的餘暉，但天並沒黑。

我想只在這一刻，我找到了這個城市有別於其他地方的那麼點多餘的東西。我在樹下略站了一會兒，長椅上幾個年輕人的說話聲好像從很遠的地方傳來。海明威（Ernest Hemingway, 1899~1961）在他自殺前寫的一本半隨筆半自傳的小書《流動的饗宴》（*A Moveable Feast*）裡說過，他常走布蘭維爾街。這條街窄而短，有兩家小飯店和一家名叫「凱旋劇院」的小戲院，戲院門口站滿了等待入場的人。不知怎麼，想到巴黎讓我感到的那麼點多餘的東西，不由得就想到這個人。他作品中那種時而攪到我們心靈最深處的東西，讓我意識到他早年選擇在這裡生活，應該多少與我剛才的想法有一點相通的地方。

1921年12月22日，他帶著新婚妻子哈德莉（Hadley）抵達巴黎，1月9日就在護牆廣場邊的勒穆瓦納紅衣主教街74號四樓找到了兩間小屋，開始了他的作家生涯。當時新大陸的文化青年紛紛來到舊大陸尋找靈感，巴黎是他們的首選。可見這個城市果眞有那麼點多餘的東西，讓那些靠心靈吃飯的人，可以在生理生存空間之外，另有一些憑依之處。

74號至今猶在，窄長的樓門漆成醒目的天藍色。門左上方有一塊石牌，作爲海明威曾在此旅居的紀錄。二樓的一個窗戶掛著招牌：「海明威旅行社」，恐怕實際業務與海明威無半點關聯。74號邊上是一家服裝店，店名就取了海明威的那本書名「流動的饗宴」。傍晚我到的時候，店還開著，顯然是取悅遊客的那種，居然還賣中國旗袍。我是從塞納河邊沿勒穆瓦納紅衣主教街一路上到這裡的，海明威常順著這條路下到塞納河堤岸邊的舊書攤，這是從74號出發距塞納河最近的一條路，是條坡路，從下到上由寬變窄。它使我想到是什麼東西促使一個人選擇做異鄉人？逃離扯不斷的東西，接近不相干的東西，抓住那轉瞬即逝的「疏離」，有什麼美妙我說不清，只是一種「逃」。異鄉人就是一種「逃」。

護牆廣場上的露天咖啡座已經坐滿了人，所謂廣場實際只是個街心花園，一座小小的石頭噴泉，被鐵柵欄圈著的花壇圍在中心，再周邊是青石鋪成的路面，五個街口和一家挨一家的咖啡館和小吃店將廣場圈住。我在廣場上轉了一會兒，朝笛卡兒街（Rue Descartes）走去。海明威在這條街39號公寓的頂層租了間閣樓，用來寫作。笛卡兒街和穆費塔街（Rue Mouffetard）在廣場上交會連

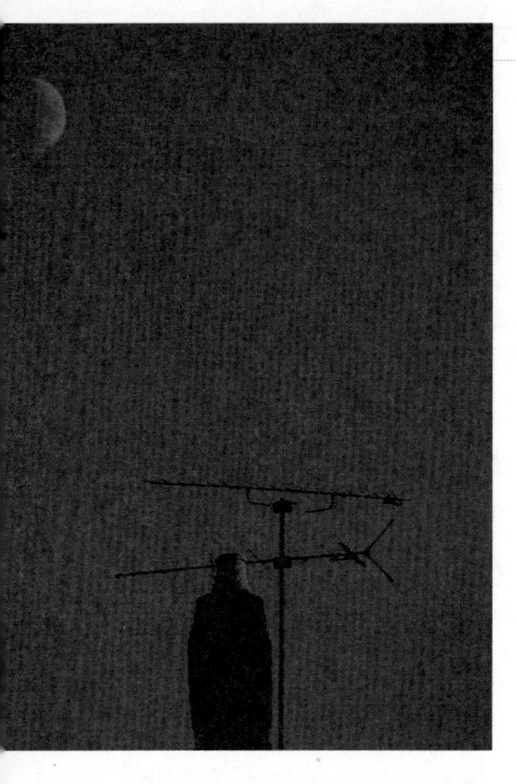

壁爐煙囪和半個月亮。

成一條長街，過去是這片貧民區的軸心，如今已全部闢爲商業兼旅遊街，咖啡館、霜淇淋店、煎餅鋪、土耳其羊肉夾饃店、中餐館、雜貨鋪、旅遊小商品店，一家接一家，排滿了小街的兩面。穆費塔街上還有一家名爲「木劍」的小電影院，專放藝術與探索類電影，門面很小，不經意走過了都看不見。海明威時代，也就是二〇年代初，這裡每天早上都有牧羊人趕著羊群經過。住在擁擠的小樓裡的房客，會拿著杯子下樓，拉住一頭羊擠一杯奶，再放幾個生丁（Centi meo，比利時貨幣）在牧羊人的手裡。這是海明威每天早上打開74號四樓的窗戶即可看到的景象。早上，他從74號出來，兜裡揣幾個小橘子和烤栗子，逕自來到39號，一口氣上到七層閣樓間，從這高地頂樓的窗口，他能望見整個街區的屋頂。舊巴黎的窮文人多半在這種叫「女僕宿舍」的頂層閣樓間完成他們的大作，歐式老城的屋頂都是密密麻麻連成一片的，那是壁爐煙囪的海洋。下雨時，天空、屋頂、雨簾，一色灰，足以讓詩人聽到血管裡的淚流聲。

39號被兩家小飯店夾在中間，不留意不容易看見。在海明威之前，這裡已經住過一位詩人——保羅・魏崙（Paul Verlaine, 1844~1896）。他1895年住進這裡時，已是貧病交加，一年後就去世了。這人一生都在尋找某種不存在的東西，自命「遭詛咒的詩人」。憂鬱的他曾寫下這樣的詩句：「我心在流淚，就像城市霏霏的細雨。」[1] 52歲便離世的他，被人譽爲「詩人中的王子」。這個名號後人咀嚼起來很詩意，但詩人的宮殿是一步步下到地獄深處換來的。這樣的人不是在自己親手點燃的大火中，就是在別人準備好的

不分四季的咖啡館露天座，桌椅間擺放著煤氣烤爐。

[1]法語中下雨和流淚是同一個詞。

火爐裡，將生命急劇燃燒，像點燃火柴棒一樣，只有瞬間的異彩，隨後早早地熄滅。

39號樓門兩邊的底層房間顯然都租讓出來開了飯館，有兩塊石牌分別記錄了魏崙和海明威曾在此居住。樓門是緊閉的，這個傍晚，只有二樓的一個房客，站在窗前望著樓下飯館露天座上用晚餐的人們。病死的魏崙和自殺的海明威都沒有影響一代又一代人的食欲。

從笛卡兒街，順街下到聖米歇爾大街（Saint-Michel），過街挑一條小路，總能通到奧德翁廣場。這裡已經離開酒吧、食店的範疇，前前後後都是書店了。七八條小街圍著在拉丁區顯得相當高大的奧德翁劇院（Odeon Theatre de L'Europe）。夏日傍晚，無論是從將其夾在中間的兩條喧鬧的大街聖米歇爾大街和聖日爾曼大街（Saint-Germain）中的哪一條走過來，都驀然感到一陣寧靜。在劇院的迴廊下站一站，望著由淺藍逐漸加深的天空和尚沒有點亮的老式街燈，有一種時光停滯的感覺。就這麼在片刻間拖住你，讓你意識到你不過每時每刻在與時間做著交易，而交易下來的東西並沒有什麼應該屬於你。海明威時常在寫作完畢的下午，從家裡這麼一路走過來，最後拐進與奧德翁廣場相通的奧德翁街，來到這條街的12號。美國人西維亞・比奇（Silvia Beach, 1887~1962）在這裡開了一家書行——「莎士比亞及其夥伴書店」（Shakespeare & Company）。書店是專爲旅法的英美學人開的，出售和出借英文書籍。如今書店早已不在奧德翁街12號，而搬到了塞納河邊，與巴黎聖母院（Notre Dame de Paris）隔河相望。

海明威當時沒錢買書，西維亞的書店爲他提供了借書的便利。

巴黎聖母院附近的莎士比亞書店，這也是餓著肚子的藝術家打發時間和飢餓的地方。

他第一次走進這家圖書館兼書店，身上連辦借書手續需要的保金都不夠，但熱情的西維亞讓他以後有錢再付，先可以借書。他一口氣借了屠格涅夫（Ivan Sergeevich Turgenev, 1818~1883）的《獵人筆記》（*Zapiski Okhotnika*）、托爾斯泰（Leo Tolstoy, 1828~1910）的《戰爭與和平》（*War and Peace*）、杜斯妥也夫斯基（Fyodor Dostoevsky, 1821~1881）的《賭徒》（*The Gambler*）和屠格涅夫的《父與子》（*Fathers and Sons*）。他很年輕就知道自己要什麼，利用年長他八歲的妻子陪嫁的每年3000美元的年金，遠遠地跑到歐洲過起了自由撰稿人和作家的生活。他算過了，這筆錢在巴黎勉強可以維持一年的生計。他在勒穆瓦納紅衣主教街74號的住房沒有熱水，也沒有盥洗間，只有一隻馬桶。他起先還兼了份記者的職務，偶爾

塞納河畔舊書攤。

和哈德莉去巴黎北部尚蒂伊的跑馬場賭馬，贏了錢，兩人一起上館子，或在塞納河邊的舊書攤上逛逛。書攤上時有美國書出售，而價格便宜之極，那是到歐洲旅行的美國人隨手丟在旅館的，由旅館侍者拿出來賣給書攤。後來爲了專心寫作，他記者也不做了。

冬天冷，房間裡沒有取暖設備，他便到咖啡館寫作，好一點的咖啡館都升了火爐。他未成名前，最常去的是聖米歇爾廣場上的一家咖啡館，在那裡要一杯咖啡加奶，一坐就是一天。今天的聖米歇爾廣場四周，除了一家小小的藝術電影院和吉貝爾書店，可利用的門面幾乎都是咖啡館或啤酒店，但已無從探究海明威當年坐的是哪一家，那一家是否一直開到今天。他在《流動的饗宴》中未提咖啡館的名字，也許他自己也忘了，畢竟他寫《流動的饗宴》時已是五〇年代末。

有時，爲了節省，他會跳掉一頓中飯，飢腸轆轆地走去莎士比亞書店借書。沿途爲了避開有飯館的街區，他繞道而行，從沃吉拉街走到盧森堡博物館，空腹欣賞塞尙的風景畫，似乎更能體會畫的味道；然後走向聖敘爾皮斯（St-Sulpice）廣場，一路都沒有飯館，廣場上亦然，巨大的獅子噴泉勾不起人的食欲，除了幾家賣聖物的店，便只有閒庭漫步的鴿子了。有一天西維亞告訴他，他的一筆稿費寄來了，他拿了錢，馬上跑到聖日爾曼德普雷廣場斜對面的利普啤酒館。他在靠牆的軟墊長椅上坐下來，要了足足一升的大杯啤酒和一份馬鈴薯沙拉。這種沙拉其實就是浸在淡綠色橄欖油裡的

拉丁區利普啤酒館的內堂，海明威畢生難忘利普啤酒館裡飢腸轆轆的一餐。

奧德翁街街角咖啡館一個午後的瞬間。

熟馬鈴薯，並無他物。他在上面撒點黑胡椒，麵包沾上橄欖油，就算是美食了。很多年以後，他已有了萬貫家財，但當年餓著肚子吃的這普通的一餐，卻永久地留在他的味覺記憶中。

寫完東西的下午，他沿著塞納河的堤岸散步，一直走到西堤島（Ile de la Cite）的最尖端。西堤島形似一條大輪船，島的尖端如船頭一般的便是「老風流公園」。從「老風流公園」的栗樹下，可以遠眺藝術橋，微風浮起的日子，水流加快，站在島尖頗有迎風立船頭的錯覺。這是個釣魚的好地方，海明威喜歡到這裡看人釣魚。很多年後他自己也成了加勒比海的漁翁。當年人們把從塞納河裡釣上來的小魚，賣給小飯館，油炸來吃，肉嫩而細，海明威一口氣能吃上幾盤。現在自然不會再有人吃塞納河裡的魚了，但傍晚會有一群群野餐的人散落在草地和堤邊，落日前橘黃的太陽從枝葉間斜斜地掃過來，這個「鍍金」的過程隨著落日的時辰越拖越長，時光匕首就不再那麼戳心而來，這是黏貼在所有事物之上的平庸陰影被陽光揭去的瞬間。

過了幾天，我又來到護牆廣場，這一次我選擇了布蘭維爾街。海明威旅居巴黎的那幾年，經常在下午沿這條小街，過萬神廟廣場，從位於羅斯唐廣場的門進入盧森堡公園（Jardin du Luxembourg），徑直穿園而過，走進弗勒呂街。在這條街的27號，住著當時旅法英美文人中頗具影響的美國女作家葛楚德・史坦因（Gertrude Stein, 1874~1946）。海明威稱她史坦因小姐，史坦因沒有結婚，並且毫不掩飾自己的同性戀傾向。下午5點後去史坦因小姐家，漸漸就成了習慣。史坦因總是慷慨地讓嗜酒的海明威大喝果味很濃的燒酒。

就在27號這間小寓所，史坦因小姐第一次對海明威提到了「垮掉的一代」（the beat generation）。史坦因小姐的老福特車的點火裝置壞了，車行裡負責修車的小夥子讓史坦因小姐很不滿意，車行老闆知道後，將小夥子訓了一頓，說：「你們這些人都是垮掉的一代。」史坦因對海明威說，「這就是你們，你們全都如此。你們這些打過仗的年輕人，全都是垮掉的一代。」

似乎只有「垮掉的一代」偏愛這座城市那被嬌寵壞了的「頹廢」；那在色衰與嫵媚間搖擺不定的「淫蕩」；那在午夜夢迴時伸

出無數觸角捉住你的「陰柔」。一次大戰後的巴黎是「女人氣」的，這座城市每一次想變得「陽剛氣」一些，必是災難臨頭的時候。一代文人在這裡的破街陋巷撿拾著他們的靈魂，癡人說夢般地將地獄的每一瞬間變成傳奇。

弗勒呂街走到盡頭，自然會入聖母田園街。1925年初，海明威一家（這時他已有了一個兒子）搬到了這條街的113號。113號幾乎到了聖母田園街的盡頭，沒有多遠就與聖米歇爾大街和蒙帕那斯大街（Montparnasse）交會。我在115號和111號間徘徊多時，無論如何找不到113號。這時住在沿街底層的一個看門人樣的老頭，趴在視窗看街景，我問他可知道113號。他說沒有113號了，只能從117號進入原來的庭院。

已經是晚上9點多了，我從117號幽暗的門洞，進到被樓圍住的一小塊庭院。比之勒穆瓦納紅衣主教街74號，這裡沒有任何標誌來記錄那一小段歷史，也許他在這裡住的時間不長吧。當年庭院裡的鋸木廠早已蹤影全無，想必是被一堆老房子中的那幢新式建築某某學院取代了。後院盡頭有幾個人在樓下花園輕聲說話，他們證實了海明威確曾住過前院。前院安靜極了，只聽見風吹樹葉的沙沙聲。

走出117號，街燈已經點上。左拐很快便出了聖母田園街，會上蒙帕那斯大街。馬可・波羅花園的青銅雕塑和噴泉已掩在薄暮中，幾條街交會留下的一塊不大的街心小廣場上，只有賴伊元帥孤獨的身影在晚風中無言地矗立著。這位忠實的大將當年爲掩護拿破崙差一點把命丟在俄羅斯的冰天雪地中，那是1813年，已近兩百年過去了。

銅像的背後，就是著名的「丁香園」咖啡館（Café Closerie des Lilas）。海明威搬到聖母田園街後，大部分的寫作在這家咖啡館裡完成，其中包括他的成名作《旭日依舊東昇》（*The Sun Also Rises*）的初稿。他一口氣寫成後，把稿子帶到奧地利雪山最後修改完成。「丁香園」此時已在一片燈火中，一人高的盆栽樹像牆壁一樣將露天座圍起遮住，也把城市的喧鬧隔擋在外。裡面餐飲兩便，只是價格頗嚇人，不過鮮少一般遊客。如今它已成爲一家高檔餐館，窮文人是光顧不起了。

也就是在1925年至1926年這段時間，漸有名氣的海明威愛上了美國女記者包琳娜（Pauline Pfeiffer），這是個無論出身還是文化水準都高於他結髮妻子的女人。這段情緣促使他於1926年離開巴黎。很少有人探究一個人與一座城市分手以後的結果，城市的烙印是常常並不留在皮膚上的那一種。那是只有一雙眼睛看得見的緩緩在窗玻璃上流動的雨水，那是在某一時刻只爲自己掀起的心海波瀾，那是只有自己聞得到的像影子一樣追隨你永遠永遠甩不掉的氣味……。很難想像一個抹去了巴黎記憶的海明威，一座城市有時就像模子一樣塑造了一個人。

從「丁香園」喝了杯咖啡走出來，已接近午夜。在裡面無論如何沒有感覺到海明威及其《旭日依舊東昇》曾帶給我的遐思。我們無論走到那裡，都好像在循著什麼軌跡，以使我們自己的行爲具有某種意義。在逝去的人和我們之間，應該有一些比記憶更久遠的東西。事實上，一切的一切都只在逝去的人和我們之間才有意義。這麼想的時候，這個夏日晚上的漫步，好像有了一點另外的含義，雖

斜陽細雨下拎著晚餐往家走的老人。

然是附加上去的。海明威的出現也就不牽強了。

蒙帕那斯大街差不多已是拉丁區的南部邊界，沿大街朝西走，「丁香園」粉紅色的霓虹燈漸行漸遠。我走了那麼一大圈，那個帶了一多半想像的藝術家青春的城市，在人為的保護下，畢竟留下了一些殘影，讓人去窺視由建築保留下來的只有時間可以增刪的浪漫。但我終究無法有一個百分之百的答案：海明威為什麼將青春最浪漫的歲月留在這裡。我進而想到人與城市的關係，一個人與一座城市有著有別於他人的特別關係。那麼答案也就是千差萬別的。而那些樓臺街巷收藏著對每一個人的記憶，可又都是默然不語的。我們卻應著某些人某些事對它們格外地另眼相看，好像一塊牆磚不僅僅是一塊牆磚。很多年後，當他在寓所的起居室裡，一槍讓自己肝腦塗地的時候，同樣也沒有給人一個百分之百的答案。但我至少明白，他屬於那種永遠的孤獨者，人群永遠無法穿透那層將他圍堵其中的牆。

而巴黎，就是一個孤獨者的城市。

蒙莫杭西和一個人的影子

我是春天到那裡的，巴黎附近的一個小鎮，不為了別的，只為了盧梭（Jean-Jacques Rousseau, 1712~1778）在那裡住了幾年。

蒙莫杭西（Montmorency）是巴黎周圍衛星小鎮中的一個，北面出城，十幾公里就到了。這裡幾百年前還是封地，鎮名就是當時領主的姓氏。18世紀成了貴族喜歡的度假地，鄉居別墅便紛紛建起來。巴黎四圍有森林的地方，一般都有城堡和別墅，蒙莫杭西也有一片森林。鎮子就建在一座小山丘上，在遠遠趕過去的公路上，可望見高高的教堂尖頂。房子都是拾坡而建，建築風格參差不齊，足見世代更迭的印跡。只有山頂教堂周圍的那一片還能依稀讓人感到18世紀的遺痕。鎮上很安靜，無論白天晚上。要說這裡還有些外鄉人來，那絕對是盧梭那幾百年前的影子在作怪。小鎮上盧梭的痕跡無處不在，有一條盧梭街自不必說，還有社會契約論街、愛彌兒街。很顯然，小鎮也只有盧梭這根救命稻草，才沒有淹沒在巴黎郊區那一片默默無聞的小城鎮中被人忘記。

盧梭是1756年4月搬到這裡的，那年他44歲，剛剛發表了《論人類不平等的起源》（*A Discourse Upon the Origin and The Foundation of The Inequality Among Mankind*）。此前還寫了一齣深得宮廷喝彩的歌劇《鄉村卜師》（*Le Vevin du Village*），有了一點名聲。他東混西晃了半生，到這時才找到自己，意識到自己身上最值

賽馬場的帽子秀，巴黎上流社會的露天沙龍。

錢的東西無疑是這支筆。而由《論人類不平等的起源》這樣的觀點得來的聲譽，讓這個內心深處的老實人覺得，追名求利的生活應該到此結束。他蔑視到手的東西，比如榮譽，留戀失去的東西，嚮往永遠得不到的東西。以後的他應該實踐自己的理論，遠離浮華虛榮的巴黎。過了不惑之年，才華總算爲他帶來除了痛苦之外的其他東西，比如說可以不再到沙龍裡去逢場作戲，比如說有了逃遁的理由和條件。遷居蒙莫杭西就是在這種背景下完成的。

盧梭一生沒有正經找過工作，所從事的職業也多半不長久，一年半載就和共事的人鬧翻了。結果屢有受挫的感覺，感到世道不公。照他自己的感覺是常寄人籬下。敏感多情如他，偏偏出身低賤。青少年時代，多少希望和欲望被揉捏進那顆脆弱的心，爲他此後一生的不幸定下了基調。他十幾歲從鐘錶匠父親的家裡出來，做了雕刻匠的徒弟，吃不了苦，便逃出日內瓦。15、16歲的年齡除了讀過幾本書，無一技之長，到哪兒也無生路。爲混一口飯吃，便改變宗教，從新教徒變成了天主教徒。幾十年後，當他覺得做新教徒對自己更有利時，他又換了回來。

改宗讓他在走投無路時遇見了樂善好施的貴婦華倫夫人（Baronne de Warens）。此後十幾年，他斷斷續續地在華倫夫人的羽翼下生活，與這個比他年長的女人維持著一種半相知、半母子又半

現代沙龍。沙龍之所以會誕生，與上層社會對才智的癡迷有關。

情人的關係。直到華倫夫人因為心眼太好守不住財行將破產的時候，他才離開這個女人另謀生路。實際上他在自己開始寫作之前，生活多靠那些識才的貴族富豪施捨照應，做過僕人、秘書、家庭教師。他唯一堅持下來的職業是在家替人抄樂譜。他不能受人支配，因而在人家手下幹活大多不歡而散。受託於人，替別人辦事也多做不好。在華倫夫人家白吃白住的那些年，他倒沒有荒廢，而是憑興之所至，雜七雜八地學了一些東西，比如音樂、數學等。他不像伏爾泰（Voltaire, 1694~1778）、狄德羅（Denis Diderot, 1713~1784）都是科班出身，他十幾歲便到處漫遊，全憑一點小聰明，無師自通，只是沒有耐性。

1756年有了才名的盧梭，由一位貴婦戴比內夫人（Madame d'Epinay）慷慨相助，離開了他在巴黎的小閣樓：「永別了，巴黎，污泥和煙灰的城市。」搬進戴比內夫人在蒙莫杭西鎮莊園裡的一棟幽靜的小樓，又譯「歸隱廬」（l'Ermitage）。他此後的一生，靠著才名，不論到哪兒，都有免費的房子住。有錢的貴族對他慷慨解囊，好像盧梭的不平等理論完全礙不著他們。不知幾十年後大革命中，將盧梭奉為聖明的羅伯斯比（Maximilien Robespierre, 1758~1794）有沒有砍掉戴比內家族幾個人的腦袋？

我一直在揣測他們這麼做是圖什麼？單以附庸風雅論似乎太簡單，這些貴族本身就頗有才情，18世紀前的文學家多出自這個階層。就說戴比內夫人，是18世紀公認的才女。要說發善心也太簡單。法國18世紀盛行沙龍文化，貴族階層的財產、爵位固然重要，但才智似更重要。貴婦們要在社會上有點名氣，不靠相夫教子的能耐，而是靠有無廣結才俊的本領。這就使他們將豪門深院打開，雖然財富地位依然是通行證，但才智也必不可少，有時還可取代前二者。當時的文化人，如果不是貴族出身，多半只有兩個出路：做教會的修士或神父和做大戶人家的清客或秘書。直到18世紀出版業和報業的發展，才眞正產生了靠稿酬和支薪吃飯的知識分子。上層社會對才智是那麼癡迷，以致沙龍文化絕非吃吃喝喝，而是產生各種新思想的溫床。更重要的是，在最高權力周圍形成了一個不可小看的輿論圈，使得即便是極權也不敢爲所欲爲。

直到1762年他因言獲罪逃離法國，盧梭在蒙莫杭西的這六年，完成了他一生中的主要作品：《新愛洛綺絲》（*Le Nouvelle Heloise*）、《社會契約論》（*Social Contract*）和《愛彌兒》（*Emile*）。此外他後半生的大事，比如與伏爾泰絕交，發表了《致達朗貝爾論戲劇的信》《Lettre ad'Alembert sur les spectacles》，與狄德羅等「百科全書派」（Encyclopedistes）的人翻臉，遭遇一生最愛，也都發生在這個看似平靜的鄉村。從他內心的大波大浪看，蒙莫杭西森林只能適當療傷，解決不了根本問題。但至少這樣的質樸生活讓他自己對自己有個交代：他是忠實於理念的。

「歸隱廬」也就是現在的歸隱廬街10號。我穿過半座小鎮走到那裡的時候，著實有些失望。房子幾度易主，已經完全看不出舊日模樣了。當年的大莊園現在是個診所，我跑進去，轉了一圈，什麼遺跡也沒有尋到，倒覺得自己很可笑。兩百多年了，來找一個人的影子。這個影子當年愛上了另一個影子。「我沉醉在愛情裡，而這個愛情沒有施予對象……就投射到她身上。」就在這個莊園裡，

1757年1月，她第一次來看他。乘坐的馬車陷在爛泥裡，她就一身泥汙地步行來到他家。他們以前在巴黎的沙龍裡見過面，並沒有擦出火花。她帶著泥大笑著跑過來，臉因爲步行紅撲撲的，就這麼彷彿他頭頂的一盞燈突然亮了。又過了三個月，她一身男妝騎了馬來拜訪，推門進來的那一剎那，也許是那身男妝，他的心不可抗拒地被攪動起來，對她一見傾心。那個配上想像的畫面，像釘子釘在心裡，再也拔不去了。這一切都在這個已變成診所的院子裡發生。「很快我眼裡只有烏德托夫人，別的什麼也看不見了，而我爲這個心中偶像披戴上了所有最完美的東西。」他把想像的影子投射到這個女人身上，而她只想撩撥幾下大文人的心弦。她並非有意，但他後半生的不幸自此開始。

烏德托夫人（Sophie d'Houdetot）是戴比內夫人的小姑，不但是個有夫之婦，且已有一個情人。但這都擋不住45歲的盧梭陷入情網。他的心像洪水一樣被淹沒。這是他一生眞正拜倒在一個女人腳下。他與華侖夫人在一起，有年齡上的優越感；與泰萊絲（Thérèse）在一起，財力、智力上均占上風。他與強於他的人在一起，總是不自在，所以毫不掩飾地憎恨跟他同類的文人，而喜歡貧賤愚鈍的人。「百科全書派」中有一個霍爾巴赫，在狄德羅介紹下，要結交盧梭，後者卻總是躲著他，有一次他問盧梭爲什麼，盧梭的回答是：「你太富了。」

烏德托夫人是個例外也不是例外。盧梭喜歡過的女人沒有一個不是上流社會的。他說過：「女裁縫、貼身女僕、做小生意的女人，都不吸引我。我只鍾情貴族小姐……倒不是只被她們的地位身分這種種虛華吸引，而是她們有保養得更好的膚色，更漂亮的手，裝扮更優雅，舉手投足、一顰一笑更有品味……。」他推崇自然原始的生活，但對女人卻「食不厭精」，不是貴族沙龍修煉出來的精緻美人，他是不愛的。他說：「他一輩子做女人的奴隸，臨了成了她們的受害者，就等於是死在榮譽之床上。」說這話時腦袋裡大概完全忘了那個跟了他幾十年的糟糠泰萊絲。他承認對這個長期同居的女伴無半點愛情，只是滿足性欲。他只願意做烏德托夫人這類女人的奴隸。

這個女人在他心裡掀起的狂潮，他自己有過一番描述：「我一邊走著一邊想著就要見到的她，想著她會怎樣溫存地迎接我，想著抵達時等待我的那個親吻。」這是他從蒙莫杭西向烏德托夫人住的甜水鎮走去時的思緒，兩處地方離得很近，烏德托夫人的丈夫和情人都去從軍了，正好是英法七年戰爭打起來的時候。

我也從蒙莫杭西走到甜水鎮，不遠但也有幾公里的路。他就這麼在情迷心亂的幾個月裡，天天走上這條路，心裡想著「這唯一的吻，這致命的吻」。這個吻「尚沒有接到，已經把我的血燃燒起來，以致我神魂顛倒，眼冒金星，雙膝索索發抖，站都站不住，只得半道停下來，坐一坐，我這架機器處在令人難以想像的混亂中，隨時都會暈倒」。這個女人離了好幾公里對他便有這樣的作用。又像他一生所有的好事或壞事一樣，一切盡在想像裡的。他其實只在那個世界才幸福。那牽動別人一條筋，卻能牽動他千萬條筋的戀情，讓他在從蒙莫杭西到甜水鎮的路上所感到的，勝過他在她身邊實際得到的東西。與現實的這個距離是他的法寶，也是他的災難。

我以爲甜水鎮是個田園小鎮，到那裡一看，早已被密密麻麻的郊區居民樓整變得舊夢難存了。烏德托夫人的大莊園只剩下一部分，而她住的小城堡和與盧梭星月漫步的花園，已經被毀，那個位置上，一半闢成一個十字街口，一半建起一座新式教堂。這就是那場影子之戀兩百五十年後留下的實物。

他這輩子沒有這樣愛過一個女人，覺得獨佔都是心虛的，因此一心想把烏德托夫人的情人聖朗貝爾（Saint Lambert）拉進來形成一個令他愜意的三角關係。當年他與華倫夫人在一起，便與華倫夫人的僕人兼情人阿奈分享一個女人的愛。不知他個性的這一面，有沒有間接影響他的理想主義政治觀。45歲的他也知道30歲的烏德托夫人不會愛上他。他寫道：「我們倆都沉醉在愛情中，她是爲她的情人，我卻是爲了她。」她成了他不可及的夢想，他追一步把她往後推一步，這只能是夢想，他並不想把它變爲現實。「我拚了命把自己放進臆想的境地，以忘掉我的實際境地，在那裡面我是不滿意的。」在甜水鎮她家花園小樹叢裡兩人共度的那個晚上，在他的筆下，不知浸裹了多少層浪漫，刺槐樹下他灑向她膝蓋的滾滾熱淚，月光下他偷到的那個吻，讓他斷氣的那一吻！月夜裡愛的表白，自那驚鴻一瞥三個月後終於噴吐出來，對他自己的震撼遠勝於聽的那個女人。一切都是在他心裡想像出來的。他乞求上蒼在生命完結之前讓他眞愛一次，烏德托夫人成了投射這一祈願的對象。他說他愛她會一直愛到墳墓裡。

但即使這樣全身心都陷下去，他也沒有把自己擺平，還要設一層他只有情沒有欲的防線。早年生活貧賤，欲望全被碾壓在心釋放不出來，讓他在想像的自己和眞實的自己之間，永遠找不到連接點。於是眞誠、純潔一類感情被他爲充塡自己無限地誇大了。他沒法愛一個他擁有的女人，又沒法擁有一個他愛的女人。

盧梭在「歸隱廬」只住了一年多。與烏德托夫人在戴家花園散步時，他感到戴比內夫人從宅第窗子後投來的異樣的眼神。他幾個月裡愛得天昏地暗，消息轉到聖朗貝爾耳朵裡，對方不高興了，人家無意跟他分享愛情。爲這樁情事聖朗貝爾還跟戴比內夫人和狄德羅翻了臉，認爲他們在這件事上背叛他。於是圈子裡的朋友多少都覺得盧梭這人不厚道，專喜歡奪人之愛。烏德托夫人就從這時先與他拉開距離，後來就完全不來往了。盧梭那過分敏感的神經，遇到這種事，別人是一陣風過去就算，他就沒有那麼太平了。「什麼樣的心，什麼樣的男人，什麼樣的天神能夠愛過你再放棄你？」對那班舊友，他一旦感到不適，就來個一百八十度大轉彎，不需任何理由，他可以很快將一個朋友轉變成仇人。英國哲學家休謨（David Hume, 1711~1776）曾是他的朋友，後來也跟「百科全書派」諸君一樣，以絕交作結。休謨對他的評價一針見血，而且是清醒的看法中最善意的：「他在整個一生中只是有所感覺，在這方面他的敏感性達到我從未見過任何先例的程度；然而這種敏感性給予他的，是一種痛苦甚於快樂的尖銳的感覺。他就像這樣的人，這人不僅被剝掉了衣服，而且被剝掉了皮膚，在這情況下被趕出去和猛烈的狂風暴雨進行搏鬥。」

就這樣盧梭搬出了「歸隱廬」，而且與戴比內夫人一翻臉，便是無可挽回的。我也就隨著他這次遷移，走出了歸隱廬街。街對面便是一個小山坡，上面滿是高大粗壯的栗樹。盧梭構思《新愛洛綺絲》的那片栗樹林還在！我倒不是因爲盧梭曾在這裡走來走去而興奮，而是爲這林子幾百年了沒有被砍伐而激動。那些栗樹都可以幾人合抱，不知它們是怎麼逃過時間和人類貪欲的劫難的？盧梭對自然之美有著超出常人的敏感，並且第一個將這種敏感引入文學。正因爲內心風暴從來沒有停止過，在人的世界裡永遠是個受害者，一草一木對他才具有非同尋常的意義。那種對一片花瓣的聯想都能讓心中情感滿溢到像要跳出來，別人一個眼神能不時而像蜜時而像刀嗎？正如他自己也知道的，他算不上哲學家，充其量也只是個糟糕的思想家，但他的文學天才將他的思想帶得比誰都遠。西方文學從他開始，用情感來推斷自身範圍以外的事實，並把這種情感放在一切事物的中心。沒有盧梭，難以想像夏多布里昂（Chaeaubriand）、福樓拜（Flaubert）、普魯斯特（Proust Marcel）的出現。在觸碰這個世界時，往往能觸到二三層以下，甚至更深，心口永遠帶著先於人多少步的傷痕，這就是盧梭。

他搬到蒙莫杭西鎮中心。孔代親王的財務總管馬達斯先生聽說他的情況後，爲他提供了一所名爲路易山居的小樓。盧梭的一生都是這麼從一個朋友的手裡跳到另一個朋友的手裡，而總有新的人接替舊的人。他較容易讓別人一下子喜歡上他，但將這種關係牢固下來的本領不大。

我來到小鎮中心。路易山居離教堂不遠，位於這個小鎮尙保留的舊城區。房子還在，只是後來的主人加蓋了一棟比舊樓還大的房子，多少有減舊時的風貌，現在兩棟房子一併成了盧梭紀念館。緊鄰的另一棟房子曾由兩個「長舌婦」（盧梭言）教士住過，如今也被劃入紀念盧梭的範疇，成了供盧梭學者研究的圖書館。我進去的那天，還眞發現了一些中譯本。這個人物早就隨著語言的傳遞到了中國，但又帶去多少煙障。從圖書館的花園，可以直接進到路易山居的花園。一進去，一眼先看到盧梭充作書房的花園亭子間，只幾平方公尺見方，但隱在花園一角，推門還有一個視野。奠定他一生大名的那幾部書，就是在這間只放得下一張書桌的陋室裡寫就的。

路易山居只有兩層，走過闢爲展覽廳的新樓，舊樓還依原樣保持著，樓下是廚房和泰萊絲的臥室，樓上便是盧梭的臥房、更衣間和起居室。他有時在這裡待客，有時在花園的石桌凳旁。一切都如他在《懺悔錄》（*Les Confessions*）裡說的：很簡樸。他年輕時喜歡過精緻漂亮的東西，得不到時還會偷。那時候他也貪嘴，爲了一口好吃的，做什麼都行。40歲之前，他一直幻想著飛黃騰達，做個上等人。靠著華倫夫人的幫助，他脫離下層流浪漢的生活，擠進上流社會的沙龍。但他易感的氣質，自我中心的個性本質，靦腆而拙言的外在表現，使他與別人的關係總是從一個極端跳到另一個極端。上流社會那一套被他斥之爲「虛僞」的關係原則，從來都沒有讓他自在過。40歲以後，他大徹大悟，對身外物不再關心。成名後，更是連錶也賣了，說不需要再看時間了。名聲讓他明白了自己的價值，忽然地他就跟曾經孜孜以求的物欲世界劃清界限了。花錢在他是件痛苦的事，他自己說，無論是別人花他的錢還是他自己花，都叫他不好受。他在巴黎沙龍裡，最叫他受不了的事情之一便是要給僕人賞錢以換取他們的服侍。他遠遠地躲到鄉下來，正符合他的社會觀和人生觀。

與「百科全書派」諸君比，他選擇的是獨善其身、逃避社會、歸隱山林的生活方式。狄德羅坐過牢，放出來後繼續搞《百科全書》；盧梭在1762年被通緝後，便發誓從此不再寫作。此後他也的確只寫了自傳。他性格懦弱，逆境時總是以逃避責任爲上。幸虧18世紀的法國，盧梭是個例外，否則就沒有「啓蒙運動」了。我現在想想，我們從小就被灌輸喜歡這樣的文人，唐宋詩人、詞人多數是憤世嫉俗型的，盧梭這種個性的人居多，做不了官便歸隱，有沒有第三條路？現在提出這樣的問題可能過於情緒化，第三條路若只是一條掉腦袋的路，自然沒有人走。不過眞的值得提出來問一問。

一切社會的規矩在他都是受罪，一切自然的便都是好的。當然除了女人。女人是只要幾世家財薰陶出的美人。盧梭思想一個最主要的脈絡，便是認定人性本善，是社會使其變惡。因此他認爲那些處在蒙昧狀態的野蠻人過的才是理想生活，而科學、文學和藝術是道德的最惡之敵，而且由於這些文明的東西讓人產生種種欲望，還是使人受奴役的根源。因此像美洲蠻人那樣連衣服都不穿的人，什麼枷鎖也都套不上。這種弱者自有高招、伸頭不如縮頭的哲學，接受起來像吃糖一樣容易。配上靈魂不死、上帝復仇兩件兵器，的確也可以樂天知命地走一世了。不過他也不想想，若沒有18世紀蓬勃發展起來的報業和印刷業，他哪來40歲以後的獨立和聲名？

這與他跟女人的關係是一樣的，他反對女性接受教育，要天然淳樸才好；反對她們多情，要貞潔忠實才好；反對她們有才有個性，要溫順服從才好。但他愛的女人無一不是跟他推崇的道德標準相反的典型。他自己擅長的是思考和寫作，卻偏偏說最中意的職業是做木匠。他這一生都是這樣，現實世界一得到滿足，這種滿足就變成了失望，於是便去追尋理想世界。追尋的結果是更加失望，所以內心永遠在那裡拉扯，沒有一刻安寧。「你往哪裡逃？幽靈是在你心裡的。」他曾藉《新愛洛綺絲》的男主人公這樣說。

但他註定是要逃的，不光在心靈世界裡逃。1762年6月9日，他的《愛彌兒》終於惹下大禍，焚書的命令和將他捉拿歸案的通緝令同天公布。他曾得罪了那麼多朋友，沒有人再出面保護他了。一時激動，他還想留下來當一回英雄，但終於還是理智占上風，他跑

壁爐煙囪、路燈和月亮。

了。在出蒙莫杭西的路上，他與前來抓他的捕快的馬車狹路相逢，就這麼擦身而過。好玄！這一去，他再也沒有回過路易山居。

我在路易山居花園裡那張石桌邊，略略坐了一會兒。石臺面上刻著「一個偉人在這裡度過了美妙的時日」。想到他那怨恨和懺悔交織的一生，那表皮似乎都被剝去的敏感的神經，這石桌邊的「美妙」，有多少是他嘗到的，有多少是他想像的？「我究竟是什麼？這才是我要尋找的。」這個孤獨的散步者離開蒙莫杭西十五年後也沒有找到答案。

走出路易山居，天黑了。這個小鎮在夜裡要比亮的時候有情調，不美的東西看不到了，而美觀的東西都打著燈，正所謂黑夜可以掩蓋想掩去的東西。望著瓦藍的天和一彎新月，走在碎石鋪就的小路上，舊式街燈掛在頭頂，四周寂無人聲。想到盧梭的獨槳小舟，他的那些輕拂湖面的夢，別人在活這個世界，他在重造這個世界。只在這一刻，你感到時間是無痕的，什麼都可以過去，但用痛苦交換來的那一把文字，力透書頁的每一記靈魂的顫動，飛越年輪，飄然而落，不沾一粒塵土。

聖夏芒的死亡火車站

我決定跑到五百多公里以外的中央高原（Massif Central），去看一個火車站。

巴黎以南要開出三百公里，才走出單調的大平原，進入山區。經過奧爾良、夏托盧，到了利摩日，就已經算進了中央高原的大門，再往南走便是著名的奧弗涅（Auvergne）山脈。越往南，山越高，最後又像推平皺折一樣，緩緩地下降，慢慢地蕩滌到地中海邊。我要去的那個村子離地中海還很遠，它在流經西南部的多爾多涅河（Dordogne）的支流蘇維涅河的河谷間，名叫聖夏芒。

法國地中海邊的小城。

在從蒂爾城沿120號國道向聖夏芒行駛的路上，景色很美，我竟然搜刮不出什麼再好的形容詞來，倒是這四個字比較平淡耐讀。公路穿行在河谷間，曲曲彎彎，只見兩邊山體上新披的嫩綠，一波一波向後蕩去。收音機裡播著老歌，一首首似聽非聽地滑過去，就像這一切最深處的背景。忽然費拉那略帶沙啞的聲音在唱：「愛，就是失去理智……」。這樣的布景裡，聽到這樣一首歌，有一種包圍著你的所有東西一時間都在融化的感覺。

爲什麼要去聖夏芒？在所有涉及安德列・馬爾羅（André Malraux, 1901~1976）的傳記或回憶錄裡，這是個很少被提及的名字，他的很多簡歷上這一段經常是不存在的。他1942年至1944年在此逗留，當年租住的小城堡居然一無改變地佇立在公路邊的山坡上，在村邊下車，一仰頭就能看見。

我卻並不是來看這座城堡的。我要看的是當年那個小火車站。

120號國道到了聖夏芒便由於修路而中斷了，我在傍晚走進村子，朝山上的城堡略看了幾眼，便開始尋找那個小火車站。村子很小，要不了多久結果就出來了，令人失望：小火車站連同鐵軌早在三十年前便已全部剷掉。

我還是堅持找到了當年小火車站所在的地方。月臺已是一片草地，鐵道線已成河谷裡的田野，一座現代化的多功能廳取代了當年的候車室，寂寞無主地立在村外田野邊。1944年11月12日發生在一個人身上的悲劇，已被時間塗抹得毫無縫隙了。

在《反回憶錄》（*Anti Memoirs*）裡，馬爾羅寫過這樣一句話：「心愛的女人的死，就像晴天霹靂。」這個女人就是若塞特・克洛蒂斯，他的情人。

那一天，她送母親上火車，就在這個小火車站，當車啓動時，她在跳上月臺的一剎那，失腳滑倒，被火車軋過，車輪將她的雙腿壓斷。她沒能熬到第二天便死了，從抵抗運動中匆匆抽身返回的馬爾羅，未來得及見她最後一面。

她臨終的話有不同版本，馬爾羅在隨筆《拉札爾》（*Lazare*）中轉述的是這樣一句話：「我從沒有想過，死，是這樣的。」她那位目睹車禍的女友提供了另一個版本，完全是另一回事：「我喜歡你的香水味，不過現在……現在我很疼。」

我傾向於第二個版本，較符合眞實；第一個版本更哲學，較符合馬爾羅想像歷史的風格。沒有人想得到自己的死是什麼樣的。

這一年她34歲，就穿著被火車壓碎的裙子入土了，連嵌進她那對美麗乳房的鐵碴也沒有取出來。她留下兩個兒子，一個不到2歲，一個4歲，馬爾羅的非婚生子。

我對被突然中斷的生命有一種特別的情感，我從未謀面的爺爺、我那在一個街口被車撞死的父親都是這種命運。生命中遭遇過這種事情的人，不再相信永恆，他只知道一切都可能被停下來，被拿走，好像從來就沒有屬於過你，再說屬於這個詞是沒有意義的。這樣的生命好像是被什麼東西安排好的，說走就走了，在突然割裂的那個斷層上，永遠留著新鮮的、神祕的傷口。那道割縫像一個註定是天意的完美的傑作。以至於過去的和未來的都已不重要，重要的只是那一剎那。

馬爾羅在小說《希望》《*Man's Hope*》中寫過：「死亡中最本

質的東西，是它使所有在它之前發生的事都變得無可挽回。」實際上何須死亡！

暴死有一種殘酷的美感，我也是過了好久才明白的。

在她留下的殘稿中，有這樣一段話，現在讀起來，彷彿巫師的咒語，好像她早已預言了自己的死亡：「寒冷從腳底升起，彷彿沉入比寒冷更糟的徹骨的冰冷中。你感到你終將被它淹沒……這寒冷裹挾著，壓迫著，你知道嗎，像沉重的東西壓在你身上，好像永遠永遠都卸不去。五秒鐘內，也許更長一些，我的心停止了跳動，我不再呼吸了。一切到此結束，那扇門開了，我走了。」

我是在一個極偶然的情況下聽到她的名字的，馬爾羅並沒有爲她寫過什麼紀念文字，在他的作品中只有絕少的幾處提到她，而且只有片言隻語。整個一部談死亡的《拉札爾》，也只有一句給了她。她未完成的手稿和遺照就像被收進魔術盒一樣被集在一只小皮箱裡，這只箱子並不在馬爾羅手裡，或者說他並沒有試圖擁有這只箱子。1945年後，他成了政府要員，他的生活已遠遠走出這只箱子的範圍了。

我卻在這個像影子一樣一晃而逝的人物身上，看到了讓文學都顯得蒼白的東西。命運最絕妙的一筆是意想不到的死亡。我承認是這種死亡深深抓住了我，這是一種具有致命吸引力的東西，因爲它非人類的智慧能夠解釋。我也是在面對這樣的死亡之後才明白，人類所有形而上學的東西都是面對死亡得來的。

有人靠文字和思想留下一部書，有人其生命本身就是一部書。若塞特就屬於這後一種。我想起她20歲出頭時說過的一句話：「存在要趁早，年輕並不是本錢。」人在多大程度上無意識地預定了自己的命運！

見過她的人說她像三〇年代的電影明星，我看過她的一張照片，是那種古羅馬雕塑似的美，古典而保守，今人的審美觀未必喜歡。也就是這種美最初吸引了馬爾羅。馬爾羅的眼睛是專爲美而生成的，這是一種天生的敏感。

那是1932年。她身爲年輕的外省才女，剛剛走入文壇，來到巴黎；他卻早已成名，是巴黎左翼文人中的一員悍將。她的處女作《綠色時光》剛剛由加利馬（Gallimard）出版社出版，但一本書在巴黎知識分子圈裡不過如投石入海，倒是她的年輕和金髮碧眼更引起異性同行的注意。

位於巴黎七區塞巴斯蒂安・博旦街[1] 7號的《新法蘭西雜誌》社是文人們的聚會點，有紀德（Andre Gide, 1869~1951）、聖・修伯里（Antoinede Saint-Exupery, 1900~1944）和妻子康索蘿（Consuelo de Saint-Exupery），有馬丁・杜加爾（Roger martin du Gard, 1881~1958）、德里厄・拉羅歇爾（Drieu LaRochelle, 1893~1945）、路易・亞拉岡（Louis Aragon, 1897~1982）……當然還有馬爾羅。有一天，在雜誌社的走廊裡，她與他擦肩而過，他披在肩上的淺色大衣的衣角輕輕拂過她的身體，令她一陣戰慄。就這麼一下，幾秒鐘的四目相對。很快她聽到身後辦公室裡有人在向他道賀，他剛剛得了個女兒，妻子克拉拉生的。

他們經常有機會在出版商加利馬家每星期天的午餐會上碰面，

[1]今天的巴克街。

地點：盧森堡公園南面的梅杉街。不過那主要是這群目空一切的精神世界的王子們的聚會，她是插不上嘴的。兩人第一次「交鋒」是在1932年11月的一次招待會上，衆人在議論某人墜入了情網。她脫口而出：

「可他是結過婚的人。」

馬爾羅正好在她身邊，他帶著「相當的驚訝」表情問道：

「兩者有什麼關係嗎？」

作爲一切的開始，這段對話妙不可言，人生的某些場景就像有人導演過一樣，你不得不驚歎生活有時比小說更精彩，就看你從什麼角度去看。

1933年春，馬爾羅發表了小說《人的境遇》（*La Condition Humaine*），這本書奠定了他在三〇年代文壇的地位。這時她已注意到有時他投向她的目光帶著一點別的關注和熱情。但那是不足以說明的，眼睛不過是人體最大膽的器官。

又一次聚餐，人不多。她喝多了一點，膽子變大，說她贊成肉體自由。有人反對，說女人有先天的限制。她聽馬爾羅在說：

「什麼也沒有嘗試過的人，其悔恨不是不沉重，只是不那麼顯而易見。」

一群人又在七嘴八舌，馬爾羅的聲音再次傳進她已微微暈醉的心田：

「什麼樣的世界可以不付代價地去發現？」

她想起小時候父親曾買給她一隻玩具貓，她非常喜歡，從不離手。但有一天，一隻眞貓走過她身邊，她情不自禁一把就扔掉了玩具貓。「在這群男人中，馬爾羅就像玩具貓中的眞貓。」

第二天，她收到他的一張便條，約她單獨午餐。就像她在幾年以後意識到的，她選擇了「飛蛾撲火」。這倒頗符合她20歲時的人生哲學「存在要趁早」，瞬間的閃光要勝過一個世紀在黑暗中的飛行。

這一年12月7日晚上，她與從外省來的父母共進晚餐。她在父親放在飯店長椅上的報紙上，看見馬爾羅獲得了「龔固爾獎」（prix Goncourt）。她奔去打電話，他在家裡，約她在聖日爾曼大街的利普咖啡館見面。她去了，人山人海，她湊不過去。

我感歎那個一去不復返的年代文學的力量，那種磁石般的對周圍世界的吸引力到哪裡去了？我們這一代將爲我們的遲到付出多大的代價？

第二天，電話響了，是馬爾羅，約她在旺多姆廣場的麗茲飯店午餐。這時，克拉拉在哪兒？她去巴勒斯坦了，一個偶然。不過走的人永遠都有錯的，不是嗎？

吃完飯，就在侍者去拿他們放在寄存處的大衣時，他忽然目光望著別處快速地說了一句：「如果一個男人建議你和他共度一個月而沒有明確的未來，你能做到這一點而不要求更多的東西嗎？說實話，我認識的女人中，沒有人會這麼做。」

她說：「重要的是這個月有三十一天。不管怎麼樣，頭一天，人都自以爲能做到。」

載著他們的計程車穿過協和廣場，忽然她感覺到馬爾羅的頭湊近她的衣領，接著是那兩片喜歡美食的嘴唇。那座她好像望了一百年的石頭雕塑，突然之間在她眼前活了起來。不多不少，就是這種感覺。

幾年以後的一天，在他們幽會的旅館裡，他迷迷糊糊地摟著她睡著了，她睜大眼睛望著沉浸在淡淡的溫熱中的房間。「他們之間除了這閃電般的愛的瞬間還有什麼？」

永遠是到問這句話的時候，一切就變得複雜了。她寫道：「我知道不應該將目光投出鼻子尖底下那一塊。」

1938年馬爾羅帶她去西班牙拍攝他的第一部電影《希望》，這時小說《希望》已經出版，還有此前的《蔑視的時代》。她也寫了第二本小說《一無所用的措施》，不過僅此而已，她的生活本身似乎已大大超過她的寫作。而這種生活就是：等待、約會、分離。每一次回到巴黎或從一家旅館出來，就像灰姑娘的午夜12點，他匆匆與她告別，回到他與克拉拉位於巴克街的寓所。巴克街44號如今原封未動地依然立在聖日爾曼大街與巴克街交會的那個街口，黑色的高大樓門上方有一塊小牌子，寫著馬爾羅在此完成《人的境遇》。這是唯一留下紀念牌的地方。

說實話，寫到這裡，我有點不忍再寫下去。要是他們都遵守那一個月的約定？可惜我不是電影剪輯師，我沒有魔術師的本領，讓生活定格在最燦爛的一章。只有那神奇的死亡之手可以結束生命這一小小的故事。這5月的傍晚，一切都並非在顯示生命該在何時結束或在何時開始。白晝已變得一日長似一日，日落未落這段時間被拉得很長，太陽拖著橘黃色的斜長的影子，讓目光所及的一切都超出了它們尋常的價值。我從舊火車站遺址，穿過靜無一人的村莊，再拐上一條兩邊長滿野草的山路，上到城堡門口。朝山下望去，是一片本地最值得一看、歷經數世紀未變的石片屋頂，那大小、形狀不齊的石片，一塊掛著一塊，魚鱗般地勾勒出略帶弧形的線條，讓你充分感覺到地域與人的智慧結合出的那種非此莫有的美。

我知道她在這裡生下第二個孩子樊尚，長子戈捷是在戰火中的巴黎出生的。戈捷的孕育多少出自她的算計，二次大戰開始了，馬爾羅被徵召入伍，如果他一去不回，她手中除了記憶之處，沒有任何他們過往生活的憑據。於是她耍了個心眼。

他駐防普羅旺斯的時候，她懷著兩個月的身孕去看他。因為這個他不想要的孩子，他們在爭吵中分手。她回到戰亂中的巴黎，無頭蒼蠅似的找一家地下診所墮胎[2]。但是那個西班牙女人和當手術室用的骯髒的廚房，讓她望而卻步了。她有沒有想起他們彼此點起心中之火的那個晚上說過的話？沒有一種自由不讓人付出代價。

何況她已經明白，一旦超出「那三十一天」的約定，背景就已經轉換了。她在給友人的信中說：「我還能拴住他多久，讓他被迫生活在一個已經疲憊而不幸的女人身邊？克拉拉已經這樣做過了，做了十四五年。」那是1941年，她30歲。好像生活已經進行到這樣，任何轉彎都缺少必要的力量。她只能抓住他，彷彿抓住青春的尾巴。不過我們在下面將會看到，任何算計都是徒勞的，一如她的小說的名字：「一無所用的措施」，運氣就像風向一樣讓人難以捉摸。

城堡的花園裡長了膝高的青草，但並不荒涼，因為滿是新綠，

[2]上世紀七〇年代以前，墮胎在法國是違法的。

山區的春天來得晚。我看到那口水井，周邊的鐵器完全鏽了，據說當年馬爾羅把香檳酒和鵝肝醬冰在這井裡，他這麼個喜歡熱鬧的人跑到這偏僻的山裡，就是因爲這裡是當時法國唯一還找得到豐盛食品的地方。所有和他親近的人都沒有他的運氣，他兩個同父異母的弟弟洛朗和克洛德沒有他的名氣，卻是在抵抗運動最沒有希望的時候，參與了地下活動。洛朗1944年3月被捕，在勝利前死於德國集中營，據說是盟軍飛機炸的。同年4月，若塞特抱著戈捷到巴黎去會馬爾羅，在里昂火車站的月臺上，她和被蓋世太保押解的克洛德迎面相遇，他們的目光碰到一起，她驚得喘不過氣來，把孩子的小臉扭到一邊，生怕他叫一聲「小叔」。克洛德被德國人槍斃了。從這時起馬爾羅才走入抵抗運動，並且恰逢其時。戰後，他娶了洛朗的遺孀瑪德蘭。

那個我在舊照片上看過的石臺階還在，長滿青苔，嵌在荒草中。曾經在這個石階上被攝入鏡頭的人，除了馬爾羅自己，沒有壽終正寢的。彷彿他們都沒有時間停留，只是他身邊匆匆的過客。他一生的最後一本書就取名「過客」。

就在她最後去巴黎的那次，馬爾羅買了個訂婚戒指送給她，並且保證戰後就跟克拉拉離婚。她幾年前在里昂火車站站前廣場那家旅店裡的小小「計謀」，終讓她修成了正果。如果不是命運之手做了另外的安排……。

出事那天，她從車輪下被拉出，送到蒂爾城醫院。恰好有一輛汽車翻了，醫院裡全是傷患，沒人有空照顧她。一切都是那樣的巧合。你可以說這是偶然，偶然可以解釋一切。據說她很平靜，沒有

村子裡的噴泉。

叫一聲，也沒有提到兩個孩子。她大概絕想不到，跟她有關的東西都將消失，而且很快。包括那個火車站。

1960年5月23日，兩個男孩，20歲的戈捷和尚不滿18歲的樊尙，從地中海邊駕車返回巴黎，途經巴黎與里昂之間的小城博納時，撞上了一棵樹。這是一條筆直的公路，讓人無法解釋。兩人當場死亡，時間是晚上8點20分……博納，他們生母在南方的家鄉恰好也叫這個名字。

冥冥中好像有一隻大手，把跟這個女人有關的所有東西都一一去除了，除了巴黎二十區那個小到市區圖上幾乎看不到的夏羅納公墓。母子三人合葬在這裡，墓上沒有一束鮮花，和葬在萬神廟裡的馬爾羅相距何其遠。

「除了死亡這一絕對的現實，沒有什麼是眞實的。」馬爾羅在《西方的欲望》中這樣寫過。

我告別城堡走下山時，夜幕遲遲沒有降臨，這份遲滯讓人產生生命無盡的幻覺。但那只是幻覺。

萬神廟裡的兩個死對頭

說起來很奇怪，到法國這麼多年，竟然一直拒絕去萬神廟。這可能是我對「偉大的」、「壯觀的」、「英雄的」這一類東西一向敬而遠之的緣故。少年時讀泰戈爾的詩，現在全部都忘了，只記住一句，還只是個大意：不要成爲權力輪子下的犧牲者。這句話成了我長期實行自我保護的「理論依據」。上述的「敬而遠之」大略可以上溯到這條根脈。小時候，學校舉辦郊遊，幾乎毫無例外地是去烈士陵園。現在想想，那也就是我們的「萬神廟」了。那時小，尙不理解「勇氣」這個詞所蘊含的巨大能量，以及它所代表的可以穿越歷史及其意識形態的含義，印入腦海裡的便只有血腥。再大一點，又似懂非懂地將這血腥與泰戈爾的「權力輪子下的犧牲者」畫上了等號。很多年以後，不願去巴黎萬神廟的結果，便是一個明證了。一個偏見取代了另一個偏見而已，我自我解嘲。

我最終還是去了一趟。既然已經把這種固執列爲偏見，何不把偏見暫時放一邊呢。

從10路地鐵「莫貝爾互助禮堂」站走出來，巴黎正下著細雨。沿卡姆街接瓦萊特街，直走上去，便是在巴黎很多個角落都能遙看到的萬神廟了。遠看它，圓形的穹頂相當溫和，沒有哥德式建築那樣的張揚。走到近旁，感覺就大不一樣了。我一向喜歡觀賞建築物，並認爲城市的美全仰仗其建築，因而走到哪兒，必去看教堂，

典型法式建築的門環，不是獅頭而是各式各樣的手。

並且每每驚詫於它們（不論大或小）所釋放出來的美感。也許是宗教極權時代的個人智慧全部集中在這些石頭的作品中，它們的確有一種不爲時空磨滅的美。壯觀的建築我也見過，比如在羅馬見過的某些教堂。但我記憶中的那些東西，在我步上石階，走進萬神廟正門迴廊下的時候，都變得矮小了。那高大的石柱所撐住的，好像不是那有著精美石刻的廊頂，而是別的什麼讓你感到「廣闊」、「遼遠」的東西。建築的神奇便在這裡了，那甚至是超出美的一種東西，美有時只是人類概念下的狹窄的名詞。難怪當年革命黨人要選這個教堂做萬神廟了。

還沒進去，就先看到那句用巨大的金字高高地寫在石柱頂端的話：「偉人們，祖國感激你們。」當然還可以作別的翻譯或別的解

盧森堡公園的雕塑和萬神廟的穹頂。

釋。整句話有點類似我們的「先烈永垂不朽」，但細看法語，發覺重心是不一樣的。一個強調先人的某種精神不死；一個主要表達後人的知恩心理。這也部分地解釋了我們只有一個時代的「萬神廟」，而這個萬神廟是沒有時代分野的。儘管大革命中，發生過米拉波（Honoré Gabriel Riquetti Mirabeau, 1749~1791）、馬拉（Jean-Paul Marat, 1743~1793）被送進去又被請出來這樣的反覆，但其後塵埃基本落定，偉大的終究是偉大的，傑出的也終究是傑出的，勇氣和智慧應該是也必然是超越時代禁忌的。問題主要在於後人有沒有足夠的理智來甄選要放進去的人。

用空蕩蕩來形容我走進去的感覺比較恰當。沒有教堂的蠟燭、神像和彩色玻璃窗，碩大的殿堂好像只有風在迴盪著。所有的幽靈都鎖在一扇小門引入的地下室。那裡是質樸的，好像已不再需要「高大」、「壯麗」的東西來點綴，與地上的殿堂恰成反面。沒有比這種反差更適合你由外向內調換位置時的心境了。

我只是來看兩個人的，儘管有了另外的發現。不知多少次看別人寫過：這兩個死對頭最終被放在一起。面對死亡，也許所有的不平等都變得平等了，我這樣想著，便看到了他們的墓，就在入口處，一邊一個，遙遙相對。伏爾泰和盧梭，兩個從本質意義上完全不相干的人，不知何種力量的左右就這麼被捆綁在一起，來共同對簿歷史與現實的公堂。

伏爾泰是1791年7月11日被遷進這裡的，盧梭比他晚三年，1794年10月11日。一個在大革命進入高潮之頭，一個在進入高潮之尾。他們死在同一年：1778年，伏爾泰先走三十四天。的確有很多巧合發生在這兩個無論從哪一點都截然相反的人身上。站在這只有約十公尺之隔的兩個墓穴之間，我想起他們之間的爭執，一共三次，三次便足以將以後的世界一分爲二：左翼的右翼的、理想的現實的、英美派歐陸派、窮人與富人、東方與西方、民主與專制、自由與道德……，很多東西都能在這兩個人身上找到源頭。

1755年盧梭把他參加第戎科學院（the Academy of Dijon）競賽的論文《論人類不平等的起源》寄給了伏爾泰。1755年8月30日，他收到伏爾泰的回信。回信的第一句話便是：「先生，我收到了您的反人類的新著。」接著又寫道：「從來沒有人用這麼多的才智來讓我們變得愚蠢；讀您的大作讓人想趴在地上四足行走。不過，由於我丟掉這個習慣已有六十多年，我遺憾地意識到重操舊習在我是不可能的了……我也不可能乘船去會加拿大的野蠻人，首先因爲我的病體使我離不開歐洲最高明的醫生……其次是因爲我們把戰爭帶到那些國家，我們的榜樣已經使那些野蠻人變得幾乎和我們一樣惡……文學滋養人的靈魂，給它力量，給它安慰；先生，就在您寫文反對文學的時候，您不也在使用它嗎？」

同年9月11日，盧梭回了一封信，爲自己的觀點辯護：「對文學和藝術的嗜好滋長一個民族內心之惡……人類精神與知識的進步增長了我們的傲氣，使我們更加地走入迷途，很快就會加速我們的不幸……至於我自己，如果我沒有丟下我最初的職業選擇[1]，如果我不會讀書也不會寫字，我大概要幸福得多……讓我們來找找社會

[1]應該是指他做雕刻學徒的生涯。

混亂的首要根源，我們會發現人所有的不幸，來自他們的錯誤要遠遠多於來自他們的無知，我們所不知的東西對我們的損害程度要遠遠小於我們自以爲知道的東西……要不是有人聲稱知道地球是不轉的，也就不會有人去懲罰說地球自轉的伽利略了。」

這第一次交鋒，雙方各持己見，但還算心平氣和。第二次就不同了。

1755年11月1日上午10點半左右，葡萄牙里斯本的居民正在教堂望彌撒，大地開始發威，震動了整整十分鐘，緊接著是海嘯，再接下去是大火，里斯本城毀於一旦。這場自然災害在歐洲引發了一場非關科學而是哲學的爭論，爭論的焦點：面對人類的災難上帝扮演什麼角色？

一個城市被毀，幾萬人慘死，震動了伏爾泰。他在不到一個月的時間裡，寫了一首情緒激動的長詩，並將這首詩寄給了盧梭。詩中的一段，基本能概括全詩的大意：

> 看到這堆積如山的受害者，你們還會說：
> 上帝報復了，死亡是他們為其罪惡付出的代價？
> 那些匍匐在母親被壓偏而流血的乳房上的孩子們，
> 他們何罪之有？

伏爾泰是想藉這首詩，表達他對善惡相替、因果循環的宗教觀和樂觀主義的哲學觀的懷疑，在他眼裡，宿命和無爲是非常危險的。

盧梭於1756年8月18日回了一封信，大意是說在至高無上的天意面前，人的生命和其可憐的需要是可以疏略甚至是罪惡的。他寫道：「波普（Alexander Pope, 1688~1744）和萊布尼茲（Gottfried Wilhclm Leibniz, 1646~1716）告訴我們，人啊，耐心一點，你的不幸是你的天性及宇宙構成所產生的必要結果。」他說，如果里斯本的居民不是集中住在五六層高的樓房裡，損失就會小得多；有很多人是為了拿衣物和錢，才被砸死的。「您大概是想讓地震發生在無人的沙漠裡，這難道不是說自然必須服從我們的意志？」他最後寫道：「我在此生受苦太多，不可能不期望來生。」

我站在這兩人的墓穴間，意識到這十來公尺的距離實則是無法跨越的。靈魂的距離是難以測量的。這其實是聾子和啞巴的對話。我想起我的另一次旅行：日內瓦。

初冬時我去那座城市，在城市的靈魂萊蒙湖（Lac Lémon）邊轉來轉去地拍攝天鵝。湖中心的盧梭島自然是必看的，也沒有什麼，只有一個銅像，而且像凱撒而不像盧梭。舊城大街（Grandure）40號盧梭的出生地，和羅納河對岸高地上伏爾泰住過五年的庭院，都令我感歎這兩個人好像生來就被安排好對立而存在的。他們的第三次交鋒，就是針對這座城市的。

伏爾泰酷愛戲劇，常在他那取名「樂園」的別墅裡上演他自編的戲劇。他極希望日內瓦城能建一個戲院，但遭到教會的反對。於是，他便讓好友達朗貝爾在《百科全書》上就這個內容寫了一篇題名〈日內瓦〉的文章。這篇文章引起了盧梭的反彈，他在《懺悔錄》中記述了對這件事的看法：「我對人家在我的祖國搞的這一整套誘惑伎倆非常憤怒，便焦急地等著刊登那篇文章的《百科全書》的出版，看有沒有辦法就此做一回應，以阻止這一可惡行為的發生。」

盧梭發表了《致達朗貝爾論戲劇的信》。他反對在日內瓦建劇院，他還是那一貫的思想，認爲戲劇敗壞社會風俗，使人墮落。不知他是否忘了，他就是以一部歌劇《鄉村占卜者》才成名的。這件事徹底破壞了他與伏爾泰以及整個「百科全書派」的關係。從此，伏爾泰視他爲哲學的叛徒，理性的敵人。伏爾泰整起人來也是不留情的，他寫了不少匿名小冊子抨擊盧梭，在1764年發表的《公民的情感》一文中，他揭發了盧梭拋棄子女的事。正是這篇東西促使盧梭寫《懺悔錄》，他並且在《懺悔錄》裡附上了他寫給伏爾泰的最後一封信：

> 先生，我一點也不喜歡您，我是您的門徒，又是熱烈的擁護者，您卻造成了我最痛心的苦難。日內瓦收留了您，您的報答便是斷送這座城市；我在我的同胞中極力為您捧場，您的報答便是挑撥離間：是您使我在自己的家鄉無法立足，是您使我將客死他鄉……總之，我恨您，這是您自找的……別了，先生。

引起兩人最終決裂的諸種因果，一直沒有定論，法國至今仍有「擁伏派」和「反伏派」，以及「保盧派」和「貶盧派」，教會和左翼有一部分人一直不喜歡伏爾泰。但政治派系之爭已完全讓位於意識形態之爭。不管怎麼樣，伏也好盧也好，都已經只是一塊招牌，無礙於小民生活了。盧派繼續認爲兩人之爭是伏爾泰妒忌盧梭的才氣；伏派則咬定兩人決裂起自盧梭的病態和狹隘心理。

我離開日內瓦舊城大街40號，匆匆過河，沿伏爾泰街走向「樂園」的時候，想到這兩個人被這麼絞在一起，究竟是歷史的誤會，還是它開的一個玩笑。三百年後的今天說伏爾泰才是眞正的人道主義者，畢竟是太容易了。因爲就是近一百年的歷史，也因摻雜了太多的血淚，而不好說「假如怎麼樣……」。當年他們把日內瓦鬧得一分爲二，有錢的人多數站在伏爾泰一邊，另一部分人則同情盧梭。

他們倆人的不同點眞是很多，只從他們倆人身上，便可看到人性的矛盾和複雜：伏爾泰做生意很有一手，他出身於公證人家庭，並沒有萬貫家財可繼承，但他年輕時就開始投資做生意，在寫詩作賦之餘，從不忘賺錢。據說他的生意中有軍火和黑奴買賣，這多少爲他的人道主義形象抹了一點黑。他幾乎是他這一代文人中僅有的沒有世襲家業，又不靠富人施捨而生活闊綽的人。盧梭跟他正相反，金錢讓他不自在，花錢本身在他就不是享受。他一沒有賺錢的頭腦，二也不認爲富有是他生命的意義。如果說他也要錢，那純粹是爲了不寄人籬下。但他除了節省，不知道還能怎麼樣多弄點錢。

伏爾泰喜歡錢，也喜歡花錢享受。他愛排場、出入城堡、穿著講究，家裡漂亮家具、銀餐具、瓷器、鑽石，應有盡有。他還僱了大量僕人，在飯桌上，他的貼身男僕就站在他身後，隨時伺候。家裡也是賓朋不斷。錢爲盧梭帶來的煩惱多於快樂，他喜歡簡樸的鄉居生活，只要窗外風景優美，屋裡能過日子就行。吃只喜歡泰萊絲做的湯，到外面應酬吃飯，受罪大過享受。他穿著隨便，圖舒服而不圖好看。他討厭花錢買僕人伺候，他有個忠實的泰萊絲就行。他不喜他人打擾，怕見生人，也不好客。

伏爾泰喜歡沙龍生活，在這種場合，他才思如湧，幽默風趣，說話從沒有阻礙他表達才華，並且從不怕對手，不管對方是國王還是無賴。盧梭則討厭沙龍，他為了生活不得不進去，但他內向，缺少機智，不善言辭，並且因極度敏感而很容易受傷。

兩人還有個不同之處，就是對身邊人的態度。伏爾泰對身邊人很體貼，他收留落難的人和孤兒。在費爾耐（Ferney）鄉下住的二十年，他一面不忘自己的特權，一面為村民謀利，他創辦錶廠，利用自己的關係把貨銷出去。他初到時，費爾耐的居民只有五十人，他去世時，居民已達一千二百人。盧梭的一生則一直是有善心無善行。他會為窮人掉淚，但僅此而已。他因生計困難，也怕負責任，把五個親生孩子全都送給了育嬰堂。

最不可思議的是，在生活中處處退避、抱怨頗多的盧梭，在哲學思想上卻持樂觀主義；而在生活中喜歡挑戰、外向樂觀的伏爾泰，在哲學思想上卻持悲觀主義。伏爾泰在他的小說《憨第德》（*Candide*）中，塑造了一個哲學家潘格洛斯 （Pangloss），此人是盧梭思想的代表。潘格洛斯常說「世間的善是普遍的」，「事實已經證明，事物不可能以其他的形式出現：因為一切都必定是為一個最佳結局而設的」。而伏爾泰卻在此書的最後得出結論：「不問為什麼埋頭耕耘，這是讓生活變得可以忍受的唯一辦法。」兩人都各有一句名言，伏爾泰在長詩《凡夫俗子》裡寫道：「人間天堂就在我所在的地方。」盧梭在《新愛洛綺絲》中寫道：「在這世間，唯一值得居住的就是那夢幻之鄉。」歌德對他們倆人有一個很精闢的總結，他說：「和伏爾泰在一起，是結束舊世界；和盧梭在一起，是開始新世界。」

「樂園」和我去過的「路易山居」的確是兩個世界。「路易山居」是那樣的隱祕，不仔細找，走過了都看不見；「樂園」卻是開闊的，讓人一眼就看見，一覽無遺。這讓我想起他們的文風。靈魂一點點會暴露在文字裡，事件可能會被藏起來，但人格的特點，情感的微妙之處，是藏不住的。在產生情感那一刻眞誠與否，文字是掩飾不住的，在其前或在其後則是另外一回事。伏爾泰永遠擺脫不掉的是他的優越感，盧梭永遠抹不去的是他的卑賤感。優越感反映到文學上，便是一種距離和冷靜，卑賤感折射到文學上，則是一種眞誠和熱情。伏爾泰的過分聰明在他與眞正的詩人或藝術家之間築起了一道難以穿透的牆。他缺少後來人們對文學要求得越來越多的那種靈魂的振顫。他盡力將私密的自我收藏起來，不透露一點點靈魂的軟弱。而盧梭的作品時時處處都在流露著靈魂的軟弱，他的一滴眼淚就足以抵消伏爾泰的滿紙嬉笑怒罵。放開盧梭的思想吧，只他這個人便代表了太多的東西。強者那種永遠準確測出自己與外部世界之距離的分寸感，那種不爲情感所左右的堅韌的神經，那種迅速抓住利益所在的敏銳的本能，難道不是有了盧梭，才有了參照物？盧梭使弱者的聲音第一次擠進了神聖的殿堂。

站在萊蒙湖畔，我的思想是混沌的，完全沒有這湖水的清透。我全部的理智都讓我站在伏爾泰一邊，但感情深處卻被盧梭拋出的致命鎖鏈拉住不放。盧梭島就在我身後。好像有一個聲音在心靈的某一個我一直引以爲恥的角落裡輕弱但持久地呼喚我：不要忘了你是誰！你以爲只要願意就可擠進強者的陣營？

我終於明白我終歸是在半途上的。

詩人的夢想

那是一個晚上，將近10點的時候，我從拉丁區雷勒街的「丑角影院」看完電影走出來。

天氣很好，太陽已經被甩到一叢叢米黃色樓房的後面。天將黑未黑，它的色彩正從淡藍向瓦藍色過渡，這個過渡的中間過程是非常讓人迷醉的。所有的東西都顯出清楚的輪廓，但細看又都已開始朦朧。一彎細瑟的新月斜掛在天的一角，淡淡的就像水筆輕輕地勾了一下。生命中能站在這樣天空下的時間並不多，因爲生活無時無刻不在拖你淌進它那渾濁的水中，那是個永無止境的誘惑。何況在時間範圍內的東西都是暫時的，所有的美麗都只是某個中間過程。每到這種時日交變的時辰，甘斯布（Serge Gainsbourg , 1928~1991）的那句唱詞就會在我耳邊響起：「我過來跟你說，我走了。你想起舊日時光，你哭了。」

我沒有朝回家的方向走，而是過了馬路順著老鴿舍街，向聖敘爾皮斯廣場走去。沒有走多遠，就聽到了水聲。這是現代都市唯一還能向路人提供的美妙聲音。聖敘爾皮斯廣場上「佈道者泉」的水聲，穿越人聲和車聲，招魂一樣地拉我過去。作家聖修伯里讓他的小說主角小王子說過一句話：「如果我有五十三分鐘的時間可以支配，我就靜靜地走向一個噴泉。」

「佈道者泉」單從雕塑講，並非最美的，它是19世紀雕塑家維斯康蒂的作品，且有「抄襲」巴黎另一泉「無辜者泉」（Fountaine des Innocents）的地方。而「無辜者泉」是16世紀尚・古榮（Jean Goujon, 1510~1566）的作品。相比來講，以水仙女（Nymphs）作裝飾的「無辜者泉」要比以雄獅作裝飾的「佈道者泉」，來得優雅。但後者另有一種氣勢，到掌燈時分就顯出來了。

沒有一座雕塑能像噴泉一樣，不管歷經多少時代，永遠都給人鮮活的感覺。這是流動與凝固的絕妙配合。

有時都並不需要這樣的雕塑和水力，便有意想不到的效果。記得在戛納，離開海濱大道的浮華，走到老城區。順老街向上走，穿過小餐館、旅遊商品店，就遇到了拐角處的一眼噴泉。一棵樹，一條依牆而設的石凳，一個沒有多餘裝飾的石槽承接著細細的水柱。我總喜歡去坐一坐，哪怕是在正午當頭的陽光下，這裡也有一種彷彿隔世的清涼。我望著一圈圈變大的水紋，耳邊會盪起那句法語歌詞：「我望著那永遠達不到沙丘的海浪。」

好多年前，我從龐畢度文化中心出來，向市政府廣場走，經過聖・麥瑞教堂時，發現了伊格爾・司塔文斯基廣場上的那個噴泉。

這是我第一次發現一座現代雕塑的魅力。在幾乎覆蓋整個小廣場的水池裡，從紅唇到樂符，所有奇形怪狀的東西都在動，將這一切不和諧和諧到一起的還是水！這是20世紀八〇年代讓・丹格利（Jean Tinguely, 1925~1991）和尼基・德・聖法爾（Niki de Saint Phalle, 1930~2002）的作品。

這裡與上述的「無辜者泉」只有幾分鐘的路程，但兩個泉之間卻隔了五百多年的歷史。沒必要大發對時間的感慨，走一走這五分鐘的路程，聽一聽幾乎是同樣的水聲，便知道一年、一個世紀和永遠之間，並沒有太大的差別。後來我每次走過「伊格爾・司塔文斯基噴泉」，都會想到奧匈帝國皇后西西（Empress Elisabeth，簡稱SiSi，1837～1898）的一句話：「瘋狂比生活本身更眞實。」

就在大王宮後面，還有一聽名字就令人遐思的噴泉：「詩人的夢想」。無論什麼時候走到那裡都是安靜的，與幾十公尺之遙的香榭麗舍大街宛若兩個世界。這泉是獻給寫過《一個世紀兒的懺悔》的作家繆塞（Alfred de Musset, 1810~1857）的。繆塞留下過兩句有關噴泉的詩：「爲什麼看到那泉上顫抖著的和風之吻，我無法無動於衷？」

我稱這裡是「約會之角」，噴泉雕塑背後還有一個小小的水塘，完全掩在綠蔭裡，時常是沒有一個人。只有水從石塊上滾下來，敲擊另一片水的聲音。這時候，所有的語言都在死去。我會突發奇想：下一個約會是誰？是死亡嗎？

詩人里爾克（Rainer Maria Rilke, 1875~1926）說：「人們來到這裡爲了活下去或者不如說爲了死去。」

盧森堡公園裡的「麥第奇噴泉」（Fontaine des Médicis）好像就是爲了吻合這句詩而建的。噴泉本身是17世紀亨利四世（Henry IV）的王后瑪麗・德・麥第奇（Marie de Médicis, 1573~1642）讓人建造的，19世紀中葉又做了改造，增加了一個長約五十公尺的長方形水池，以及水池盡頭的那座雕塑。

這是一座給人奇特感覺的噴泉，四周長滿百年以上的懸鈴木，將陽光完全遮住，水發出幽暗的綠色。從池子盡頭向噴泉方向看去，水像鏡子一樣煞平，好像隨時在逃避你的眼光。只有池中的落葉讓你從虛幻中回到現實。雕塑是奧古斯特・羅丹（Auguste Rodin, 1840~1917）的作品，希臘悲劇中的三個人物：獨眼巨人波利菲姆（Polyphemus）正試圖謀害奪走他戀人的牧羊人阿西斯（Acis），而阿西斯全然不知地正擁吻著引起妒火的情人卡拉蝶（Galatea）。

由白色大理石雕塑的兩個戀人，讓時間之足停了下來，生與死在這四目對視中彷彿沒有距離。詩人普雷維爾寫過：

> 噴泉之水唱出的歌，
> 早就比我說得更好，
> 我永遠不會忘記你，
> 也從來沒有忘記你。

在巴黎或者外省的小城，這種可以靜靜地坐下去，任由時間之水流淌的地方，並不止這一些。

我以爲巴黎的靈性就在它大大小小的兩百多處噴泉。這是它無以數計的城雕作品中，最經得起時間考驗的部分。我把巴黎的城雕分爲兩大類，噴泉和非噴泉類。兩者都是歷史積澱的產物，也就是幾個世紀政治、歷史和文化的積累與淘汰。前者完成了一個從實用到美學的過渡；後者則在20世紀之前幾乎清一色是權力——宗教的和政治的和征服的象徵。相比之下，我偏愛前者是不足爲奇的。

1900年之前的非噴泉類雕塑，很少是沒有政治寓意的。不是國王騎在高頭大馬上，就是共和女神碩壯的銅身或石身，再就是所有的戰爭勝利者。還有無所不在的國魂的泛泛代表聖女貞德的塑像。凱旋門和勝利柱更是極權的體現，拿破崙時代建得最多。到了19世紀後半葉，又被另一種好大喜功取代。這一時期的歐洲競相舉辦世界博覽會，以顯示其「強大」、「富有」。城市建築追求高大奢華，大量的城雕隨著城市擴建和改建像春筍般豎立在大大小小的廣場

無處不在的噴泉。

上。從拿破崙時代的後古典主義雕塑，到羅丹的寫實，以處於兩者之間創作「自由女神像」的巴多爾蒂（Frederic Auguste Bartholdi, 1834~1904）最具這個時代的代表性。這個時期的城雕追求「高、大、美」。我們現在看到的大部分巴黎城雕是19世紀這一百年創作的。

這一歷史時期的城市最顯著的特徵就是「炫耀」。顯示「強大」、「富裕」，要比市民階層實際能得到的福祉重要得多。一座城市也有新貴暴富的心理。

巴黎城的美化早在17世紀便被正式提出，從那時起巴黎開始了從中世紀古城向大都市的發展。城市雕塑的最初出現，爲國王歌功

盧森堡公園羅斯唐廣場入口處的噴泉，遠處是萬神廟。

頌德的成分遠遠大於美化城市。1792年大革命期間，國王們的塑像，全部被砸掉。到王朝復辟時，又一一重建。但僅僅是重建而已，新國王們已變得聰明了，沒有再為自己塑像。

後來的城雕建築卻並沒有脫離共和派與王朝派鬥爭這條線。到了巴黎公社時期，文化保護觀念已經出現，所以公社社員在摧毀旺多姆廣場拿破崙建的勝利柱時，沒有將拆下來的浮雕和塑像送進熔化爐，而是送進了博物館。1871年共和體制徹底確立後，沒有再砸國王的塑像，而是大塑共和女神的塑像。這場鬥爭白熱化的表現便是巴黎城兩個最顯眼的建築。1871年後為了重塑教會的權力，在巴黎北邊的山丘上建了聖心教堂，因為地勢高，這個教堂在巴黎到處都能望見。共和派也不示弱，利用世博會設計了巴黎鐵塔，更高。要到第二次世界大戰之後，圍繞城市雕塑的政治鬥爭才大致平息下來。最後一次摧毀城雕作品發生在二次大戰期間，比如如今立在聖日爾曼大街上的丹東（Georges-Jacques Danton, 1759~1794）塑像，二次大戰時被送進了熔煉爐，二次大戰後又重塑了一座。不過在這以後，左、右兩派的鬥爭也並未結束，左派上臺為左派人物塑了像，右派上了台必反其道而行之。

歐洲在第二次世界大戰後經濟再度繁榮的六、七〇年代，城市的暴富心理比一個世紀前已淡了很多，都市大致上沒有被捲入摩天大樓的「競高熱」中，而是更注重人性的伸張，講究實際和舒適，這一時期的城雕已以其文化特徵取代了政治特徵。人的生存品質超出了城市所要對外顯示的東西。

20世紀後半葉，巴黎出現了現代城雕，但在城中心，選擇非常謹慎。永久固定的雕塑，地段和形式的選擇慎之又慎。多數現代雕塑是臨時性的。現代雕塑的美感是非常個人化的，一旦固定下來，就有強迫所有人接受這種美感之嫌。如果是固定的，19世紀「高、大、美」這樣的概念已經被拋棄，除去紀念意義，也就是繼續爲名人塑像外，讓每一件雕塑融入環境，取其巧，是新的理念。

舊雕塑已經作爲歷史留下來，它們曾經具有的政治含義，業已淡去。剩下的只是形式的美與不美。沒有多少人說得上國家廣場上那個體態豐美的女人是共和理想的體現；丹弗爾．羅瑟侯廣場（Place Denfert-Rochereau）那巨大的鐵獅子是人民反抗侵略的象徵；視旺多姆廣場上1871年後又重建的勝利柱爲拿破崙侵略戰爭的紀念碑；或把波邦宮廣場（Place de Palais Bourbon）上那個正襟危坐的女人看作司法的代表。

城市雕塑從權力的喉舌過渡到個人的情感，經歷了一個多麼漫長，甚或充滿血腥的演變過程。

要說我心目中理想的現代城雕，其實很簡單，就是那種給我意外驚喜的設計，並不張揚，沒有什麼「主義」要伸張，耐看足矣。把它們放在某個街心三角地或公園的一隅，便讓人覺得應該在那裡，只能在那裡。

我在蒙馬特高地聖心教堂附近的一個十字街口，第一次看到那個名爲「穿過牆壁的人」（Le passe-muraille）的雕塑，著實爲之叫絕。雕塑所在的位置是名爲馬賽爾．艾梅（Marcel Aymé, 1902~1967）的街心小廣場。作家艾梅的故居就在廣場邊，雕塑是根據他的一個同名短篇小說設計的，1989年完成。小說主角迪蒂耶

蒙馬特高地聖心教堂在斜陽下。

爾在最後一次穿牆時，特異功能失靈，被永遠凝固在牆壁上。這是個住在蒙馬特高地窩囊到連老婆也沒有娶上的小人物，某天突然發現自己有穿牆過壁的功能，生命觀爲之大變，從此不再唯唯諾諾。可惜奇蹟只能是奇蹟，當你加以利用時，它便消失了。

這個雕塑與整個十字街口的建築融爲一體。它不是多餘的，就怕是多餘的。

那天我站在這個小廣場上，想到那個詛咒世界的哲學家西奧朗（Emile Michel Cioran, 1911~1995）有句話放到這裡很合適：「只要我們繼續想像我們的故事，我們便會繼續存在下去。」

結束這篇文章的時候，我還要帶你去一個地方。我自己時常會在去盧森堡公園的途中，在那個街角停一停。那是拉丁區瓦萬街和布雷亞街交會形成的一塊三角地，幾棵樹下，一個老式掛鐘，一盞舊式街燈，一個漆成綠色的鐵製小噴泉。這種小噴泉在巴黎隨處可見，比落地郵筒略高一些，一柱細水從頂蓋上垂落下來，供行人飲用。19世紀英國慈善家理查·華萊士（Richard Wallace, 1818~1890）捐款爲他喜愛的巴黎建了一百多個這樣的小噴泉。

我喜歡這種綠色身體的小噴泉，因爲它們總在人不經意的時候出現，絲毫不強迫你的視覺。我在三角地的長椅上坐一坐，輕輕的水聲會一點點穿透城市的噪音，流過來，流過來……片刻間，時間從我的生命中脫開去，就像並行的兩條鐵軌。

阿拉貢說：「我要求每人都有將焦慮的面龐俯向噴泉之鏡的權利。」

我也在這個時候，更理解了泰戈爾（Rabindranath Tagore, 1861~1941）的那句詩：「噴泉溢自我心深處……」。

被「低調處理」的巴黎公社

3月的一天，我在巴黎奧賽美術館（Musée d'Orsay）看到了一幅畫，畫名：《巴黎一條街》，作者：馬克西米利安・呂斯（Maximilian Luce, 1858~1941）。作爲一個時常走進美術館的人，大大小小的歐洲油畫，不知看了多少。但當我看到呂斯這幅畫時，還是產生了一種異樣的感覺。也許周圍那些印象派繪畫，給了我太多「溫馨」和活潑潑充滿生機的感覺，從莫內（Édouard Manet, 1832~1883）到雷諾瓦（ Pierre-Auguste Renoir, 1841~1919），即便筆觸裡深透著躁鬱和瘋狂的梵谷，也未能改變那一批在光影裡捕捉精靈的畫家們整體帶給我的「陽光明媚」的印象。以致於呂斯的那「一條街」，多少有一點扭轉背景的作用。那幾具屍體就倒臥在陽光的陰影裡——呂斯筆下的1871年5月。應該是5月21至28日所謂的「血腥一週」中的一天，在巴黎的某一條街上，陽光打在街一面店鋪的門板上，街另一面的陰影裡，倒臥著四具巴黎公社社員的屍體。屍體是無名又無言的。一切都可以變得那麼簡單，巴黎一條街，極尋常，激情過去，鮮血是無聲的。

弱者最終是要被戰勝的，被利益犧牲是他們的宿命。這是呂斯這幅看似平常、放在那一大堆名家的畫作之中並不引人注目的畫，給我的啓示。我走出奧賽美術館，站在可以回望其全貌的索爾菲尼

降雨過後的塞納河堤岸。

諾步行橋上。春日下午4、5點鐘的太陽，已是夕陽薄日，斜打在對岸塞納河堤岸和杜勒禮公園（Jardin des Tuileries）尙無一絲綠意的樹枝間。我回頭再看這座由舊火車站改建的美術館。從剛才那幅畫，想到奧賽的歷史，一條奇妙的、冥冥之中牽好的線，竟然在一場大變故後，在不知多少巧合和人爲之後，被扯到這裡。

1871年5月23日之前，奧賽美術館和之前的火車站都不存在，這裡是法國第二帝國的一個機構——審計法院。在「血腥一週」的

夜色中的阿爾科勒橋和遠處的巴黎市府大樓。

最後幾天，被打得絕望而拼死抵抗的巴黎公社，決定放火焚燒一些象徵舊制度的建築物，同時也是以此來抵擋凡爾賽軍的猛烈炮火。公社領導人之一、有「紅色聖母」之稱的路易絲・蜜雪兒（Louise Michel, 1830~1905）有一句名言：「巴黎或與我們同在，或不存在。」23日這天，也就是凡爾賽軍攻入巴黎城的第二天，奧賽宮——當時的審計法院被點上了火，它隔壁的榮譽勳位宮也被點燃。現在的榮譽勳位美術館是在原址上重建的。河對岸的杜勒禮宮是24日燒起來的，現在已不復存在。大火燒了幾天幾夜，加上巴黎市府大樓和位於皇宮廣場的行政法院，5月的最後幾天巴黎被濃煙籠罩，彷彿末日審判。

呂斯的畫反映的顯然是28日之後的某一天，大火已經熄滅，小街上要不是被炮火炸毀的街壘的亂石和無人認領的幾具屍體，是滿可以在局部掩去曾經有過的血腥的。

再回過頭來說奧賽宮，成了廢墟的審計法院，在此後的約三十年間，無人問津，成了巴黎人散步的所在。直到1900年，在舊奧賽宮的遺址上，建起了一座火車站。一切的一切都爲了抹平那段歷史的皺折。火車站服務了四十多年，漸漸爲新的交通工具和新的生活方式廢棄，而成了一個幽靈車站。又過了幾十年，1980年，它終於沒被拆毀，而是改建成現在的美術館，與羅浮宮分工，專門收藏19世紀的藝術品。奧賽館藏最值得驕傲的，我以爲便是衆多的印象派畫作。我在美術館外面的牆壁上找了一圈，以爲至少會有一塊什麼小牌子來記錄上述的那一段歷史，但我只找到一塊石牌記錄1945年集中營的戰俘曾經由這個車站返回法國，關於巴黎公社則未見一筆。記與不記，不排除有意無意的疏略。

不過，呂斯這幅我以爲最深刻地反映巴黎公社的畫，在奧賽這個有著這樣一番來歷的美術館裡看到，不能不使我感歎生命乃至人的歷史中，某些契機是無法把握的，你孜孜以求的，未必能達到，你屢屢規避的，未必能躲開。假如我在任何別的地方，比如羅浮宮或卡納瓦萊博物館裡看到，這幅畫都不會以這樣的方式打動我。

我在4點多鐘略帶橘黃的陽光下，走下索爾菲尼諾步行橋，進到河右岸的杜勒禮公園。我前面提到的大火燒了八天八夜的杜勒禮宮，已於1884年被全部鏟平，重建的計畫沒有被接受。杜勒禮宮是巴黎公社起義中被摧毀的反映對立雙方的最具象徵性的建築物，它是由於普法戰爭的失敗而垮臺的第二帝國的皇宮。讓它徹底在地平線上消失，也許爲了忘卻那段傷口開得很大的歷史，可以算作一個解釋。走在現在的杜勒禮公園裡，1871年那段被一方稱爲內戰、被另一方稱爲革命的歷史已經完全讓你感覺不到了。杜勒禮宮沒有留下任何痕跡，我遍尋之下，連一塊記錄的小牌牌都沒有。恐怕只有不遠處羅浮宮美術館收藏的兩幅油畫，還能讓人朦朧地感到杜勒禮宮的殘影。那是荷蘭畫家西貝．約翰尼斯．坦凱特在廢墟被鏟平之前畫的，奇怪的是，你站在這兩幅畫前，若不是親身經歷過那段歷史的人，已完全嗅不到血腥和毀滅的味道，相反廢墟的那種殘缺的美，讓你感到一種只有時間可以增刪的浪漫。你禁不住會問：時間爲什麼會賦予某些東西另外的含義？誰又能左右這種含義的產生呢？

穿過公園盡頭在斜陽下呈粉紅色的小凱旋門（Arc de Triomphe du Carrousel），前方是羅浮宮，沿馬路左拐，穿過三個並排的高大拱門，便到了里沃利街（Rue de Rivoli）。在一份有關巴黎公社的資料上看到過的一張照片，把我的腳步引到這裡。里沃利街恐怕是巴黎最具商業旅遊氣的一條街了，有點像南京路或王府井。商業氣過濃，必然縮減人文氣，這幾乎成了大都市商業街的通病。我看到的那張照片，是「血腥一週」結束後拍的里沃利街，街兩邊的樓房都被打空了，只剩樓的軀殼。從河左岸被打退到這裡的公社戰士，在里沃利街的街壘進行了殊死抵抗。時間應該是1871年5月24至25日，先在杜勒禮公園牆外的這一段，隨後一點點向夏特萊方向退卻。那張照片與眼下的里沃利街形成如此大的反差，使我決定朝夏特萊方向走一走，看還能不能發現一些當年的遺跡。

我之所以這麼想，是因爲時常在巴黎的街巷看到一些小石牌，並不起眼地掛在一個街角或一面牆上，寫著某某人在1944年與德國人進行的最後一場巷戰中倒在這裡。這樣的牌子很多，偶爾有人在牌子邊放一束或一枝鮮花，是親屬還是無名的路人所爲？但多數都沒有，靜靜地混合在街巷的平凡色彩裡，不打擾你，但也在提醒你，不要忘記有那麼一天、有那麼一個人，那一天也許沒有被歷史記住，但他的死並不平凡。

我順著里沃利街一直走到夏特萊廣場邊的聖雅克塔（Tour de St. Jacques），很失望，沒有一塊小牌牌。里沃利街已開始掌燈了，聲嘶力竭的車聲，湧動的人流，各色霓虹燈、廣告、櫥窗，顯示著一座城市那部分被利益驅動的巨大的生命力。不知多少歷史的、深邃的記憶，被這股浮面而鮮活的力量，一層層地抹平沖淡。

我在被公社之友們稱爲屠場的聖雅克塔停住腳步，因爲里沃利街的街壘戰在這裡結束。未戰死又未逃走的人，在這裡被就地槍決。我在圍著塔的花園內外走了兩圈，試圖找到點什麼。同樣是沒有紀念或說明牌。塔正在維修，鷹架從下圍到上，會有一塊小牌子被圍在裡面嗎？我已開始明白，即便在這樣一個所謂已完全和解的國度，有些歷史依然被有意無意地「低調處理」。

第二天，我從11號線美麗城站（Belleville）鑽出地鐵，尋找公社最後的街壘。很多文章都把拉雪茲公墓的戰鬥說成是最後的一幕，其實那只是5月27日。28日，美麗城的戰鬥仍然在繼續。先是在美麗城大街和廟區街交會的十字路口，也就是如今美麗城地鐵站出口的地方。

我鑽出地鐵站，上面和地下一樣髒亂，這裡已遠遠地離開了布爾喬亞的、優雅的巴黎，而是移民的、無身分者的、窮人的巴黎。上述的那個十字路口，閒站著不少人，各種膚色的，殷殷地在等待著什麼。城市的夢想在這裡變成了一雙粗糲的手，一對帶著眼疾的、狡黠而無神的眼睛，一身不合時的衣服，和各種各樣聽不懂的語言。也只有在這樣的地方，你禁不住會對自己說，叫窮人理智和有耐心多少是有點不公平的。你進而會想，對於那些如果拿不出錢救命氧氣管就會被拔掉的人，對於那些因身體或智力的殘疾便被棄於街頭的人，對於那些找不到工作面臨饑餓的人，對於那些沒有錢讀書的人，什麼樣的社會變革會迅速而切實地惠及到他們？首要的、最最首要的難道不是需要一批好人，一批眞正的好人？

兩個公社領導人費雷（Charles-Theophile Ferre）和瓦爾蘭（Eugène Varlin）在這個十字街口一直打到28日中午。費雷其後被捕，排在由三萬八千名囚犯組成的長長佇列中，被押解到凡爾賽，在薩托利高地的一面牆前被槍決。瓦爾蘭逃到巴黎富人居住的拉法耶特街（Lafayette），被群衆認出被捕，在被押往蒙馬特高地的一路上，他被憤怒的人群（人群，多麼難以預測的火藥筒！）打得眼珠脫落，最後在蒙馬特高地女傭街和德拉巴爾騎士街交會的路口被槍決。我在前一天已經去過，聖心教堂後面的那個街口，空蕩蕩一無所有。這位國際工運組織的領導人，是公社名人中死得最慘的一位。

我已有心理準備，美麗城十字街口沒有留下任何說明或紀念的文字。有的只是公社那批人試圖一夜之間改變而至今都沒有完全改變的貧窮和髒亂。

最後的街壘在美麗城車站走出去約十來分鐘的地方，兩條彼此交叉穿過的小街，朗波諾街和圖爾蒂耶街。就在它們交會的街口，最後的巷戰堅持到28日下午1時。我沿著美麗城大街，左拐先走進朗波諾街，有幾家猶太人的鋪子，都關著門，一家寫著阿拉伯文的麵包店開著，裡面低低地傳出阿拉伯音樂，一個頭戴小白帽的伊斯蘭教徒坐在裡面的櫃檯後，兩眼直直地朝外面的我投過來。再往前走，從一扇不知是正在修還是塌下來沒人管的門洞裡，走出一個中國人。沒有幾步就到了兩街交會的路口，我還是耐心地找了一下，沒有一絲痕跡，人爲的記憶更沒有。死去的人帶走了他們的祕密，後來的人已與那一切沒有多大關聯。我只知道，整個巴黎在1871年5月的最後幾天橫陳了約兩萬具屍體，比法國大革命所砍下的全部頭顱的數目還要多。有時想，一個國王的頭顱吵了兩百年，而這些人有多少都是白死的。我還不幸地看到，這聚居著移民、無身分者、窮人，甚至罪犯的衰破小街，過去是現在依然是窮人的地盤。

不知是被公社的亡靈所驅使，還是想尋找爲理想獻身的那種精神，我在3月18日巴黎公社成立日這天，驅車前往凡爾賽城邊上的薩托利高地，探尋1871年最後處決公社囚犯的地點。當時這裡是凡爾賽軍的軍營。現在仍然是軍營。田野沒有了，看押過幾萬囚徒的沼澤水塘也沒有了，只有一個個鐵柵圍起的營地。我轉來轉去，找不到一塊路牌或紀事碑似的東西爲我引路。我下車問一個守門的軍人，知不知道1871年處決公社囚犯的地方，他既不知薩托利曾有這段歷史，也不知我要找的地方在哪裡。我接著又不斷下車向幾個居民打聽，全都是聞所未聞。我幾近絕望，這最後的刑場眞的消失在空氣裡了？

無奈之中，我驅車奔回凡爾賽城，找到每座城市都有的旅遊辦事處。我先問了一個中東人模樣的年輕辦事員，她一無所知，將我引介給一位老辦事員。我一說，他便知道，他聽說過有一截殘留的公社社員牆（Mur des Federes），是當時判決後執行槍決的地方，但他無法告訴我確切地點，因爲他自己也沒有去過。我問，你們的旅遊介紹裡也沒有嗎？他說，這已不屬於旅遊範圍。

走出辦事處，我還是不知道到哪裡去尋找，唯一的收穫是知道了那個刑場與巴黎拉雪茲公墓裡保留的紀念物一樣也叫公社社員牆。這個資訊在我返回薩托利高地的時候，大大地幫助了我。

我在一片居民社區，碰到一位遛狗的人，年紀看去並不大但自稱已退休。他告訴了我公社社員牆的位置，怕我迷路，還帶我走了一段。走到民房的盡頭，他指著一片坑坑窪窪的草地後面的林子，那裡有一截灰濛濛的斷牆，「那就是你要找的地方。」他繼續遛狗去了，我向那段牆走過去。

四周空無一人，牆掩在一片雜樹林中。不知是天意還是僅僅出於偶然，一棵巨松，只有一棵，在斷牆前的一塊小平地上拔地而立。我先走到我以爲是牆正面的那一邊，尋找紀念牌之類的東西，沒有。難道眞的是剛才那位退休軍人說的沒有什麼紀念標誌嗎？這一邊牆面對的是一片森林，在這個午後，靜得沒有一點聲音。殘存的這段約幾十公尺長的斷牆的另一邊有一半緊貼著一個被鐵網圈起的巨大的坑，不知是派什麼用場的。

我繞到牆的另一邊，在未被大坑遮擋的那截牆前，總算看到了一塊釘在牆上的石牌。石牌上寫著：「紀念1871至1872年間在這裡死去的巴黎公社社員。」下面那句話是用斜體寫的：「這些人曾經爲一個更公正的社會鬥爭過，並且拒絕向敵人投降。」牌子顯然不是政府而是公社之友立的，否則「敵人」這個詞是不會出現的。難怪剛才那個退休軍人一口咬定這裡沒有紀念標誌。「敵人」不就是這個指路人的前輩嗎？一百三十多年了，深深的傷口在某些地方並沒有完全癒合。依然存在著在歷史面前，你說你的，我聽我的。隨著時間的推移，人們並不能以同樣的坦然面對每一段歷史。有些傷口可以幾十年、上百年只要一碰它都還是新的。

這不是一次抵禦外族侵略的戰爭，儘管起因是外族入侵。勝利者的歷史都把它說成是內戰，而非革命。內戰乃自己人打自己人，沒什麼光彩。我在巴黎遍尋不到有關的紀念牌，大概是這個原因吧。但這也提醒我，無論什麼時候，都不能只站在歷史的一面看問題，只按照一種邏輯思考。錢幣的另一面可能完全是另一套說辭，而它也有其足以服人的邏輯。

面對死亡，任何政治立場和觀點，哪怕是最明智的，都顯得那麼蒼白。

也許還應該做下面的一段說明再收場：

巴黎公社似乎提醒了其後20世紀的無產階級革命，當然這其中主要是馬克思對此做了宣傳的原因；但從法國歷史來看，這只是1789年大革命的一個悲壯的尾聲，而非無產階級革命的一個開始。1789、1830、1848、1871，斷斷續續持續了一個世紀的革命和反革命、起義和鎮壓，就此打住。也許鎮壓得太慘烈，造成的損失——生命的、社會的、經濟的、文化的——太大，左派和極「左」派勢力元氣大傷，他們的下一次抬頭延滯到六十多年後的1936年——通過選舉上臺。巴黎公社的理想在公社失敗約三十年後，大部分都得以以和平訴求和憲法的方式實現。比如政教分離於1905年被列入憲法，比如1945年婦女取得了投票權，比如共和國體制被永久確立，比如學校教育世俗化、免費……。

血似乎沒有白流。

理想就像樹上的果子，早三四十年摘，讓人付出的代價未免太大。一百多年後安穩地坐在書齋裡面對故紙的我們，評說當年人們爲了掰直鐵絲難免擰過了頭，多少是帶了點清醒者的怯懦。

西雷城堡的「綠帽子情人」

當高大的懸鈴木開始迸發出細小嫩葉時，我來到巴黎聖路易島（Ile Saint-Louis）的堤岸邊。4月，一個交揉著激昂和慵懶的季節，每一個花朵和細葉都呈現出最絢麗的色彩。這時，聖路易島的堤岸邊是你可以躲開遊人，靜靜賞春的地方。背陰的那一面，常常沒有什麼人，要不是對岸龐畢度（Pompidou）快道上傳來的車流聲，你滿可以不受干擾地細品這時間幸運的夾縫。

聖路易島的
街頭藝人。

這個島與巴黎聖母院只有一橋之隔，但就是這麼點距離，便分開了許多東西。我每每從巴黎聖母院後面的聖路易橋走過來，無論是初春的午後還是夏日的傍晚，都有一種在街角撞見舊情人的感覺，彷彿彼此在說：

「你在等我嗎？」

「我在等你。」

千萬年的際會只剩下這樣兩句簡單的對話。我知道人生小小的幸福是走不進正史的，正史是苦難的，它的線索是戰爭，是政權的更迭，是邊界線的變遷，是民族的誕生和消亡。只有在歷史幸運的夾縫間才迴盪著這樣的問話。

從背陰面的水邊拾階而上，便是環島的安茹堤岸街。這裡有聖路易島最安靜的角落。下面要說的故事便可以從這裡開始。從2004年的初春，一下跳到1733年的初春，未免有些突兀。我知道發生在安茹堤岸街1-3號裡的故事，和其後發生在外省西雷城堡的悲歡，是大人生的小故事，無論我怎麼寫，它都難有醒世哲學的作用。因爲它最多的是夏特萊夫人（Marquise du Chatelet, 1706~1749）的故事，其次才是伏爾泰的故事。而夏特萊夫人並未逃過18世紀某些人的預言：靠了做伏爾泰的情人才得以青史留名，儘管這有些不公。但歷史在傳說面前永遠矮一截，人們記住她的只是「情人」兩個字。有多少人有機會打開故紙堆，翻出她其實是第一個也是唯一的一個將牛頓（Isaac Newton, 1642~1727）的巨作《數學原理》（*The Mathematical Principles of Natural Philosophy*）翻譯成法語的法國人。要知道那是18世紀，一個婦女無權進學堂的時代，離1945年法國婦女首次獲得投票權，也就是眞正的公民權，尚有兩百年漫長的歷史。

即便不是伏爾泰的情人，她在歷史上也應留下一筆，因爲不管她意識到還是沒意識到，我看多半是沒意識到，18世紀談婦女解放還彷彿天方夜譚，即使用一生來成就這一個理念的她，也並沒有意識到她短暫一生的種種，某種意義上使她成了西方20世紀七〇年代婦女解放的先驅。

1733年，安茹堤岸街1-3號還是夏特萊公館。夏特萊夫人這年27歲，已生育了三個孩子。她19歲嫁給年長她12歲的夏特萊伯爵，這不是一次愛情的結合，而是理智的聯姻。做軍人的丈夫很快明白她不可能只屬於自己，要保住她就得給她自由。18世紀是文藝復興所有的變革開始開花結果的時候，在上層知識分子，宗教的桎梏實際上已經被一些更注重自身幸福的聰明人拋開。夏特萊夫人便屬於這一類。生了幾個孩子後，她認爲婚姻的職責已經完成，便丟開丈夫和領主的生活，回到巴黎。在邂逅伏爾泰前，她已經歷了一次尋死覓活的戀愛，她當著情人的面喝下鴉片，結果大難不死。1733年她的另一次戀愛也進入尾聲，對方是17世紀大名鼎鼎的迪普萊西．德．黎希留主教（Cardinal Richelieu, 1585 ~1642）的侄孫、伏爾泰的朋友黎希留公爵（Duke de Richelieu, 1766~1822）。

我們看到兩人的生命軌道正一點點靠近。這時伏爾泰的女友，一位男爵夫人剛剛去世，他不得不從男爵公館搬出來，搬到與聖路易島只一河之隔的布羅斯（Boras）街。這條街就在如今的市政府後面，伏爾泰住過的1號在街頭，一走出來便是市府堤岸街，與安茹堤岸街中間只隔了一條塞納河，走過路易・菲利浦橋，便上了小島。

不過他們的初次邂逅既不在夏特萊公館，也不在布羅斯街的伏爾泰寓所，而是在歌劇院，看雙方一位共同朋友的歌劇作品彩排的時候，時間是1733年4月14日。這年伏爾泰38歲，其實十五年前他在夏特萊夫人的父親家裡見過這個女孩。那一面並沒有激起什麼情感火花，這一次就不同了。種種跡象表明，歌劇院的這一面，決定了此後兩人的生命軌道。從保存下來的伏爾泰於5月6日寫給她的第一封信看，他已爲她傾倒。兩個月後，伏爾泰在一封給友人的信中說：「我逃避憂愁，卻找到了幸福。」他們在夏初就已成了情人。但此時夏特萊夫人與黎希留公爵尙藕斷絲連。我們將會看到，伏爾泰的寬容思想並不只表現在他的文章裡。

從這期間伏爾泰的詩作看來，不管夏特萊夫人對他投入的感情有多少，他已不可挽回地愛上了她。他把她比作星空女神伊那娜（Inanna）：

> 噢，親愛的伊那娜，我崇拜你！
> 為什麼要等到今天才燃起我心中之火？
> 我生命那些美妙的時日都白白丟去，
> （在你之前）我沒有愛過。
> ……
> 直到你靈魂那神聖的火將我穿透，
> 我的生命曾空無一物；

從我無所保留地投向你的這一天起，

整個世界都在我眼前遁逝。

詩是無法翻譯的，但我在此不得不用我拙劣的筆譯出幾句，讓讀者體會伏爾泰一生最熾烈的愛情。1733年夏季那些熾情燃燒的日子，是在夏特萊公館和布羅斯街的寓所裡交替度過的。與其說是容貌——夏特萊夫人並不是美人——不如說是她過人的才智徹底征服了伏爾泰。這個時期的伏爾泰自稱只是個「圍著行星運轉的衛星」。

1733年9月的一個晚上，也就是他們相逢約五個月後，兩人一起去歌劇院看彩排。數學家兼自然學家莫佩爾蒂（Pierre-Louis Moreau de Maupertuis, 1698~1759）原本說好在那裡與他們碰頭，但一心想把頗有數理天賦的夏特萊夫人介紹給朋友的伏爾泰，臨時改變主意，約這位當時已很出名的科學家先到夏特萊公館見面……。他尚不知道，他這一舉動無異於「引狼入室」。夏特萊夫人很快與這位「數學老師」墜入情網。伏爾泰儘管是個大詩人，但在愛情上從來不是一位高手，得知情人背叛，他很有風度和耐心，在1734年春天又寫了第二首長詩獻給正為莫佩爾蒂神魂顛倒的夏特萊夫人。他在詩中重申：「我之所愛便是我的全部……。」

1734年春天還發生了一件在伏爾泰的一生中頗爲重要的事件，這一事件繼一年前他們在歌劇院邂逅，再次把兩人的生命軌道拉近。伏爾泰從英國回來後，便寫完了後來使他名聲大噪的《英國書簡》（*Lettres Philosophigues*），身為洛克（John Locke, 1632~1704）

思想的追隨者，他對法國的現存體制進行了無情批判。他深知此書一出，必然引起軒然大波，便一直不敢發表。誰知他一時大意，被唯利是圖的書商取得手稿內容，《英國書簡》就這樣因爲一部分人的利益，在伏爾泰完全不知曉的情況下面世了。結果可想而知，一封通緝令殺過來，伏爾泰靠朝中朋友通風報信，於1734年5月6日拂曉，匆匆逃離巴黎。說到書商的「貪婪」，我倒要爲他們正一正名，正是這種被利益驅動的貪婪，無形中成了多少自由思想的搖籃。事實上是自由經濟催生了自由思想，而非反之。後人眼裡的啓蒙運動（Enlightenment）只有那些哲人和科學家，而其實那不過是「檯面」上的人物，驅動這些人物運作的是下面正在形成尙沒有多少自由度的出版機器。

在此之前伏爾泰已兩次入巴士底監獄（siege of the Bastille），爲避免第三次，他選擇了逃亡。可逃向何方呢？夏特萊夫人伸出援手，讓伏爾泰逃到她丈夫家族的房產西雷城堡，那地方在當時是邊境。夏特萊伯爵一直與夫人維持著表面上的婚姻實際上的友誼關係，他通情達理地將老婆的情人安置到自己的城堡裡，條件是由伏爾泰支付城堡和夫人的開支。

西雷城堡位於巴黎東南方的上馬爾納省（Haute-Marne），距首都約兩百五十多公里的路程。從5號高速公路出巴黎向東南方向走，至肖蒙市（Chaumont）下高速公路，沿67號國道朝北走一小段，就能找到這座建在布萊茲河上的城堡。城堡所在的小鎭名叫布萊茲河上的西雷，掩在東部大片略帶起伏的綠色原野中，事先不看好路，是很難找到的。這裡當時是法國的邊界，在東邊的洛林省

（Lorraine）還是個獨立公國。我們在近現代史中看到，德法爲這塊土地大打出手，直到二次大戰結束才徹底劃歸法國。城堡在小鎮一片紅色瓦頂後面的小丘上，由於樹木的遮擋，在公路上不大看得清。城堡早已幾度易主，夏特萊夫人唯一活下來的兒子，未能逃過法國大革命的斷頭臺。現在的城堡主人與夏特萊家族已毫無關係，城堡也並未被私人捐出或國家買下建成紀念館之類。但4到9月間，人們依然可以來參觀，因爲城堡主人將城堡的一隅開闢出來，供「伏迷」們來「朝聖」。其實除了城堡外觀還大致保留了18世紀時的舊貌，裡面卻早已沒有了伏爾泰和夏特萊夫人的遺跡。現在展出的東西都是根據史料重新布置的，以安慰遠道而來的遊人。只有布萊茲河依然如昔，在兩個舊主人後繼續流淌了數百年，好像一切都沒有結束。

伏爾泰一到西雷城堡便大興土木，一來城堡年久失修住起來不舒服，二來也是想借此吸引留在巴黎遲遲不願與他會合的夏特萊夫人。此時夏特萊夫人還在巴黎與莫佩爾蒂「深化」她的數學和物理，儘管她聲稱留在巴黎是爲了爭取伏爾泰的自由，她也確實在爲此做努力，但伏爾泰心知肚明，他在給友人的信中說：「面對我夫人[1]的好意，我只能聽憑天意和一個戴綠帽子丈夫的耐心了。」這大概是世界上最心平氣和的戴綠帽子的「丈夫」了。非但如此，他還一再在世人面前爲女友的行爲辯護，他反覆說這是個「人們不瞭解的女人」，終其一生他都反對爲某種偏見而否定一個人的價值。

[1]儘管沒有正式結婚，伏爾泰一直這樣稱呼夏特萊夫人。

靠了夏特萊夫人的斡旋，伏爾泰曾短時間恢復自由，被允許回巴黎，但1736年他的長詩《凡夫俗子》發表，又使他再次被通緝，至此他才死心塌地地留在西雷城堡。而這時夏特萊夫人對他的感情也起了根本變化。

1734年10月的一天，她忽然回到了西雷城堡，此行的原因是莫佩爾蒂離開她去了瑞士巴塞爾（Basel）。她和伏爾泰的第二次蜜月持續了兩個月，直到莫佩爾蒂返回巴黎。幸福且好風度的伏爾泰還寫信邀他在歸途中來西雷城堡一聚。讀讀伏爾泰的這封信很有意思，你從中可以透視一顆寬容之心的力量：「世上最美麗的生靈[2]成天都在用令人難懂的數學語言寫信給你，而我要用散文詩一般的語言告訴你，我一生都將是你的崇拜者和朋友。」

但莫佩爾蒂沒有如邀去西雷城堡，他直接回巴黎。夏特萊夫人隨後追至巴黎。在其後的數月，莫佩爾蒂一直躲著她，因爲熱情已冷。夏特萊夫人一生都是在追逐情人中度過的，她的絕頂聰明在感情上並沒有幫助她。遠在西雷的伏爾泰靜靜地觀望著他不幸的女友，寫詩寄給她讓她睜開眼睛。1735年3月，伏爾泰獲准重返巴黎。但癡迷的夏特萊夫人並沒有回心轉意，伏爾泰的耐心用盡，他離開巴黎去了洛林公國（Lorraine）的首都呂內維爾（Luneville），並扔下話，只有她待在西雷，他才回去。他5月初動身，給她幾週的時間考慮。5月21日，她最終做了選擇，她在這天給舊情人黎希留公爵的信上說：「我全部的所有都在呂內維爾……遠離我的所

[2]指夏特萊夫人。

愛，我的生命正離我而去……」。

1735年6月回到西雷城堡的夏特萊夫人尚不知道，此後的幾年她度過了一生中最充實最幸福的時光。一年以後，再次因言論獲罪的伏爾泰由她陪伴星夜逃過邊境，分手時，她第一次深深感到她對他的感情。在返回西雷城堡的馬車上，她流下了眼淚。也就是從這一刻起，他們的角色互換了一下，從此之後，是她處在求愛者的地位。就像她以往歷次愛情。這一年她30歲。

伏爾泰和夏特萊夫人斷斷續續在西雷城堡度過了十五年。期間，伏爾泰有過短時間的不忠，但他一生體弱，不是個情欲旺盛的人。1740年以後，熾熱的情感漸漸冷去，但夏特萊夫人的眞正「情敵」，不是某個女人，而是普魯士國王腓德烈二世（Friedrich II, 1712~1786），這位伏爾泰的欣賞者的召喚，和權力的誘惑，在四〇年代，一直是夏特萊夫人的心患，因爲伏爾泰最大的弱點便是虛榮，這給他一生惹了不少麻煩。夏特萊夫人曾有一段自白，頗能概括自1735年以後她的生活：「由於那個征服了我的靈魂的人的愛情，我在十年中是幸福的，這十年，我是和他肩並肩度過的，沒有片刻的厭煩和倦怠。當年齡和疾病減弱了他的興趣，我竟然長時間無所覺察，因爲我一直爲兩個人在愛；我生命的每分每秒都和他在一起，我這顆不存一絲疑慮的心，享受著愛的快樂和自以爲被愛的幻覺。」

儘管與大文人伏爾泰相伴多年，夏特萊夫人始終與文學無緣，但她的邏輯思維能力曾讓伏爾泰自嘆不如。兩人最初生活在一起的那段時期，伏爾泰受她影響，拋開詩和歷史，搞起了牛頓物理，他

巴黎聖路易島的肉鋪前多了一個客人。

1737年發表的《牛頓的哲學原理》和1738年發表的《論火的性質》，有多大程度是夏特萊夫人的工作成果，現今已無從探究。但他肯定了她的貢獻，並在給朋友的信中說她是他在這方面的「引導者和權威」。他入選法蘭西學院院士，也是夏特萊夫人繼兩次周旋失敗後第三次努力的結果。而夏特萊夫人一生只寫過一首拉丁文的詩，可見伏爾泰受她的影響，要多於她受伏爾泰的影響，這首詩後來被刻在伏爾泰的墓碑上，翻譯過來大意是這樣的：「有朝一日，他將爲所有人愛戴，就像今天他爲他的友人所愛戴。」

1747年，夏特萊夫人結識了洛林公國王室的一位年輕軍官聖朗貝爾伯爵，他是個風流詩人，比夏特萊夫人小十歲。她大約在1748年間成了他的情人。伏爾泰只是在第一次突然發現兩人的關係時發了火，但一夜過後，他便與聖朗貝爾握手言和，並且寫了一首俏皮的詩給聖朗貝爾：

聖朗貝爾，這美麗的花，
只是為你而開放。
你採下的是玫瑰，
而刺卻留給了我……

在1778年去世前，伏爾泰一直與聖朗貝爾保持著朋友關係和通信聯繫。

1749年43歲的夏特萊夫人懷了聖朗貝爾的孩子，她在這一年大腹便便地完成了《數學原理》的翻譯。9月3日，她生下一個女孩，但孩子第二天便死了，她也在幾天後死於產褥熱。那一天，夏特萊伯爵、伏爾泰和聖朗貝爾都站在她的床前，她感覺死亡臨近，沒有叫人請神父，而是讓人把她的譯稿拿來，她用顫抖的手寫下「1749年9月10日」這個日期，幾小時後，便離開了人世。

儘管他們已經舊情不再，何況她還懷著別人的孩子，但夏特萊夫人的死對伏爾泰是個沉重打擊。不管風風雨雨，十五年來，他的生活一直圍著她這個軸心在轉。他一度想去修道院隱居。並且終於忍不住對聖朗貝爾說了句責備話：「嗳，眞見鬼，你竟然讓她在這樣的年齡懷孕！」

夏特萊夫人去世後，伏爾泰將她的遺稿全部讀完，他對朋友說，他發現了「一座山嶽」，「山嶽」具體指什麼不得而知，但他後來陸續將她的手稿出版。1759年，也就是夏特萊夫人死於產褥熱十年後，她翻譯的牛頓的《數學原理》在伏爾泰的推動下，終於出版。伏爾泰爲此寫了序言：

> 這項法蘭西所有的學者本該著手的翻譯工作……卻令人驚奇由一個女人、為了國家的榮耀，從事並且完成了……我們眼前有兩個天才，一個是寫出這部書的牛頓，一個便是將此翻譯並加以明析的這位女士。

伏爾泰故居西雷城堡。

此話不無誇張，但概述了伏爾泰對這位摯友自始至終的看法。在夏特萊夫人離世的當年，他也離開了西雷城堡，此後再也沒有返回。是死亡做出了最後決定。

伏爾泰與夏特萊夫人斷斷續續十五年的關係給我的啓示，並非熱情而是主角們在複雜關係中的妥協態度。我從中意識到人在某些基本行爲上的寬容才是催生諸如自由之類的基礎，除此並無捷徑。

從巴黎聖母院後面的聖路易橋走過來，無論是初春的午後還是夏日的傍晚，都有一種在街角撞見舊情人的感覺，彷彿彼此在說：「你在等我嗎？」「我在等你。」

自由往往是你放棄某些權利時才有的東西，它恰恰不是一種全面佔有身外世界的概念，而是懂得自己可以得到什麼的概念。這是個非關主題的意外收穫。伏爾泰有一句我以爲的至理名言：「和平的價值要勝過眞理的價值。」適當地放寬對「爲眞理獻身」的理解，並不是丟掉眞理，而是多了一把解釋眞理的鑰匙。

法國北方華工墓

聖昂戈埃爾是巴黎以北兩百多公里處的一個小鎮，第一次世界大戰時的一個礦工村。從一號高速公路前往北部重城里爾（Lille）或布魯塞爾的巴黎人，絕少會往這個小鎮去彎一彎。北部的煤礦早已隨著電氣化的步伐一一關閉了。在這一區域的公路上行駛，時不時地會看到廢棄的煤山，遠遠地兀立著，像黑色金字塔一樣，隱隱地牽扯著過路人遙遠的記憶。

除此之外，聖昂戈埃爾只是個歷史記憶的空白點，就像無以數計的無名的地方或無名的人一樣，對於外部世界，它們或他們無異於不存在。在鄉間走岔了道的人才會發現他們根本未想過其存在的地方，而在大都市鬧市人海中的行人則多半意識不到身邊那些過路人的存在，這就是我們這個廣袤的世界和它的邏輯。

誰也不會費神去記起聖昂戈埃爾的鎮公共墓地裡有一片英軍墓，而這片英軍墓走到盡頭有一小方墓地，裡面埋了四十九個中國人。連小鎮的居民也幾乎沒有人意識到，公墓的盡頭長眠了幾十個中國人。而事實上那些墓已存在了近八十年。直到1994年11月。

1994年11月，小鎮約里奧－居禮（Joliot-Curie）小學的教師托馬先生帶著一幫學生做田野調查，走進這片一次大戰的英軍墓時，意外地發現了這四十九個刻有中文的墓碑。

在尋找這些墓碑來源的過程中，他們發現了一段從來未曾被提起的歷史：一次大戰中國勞工的歷史。托馬先生發現聖昂戈埃爾的鎮歷史資料和他們所在的加萊海峽省（Pas-de-Calais）歷史資料中，對於參加一次大戰的中國勞工隻字未提！

儘管我早已知道聖昂戈埃爾以南接近大西洋的索姆省（Somme）有一座規模比這大得多的中國勞工墓，也是在官方資料中唯一找得到線索的華工墓，但我必須承認促成我此行和此文的最初推動力，是這四十九名幾乎被遺忘的中國人，和這個處於歷史記憶空白點的聖昂戈埃爾小鎮。

在法國國土上的英軍墓分兩種，一種是在田野或公路邊單設的墓地，另一種是在市鎮公墓裡闢一塊墓地。在距聖昂戈埃爾三十多公里的途中，在919號省級公路邊，我意外地先發現了另外一個華工與印度人的墓地，那是在名叫阿耶特的村子外的一個小公墓，就叫阿耶特中印墓地。說到印度人，這裡要作一個解釋，印度和巴基斯坦是英聯邦的成員國，也參加了一次大戰。而中國不屬於英聯邦成員國。第一次世界大戰從1914年打到1916年，已造成人員大量傷亡。比如1916年7月1日這一天，英法軍隊與德國人在索姆省爆發一場激戰，僅一天英軍便傷亡了六萬人，其中兩萬人陣亡，德軍也損失兩萬人。也就是從這時候起，所有能上前線的人，都被送進了戰壕。人力資源不足，促使英法政府鼓動中國參戰，在直隸和山東設招募點，十幾萬中國勞工便抱著到外鄉去賺點錢的單純念頭，陸續被送往血與火的戰場。

墓地掩在村外的一片雜木林中，離開公路，拐進林中一條僻靜而泥濘的小路，走一小段，便看見路左矮牆中的白色墓碑。路右邊的雜木林望出去是一片綠色的牧場。這個4月的中午，四野寂靜，只聽到風聲鳥鳴，陪伴著這些孤魂。中國人的集中在墓地的左邊，有五十四人，右邊是印度人的墓。我看到一塊墓碑上寫著：劉子有，直隸滄州縣人，死於1918年3月22日，這最後一句是英文。在碑頭的中文字「流芳百世」下面是英文「A good reputation endures for ever」（好名聲永遠流傳）。我不知道在八十六年後的今天，這個名字是否還對某個家庭具有意義？而這個我想像的家庭是否知道他埋骨於法國西北部這個偏僻的村莊？阿耶特對於剛才我探路時詢問過的那個中學生來說，沒有什麼特別的意義，她甚至根本不知道村後有塊中國人的墓地。但對於這個叫劉子有的中國人來說，阿耶特不同尋常，他的生命之旅在此戛然而止，縱然有千萬種理由，這個直隸人都不該將年輕的生命投向這萬里之外寂靜無聲的墓地。

所謂勞工參戰，進而使中國在1919年莫名其妙地成了戰勝國的一員，不過是我們不切實際的一廂情願。就像我們在其他許多事情上一樣，「阿Q式」的浮誇和自我安慰，使我們在很多國際問題上看不清對手更不明白自己，進而從一個極端跳到另一個極端。我們糊裡糊塗地派十幾萬人去送命，參加一場與我們無關也非我們力所能及的戰爭，進而奢想戰後可以被列強平等對待但終究幻滅，五四運動的爆發，難道不就是幻滅的結果嗎？

這樣的思緒從一開始便纏上了我，後來始終沒法偏離這個視角。離開阿耶特，很快就到了三十多公里以北的聖昂戈埃爾鎮。這個鎮一次大戰時幾乎被夷爲平地，從現在參差不齊的房屋建築，可以想見破壞的程度。它當時距前線只有四公里。在北方各省，你很難找到未遭炮火毀壞過的古城。

這個鎮公共墓地有一半劃給了英軍墓，使得長方形的墓地被一分爲兩個細長的條塊，而中國勞工的墓在一個細長條的最裡面。在每個英軍墓都設的登記簿上，你可以找到英軍陣亡者的名單，但中國勞工的名字一個都沒有列在上面。八十多年來，也許從沒有一個來自東方的探訪者走進這個墓地。四十九個魂靈在宏大的歷史天平上太輕了？幾十個來自河北和山東的農民，就像近百年後的今天淹死在英國海灘上的福建農民以及幾年前悶死在英國多佛卡車裡的浙江農民，中國苦力的命運難道有過根本改變嗎？我想到「生命中無法承受之輕」那句話。

1916年12月第一批來到歐洲的中國勞工從法國哈弗爾港（Le Havre）下船後，便被塞進裝貨的悶罐車。他們穿著藍布短襖，燈籠褲，腿上綁著綳帶，頭上戴著帶皮耳遮的無簷圓帽。這是我在資訊爆炸的法國找到的對當時中國勞工唯一的一份描述。這些面黃肌瘦的黃種人背著扁擔、籮筐，推著獨輪車，他們走起路來邁著碎步，絕大多數人生平沒有見過飛機。可以想像在炮火、地雷和轟炸機的環境裡他們的驚恐。當地居民對他們並不友善，這些未開化的黃種人讓他們害怕。何況他們是「劣等民族」，英國人用棍棒打他們，就像打狗一樣。他們的營地就在聖昂戈埃爾邊上的另一個鎮子布維涅，現在那塊林地已成私產，除了幾棵樹幹上留下一些小船或動物的刻痕，讓人大致可以判定勞工營的方位，其餘什麼都沒有了。只知道他們最初被埋在營地附近的田裡，1920年8月才遷到聖昂戈埃爾的英軍墓地。沒有關於他們生平的任何記載，恐怕山東或直隸老家知道他們西行的人也早已不在人世。只有這四十九塊石碑算是他們存在過的唯一的證據。

我這次北方之旅，自聖昂戈埃爾後，自然地變成了一次墓地之旅，因爲沿26號高速公路繼續往西北方向走，一路上都有華工墓。法國西北面的北方省、加萊海峽省和索姆省是一次大戰時英軍的地盤，人稱「西線」，華工墓主要便分布在這一地區。在參加一次大戰的十四萬華工中，英軍是主要僱傭者，旗下有九萬六千華工，另有三萬七千華工在法軍旗下，1918年又有七千華工爲美國軍隊服務。

法國西北部的英軍墓。

諾曼第盟軍登陸點的德軍墓。

距聖昂戈埃爾西北十多公里處的肖克鎮，就有一座英軍墓地。要不是事先有備而來，並且在入口處登記簿上查到，很難想像這座建在鎮外一片田野上的墓地埋葬著十六個中國人。我仔細看墓碑，有一個令我吃驚的發現：十六個人中，有十二人死於同一天：1918年5月29日。這一天發生了什麼事？我知道，英國人和法國人並沒有按合約對待他們，讓他們只做工或務農，而是讓他們挖戰壕、掘墓埋屍、到戰場排地雷。一次大戰時英軍射出的炮彈，由於技術不過關，有百分之三十落地不炸，到戰場清理這些炮彈，自然是中國人來幹。現在已無從知道這十二人是死於地雷、炮彈的意外爆炸，還是飛機的轟炸，他們已無言於世。在法國浩如煙海的一次大戰回憶錄中，沒有人提到他們；那麼多的電影、小說，沒有人講述他們的生死。他們的存在與消失，都是無足輕重的。

再往西北走三十來公里，在朗格耐斯鎮中心的公路邊上，也有一片很大的英軍墓，裡面埋了兩千八百多陣亡將士。一走進去，碧綠的草坪上，綿延的白色的墓碑一個接一個，整齊有序地排列著。英軍墓有別於美軍、法軍、德軍墓，它的墓碑不是十字架形，而是長方形帶弧頂，類似於中國的墓碑。我是在法國首次看到了這種密密麻麻排著石碑，有時大得一望無盡的軍人墓地。這種場面令人驚心！在這塊土地上，光英軍墓就有一千多座，還僅僅是一次大戰和二次大戰的軍人墓。有時路左是一片英軍墓，路右便有一片德軍墓；這個村子有一座美軍墓，下個村子就有一座德軍墓。我可以想像後來的英美遊客看到這樣的墓地，走在這白色墓碑的海洋裡，會激起一種怎樣的愛國情緒？當初出於人道主義建墓的人，大概沒有想到這些墓要比任何東西更能教育後人和平的可貴和脆弱。

在墓地正首右邊的一個角落，我找到了六十四個中國勞工的墓。可悲的是，這些華工墓給我的卻遠遠不是愛國主義的提醒，而是一種更深更沉痛的東西。又有十七人死於同一天：1918年5月18日。看來在1918年11月停火之前，戰鬥是異常激烈的。從幾個墓地的情況看，中國勞工主要死於1918到1919年，1918年多半是被炸死，1919年則有炸死，也有死於吞噬了上千萬人生命的西班牙流感。我曾在一份資料裡看到一則稀有的紀錄，那是經歷過1918至

1919年冬季的老人留下的：這些可憐的中國人沒有禦寒的冬衣，經常是赤足行走，吃得很差，擠在沒有任何衛生設備的集中營裡，任何與當地百姓的接觸都是被禁止的。這一切與當時聯軍爲了宣傳爲中國勞工拍的官方照片眞有天壤之別。別人出於自己的目的做這樣不實的宣傳尙可理解，令人不解的是當時中國也只講如何光榮參戰，而無視這些生靈的苦難。

再向西北走不遠，就是呂明根公墓。呂明根是個小村子，這座只安葬中國勞工的墓地很小，在村後的田野裡用矮牆圍成一塊方地，七十五個中國人就埋骨於此。四周極靜，沒有一個人，連狗吠聲都沒有，只有開墾了一半的荒地。墓牆外面的荒草長得很高，在風中沙沙地響著。沒有英軍墓通常的高大十字架，只有兩棵細長的樹，一左一右護衛著這些客死遠鄉的人。

我繼續沿26號高速公路，在大西洋邊的加萊轉上沿海南下的940號省級公路。沿途有埋葬了兩百零三名中國勞工的雷巴拉克英軍墓，再往下走是葬了一百六十名中國勞工的聖埃蒂安奧蒙英軍墓。直到傍晚來到索姆河口的諾萊特村。這裡有一座全歐最大的華工墓，它與呂明根華工墓構成兩座唯一單埋中國人的墓地。

在一望無際的牧場當中的這座墓地遠遠看去非常顯眼，因爲它除了圍墓的矮牆，正中還有一個中式牌樓似的門。它的原址就是當時中國勞工的營地。英軍在西線最大的後方基地位於距諾萊特村不遠的阿布維爾城，而與諾萊特村幾公里之隔的索姆河上聖瓦萊里鎮，就是英軍後方最大的港口。這就解釋了爲什麼在這裡做工的華工最多。

除了這個牌樓似的石門，這個墓地與我們剛才看到的華工墓沒有什麼差別，綠草地，白色長方形的墓碑。裡面埋葬了從1917年4月到1920年3月間死亡的八百四十二名中國勞工，幾乎清一色的直隸和山東人。

舊日營地已經片瓦無存，只知道當時是一個很大的勞工營，有成排的供居住的木棚，有廚房、監獄，甚至一所醫院。說是醫院，不如說是瘋人院。因為那些從寧靜鄉村來的中國人目睹前線戰鬥之慘烈，又遭受飛機的轟炸，眼看著同胞慘死或負傷，精神受刺激發瘋的人就關在裡面。諾萊特村現已不在人世的老居民曾回憶過：敵機轟炸營地後，中國人發出的尖叫聲不絕於耳，他們拉掉封住營地的鐵絲網，向外奔突。大約有九萬中國人先後在這個營地住過。英國人和法國人都叫他們「苦力」，我在法文裡看到coolie這個名詞，一查出處來自英文。沒有什麼比這個詞更能代表中國人一個多世紀以來的屈辱了。什麼時候中國人不再外出做苦力了，那才眞正是中國人可以自稱富強之時。

當時一個苦力簽的合約是做工三年，每天工作十小時，沒有休息日，每天的工資是一個法郎。就算那時的貨幣比現在值錢，他們所付出的，也遠遠超過這微薄的所得。何況他們往往被當作劣等人種對待，他們的膚色決定了他們的命運，如果反抗不從，則可不經審判，格殺勿論；如果逃跑，抓住後，就被打死論處。

現在這綠草如茵的墓地，當然不會有一塊石碑或一枝花木，讓你去聯想這些。這些都是不可告人的。它隨著這段無聲的歷史變成了無字的、碩大的「沉默」。

看到這裡，也許有人會問，爲什麼中國勞工的墓被這樣完好地保存，既然中國人的命賤如草芥，爲什麼他們的墓被這樣妥貼地維護著？冥冥中是怎樣的一種力量，使他們沒有像灰燼一樣在這個並不給弱者多少聲音的世界最後消失？我想應該感謝一個人，此人叫費邊・韋爾（Fabian Ware, 1869~1949），英國人。1914年，他在法國領導紅十字會一個英國分支時，發現清點和記錄陣亡戰士墓的工作相當混亂，他便有了一個想法，一個並不複雜的想法，成立一個機構，專門從事永久紀念陣亡者的活動。他出身貴族，在英國上層有影響，這個建議很快便被接受了。1917年，英聯邦戰爭墓地委員會成立。這是一個私人機構，因而它儘量保持非國家機器的身分，盡可能抹去意識形態色彩，而以人道面目出現。盎格魯－撒克遜人做事一般都有這份細心和聰明，不能不讓人佩服。但實際上它並非與官方沒有一點牽扯，因爲它的費用全部由英聯邦各政府支付，其中英國政府出資近百分之八十。費邊・韋爾當時提出了一個原則：不分種族、不分軍階、不分信仰、不分戰爭地紀念所有戰死者。正應了在死亡面前人人平等。根據這個原則，你走進任何一座英軍墓，所有陣亡者的待遇都是一樣的。中國勞工不管生前多麼受歧視，死後和英國人一樣，唯一的不同是墓碑上多了幾個中文字。

這些中文字是最後一批勞工在1919到1920年間，爲自己同胞刻的。可惜的是，一些隨著歲月損毀的墓碑，被替換後，中文便消失了。我在採訪英聯邦戰爭墓地委員會法國分部時，特意問了這個問題。他們也意識到這個缺憾，目前已決定以照片存檔的方式，在今後換墓碑時，儘量以原貌複製。

這個委員會還確立了一個原則，即儘量在陣亡點建墓地。這也就解釋了爲什麼華工墓零零落落分了二十七處；而英聯邦戰爭墓地委員會在世界一百多個國家管理著兩千五百個墓地。

我個人以爲，費邊・韋爾最英明之處，是第一個提出要爲戰士個人建墓，而不是爲國家機器建一個集體的紀念碑了事。這就使得陣亡者的命運超出了國家利益、意識形態和時代的限制。在這個不變的原則下，每一個屍首尚存的戰士都有一個獨立的墓和墓碑，即使是失蹤的人也有他們的名字被刻在專門爲此而建的紀念碑上。總之一個宗旨：要讓這些未能活到天足之齡的人的名字得以永存。這是活著的人能爲他們做的最起碼的事。因此在每一個英軍墓地，無論是一次大戰還是二次大戰的，都能看到一塊十分簡樸的方碑上寫著：「Their name lives for evermore」——「他們的名字永存」。

另外保存陣亡者的資料也是其職責之一，也正因爲這樣我們才能幸運地找到當年爲英軍服務的華工墓的地點、數目。相比來講，當我打電話向負責法軍墓的法國老戰士部詢問華工墓的情況時，得到的答覆是目前尚沒有任何資料和資料。

歷史的可笑之處便是，我們到最後還得感謝英國人，當然並非同樣一批人。

我的旅行最後在夜幕中停在了索姆河上的聖瓦萊里，我沿著堤岸向河海交會的遠方眺望。軍艦、貨船早已不見蹤影，連同昔日在碼頭上忙碌的中國人的身影。剩下的只有遊艇、觀光客和燈火輝煌的飯店、咖啡館，伴隨著那恆久不變的欲望和千差萬別的命運。

六月裡的一天

在6月初前往諾曼第的途中，我在塞納河的一個彎道上離開高速公路，前往永河畔拉羅什（La Roche-Sur-Yon），這個巴黎城西五十多公里處的村莊。流經此處的塞納河被一種灰白色的岩石山丘擠壓著，繞出許多彎來，每一個彎就像一個花瓣，永河畔拉羅什就在其中一個花瓣的尖上。

幾年前我曾途經這裡，村子不大，但路邊一座有如懸掛在山岩壁上的高大城堡，曾讓我這個偶然的過客駐足望了好久。再後來，當我發現17世紀著名作家拉羅希富科（La Rochefoucauld, 1613~1680）曾是這個城堡的主人，永河畔拉羅什在我這個路人的眼裡又塗上了一層不同於前的色彩。及至我讀了拉羅希富科《箴言集》（*Réflexions ou sentences et maxims morales*），裡的那句話：

> 在人的心裡，激情世代更迭，永不熄滅，以至於一種激情的毀滅，幾乎不可避免地就是另一種激情的再生。

我幾乎可以說，我拿到了後來這次諾曼第登陸之行的一把鑰匙。事物在我們眼裡那個變化的過程是多麼的不可預測。

1

1944年6月6日晚10點半鐘，德軍西線軍團指揮官隆美爾（Elwin Rommel, 1891~1944）的座車一路長途奔馳，在這座城堡前一溜椴樹下匆匆停住。副官朗格上尉跳下車衝進城堡，向參謀長斯派德爾通報隆美爾從德國返回。城堡空落的走廊裡，迴盪著華格納的歌劇《諸神的黃昏》（*Götterdämmerung*）。

朗格咆哮起來：「盟軍已經登陸，你們還在聽音樂！」

斯派德爾拋去冷冷的一眼：「你認爲聽不聽音樂可以改變什麼嗎？」

我此刻站在城堡前的椴樹下，距那個迴盪著《諸神的黃昏》的晚上有六十年之隔。城堡曾經的主人換了又換，拉羅希富科留下了一本《箴言集》，隆美爾留下了一堆傳說、一次失敗和一個被迫自殺的結局。

他曾經長久佇立的那個高高的花園平臺上，如今的主人只是一群或老或少的遊客。如果你只在城堡地上的數層間遊覽，這座塞納河畔的古堡過去是現在依然只是拉羅希富科家族的祖居。要走到地下，陰冷的地下，隆美爾的影子才陰魂不散地抓住這畢竟難以抹去的歷史的一個衣角。事實上，今天的古堡只在地窖裡放了一組隆美爾將此作爲司令部時留下的照片。

1944年6月4日早晨7點，當隆美爾最後瞥了一眼濃雲密布的天空，坐上停在城堡前準備開往德國的座車時，一切都還沒有開始，而且一切都顯示他等待的那個日子尙不可能開始。臨走前，他還看了德軍氣象師的報告，他繃了兩個月的心弦鬆了下來。

他終於向司機下達了出發的命令。

朗格坐在後座上，他身邊還有一個禮盒，裡面是一雙尺碼並不合適的淺口女式皮鞋——隆美爾帶給妻子的生日禮物，生日就在6月6日。

就在隆美爾的座車碾著城堡院裡的沙石地緩緩離開他位於永河畔拉羅什的總部時，在英國樸資茅斯市（Portsmouth）旁的一片森林深處，盟軍諾曼第登陸總指揮艾森豪（Dwight David Eisenhower, 1890~1969）在一輛旅行車上沉沉入睡，時間是英國夏令時早晨8點。他在剛剛度過的那個不眠之夜裡，也下達了一個命令：由於天氣惡劣，盟軍諾曼第登陸推遲二十四小時，定在6月6日。

2

我在離開永河畔拉羅什前往岡城（Caen）的路上，爲自己總算熬到了一個不必爲歷史某些殘忍的巧合而改變命運的時代，而深深地慶幸。並不是每個人都握有這份幸運。

1944年6月1日晚9點，英國時間夏令時晚10點，在駐紮比利時邊境的德十五軍團司令部，負責監聽的雷謝林中士在BBC電臺播出的個人資訊裡，聽到了這樣一句話：「秋日提琴悠長的抽泣。」中士跳了起來，衝進上司梅耶中校的辦公室：「暗語的第一部分發出了！」

這是德國人從1943年便一直等待的盟軍向法國抵抗組織發出的登陸信號。暗語的下半部分是：「聲聲慢慢抽打著我的心。」法國詩人保羅・魏崙的詩《秋歌》（*Chanson d'Automne*）第一段的上下兩句。蓋世太保用酷刑從被捕的法國情報人員口裡得知這一情報：下一句發出的時候，盟軍的登陸將在四十八小時內進行。

這只是後來的傳說中約定俗成的部分，眞實的情況要遠比上面說的這一部分殘酷而複雜。

這兩句以魏崙的詩作成的暗語是英國特別行動執行處SOE（Special Operations Forces）發給它的三位法國情報人員的，時間是1943年。這一年盟軍並未準備登陸，那爲什麼給這三位法國情報人員一個警報信號一個行動信號呢？

由弗朗索瓦・加雷爾、馬塞爾・福克斯和馬塞爾・魯塞組成的這個地下情報網名叫「巴特勒」，與英國特別行動執行處建在巴黎的另一地下情報網「普羅斯珀」有聯繫。而後者早在1943年春便已被蓋世太保滲透。

英國軍情五處對此已有掌握，但未將危險信號發給在法國的地下情報員。而是坐視他們陷入羅網。爲什麼？

爲的是盟軍1943年夏季一個名爲「Starkey」的行動計畫。這個計畫旨在散布一個錯誤情報：讓德國人相信盟軍將在1943年9月登陸，迫使德軍將盡可能多的作戰師在整個夏季留在法國，以緩解東線的戰事。

蓋世太保在巴黎的逮捕行動也是在這年夏季開始。從被捕的「普羅斯珀」情報網的一名探員口中，德國人知道了加雷爾、福克斯和魯塞在巴黎的一個祕密地點。三人於1943年9月7日這天被捕。

魏崙的詩句「秋日提琴悠長的抽泣……」，就這樣走進了二次大戰的情報史。

戰爭最大的特點就是人的犧牲。這三人至死都帶著出賣祕密的悔恨。我對在酷刑下招供的人，一直抱有同情。這些人才眞正是被歷史折斷命運的人。眞正的英雄有他們的位置，他們終究會被留在那豐碑之巓的。而這些人永遠失去了位置，無論在哪一方。

3

抵達岡城時已是正午。6月的陽光如此強烈，使得這座毀滅後重建的全部水泥建築的城市，顯得蒼白而無美感，即便是諾曼第登陸六十周年慶典的節日氣氛都難以改變。

岡城的命運早在1944年4月28日便已排定。這天反對轟炸諾曼第城市的邱吉爾（Winston Churchill, 1874~1965）與艾森豪碰頭，他迫使這位力主轟炸的總指揮從轟炸城市的名單上撤下了二十七個目標，但其中不包括諾曼第的省會岡城和其餘留在名單上的二十五個目標。當時盟軍內部就這個問題有兩派之爭，一派認爲要不惜一切炸得德軍無立足之地，後來這個軍事的理由占了上風。在歷史的關鍵時刻，人道的理由永遠是必須讓步的。6月7日，一千架轟炸機在岡城上空投下了無以數計的炸彈。盟軍計畫在登陸後四十八小時拿下這個諾曼第重鎭，但卻在三十二天後才最終攻下。

在這一部分的諾曼第旅行，除了壯觀的大西洋和帶樹籬的牧場沒有被1944年6月的炮火徹底改變，其餘城市鄉村的建築已經完全改觀。保留完整的古城、古村幾乎難以尋覓。20世紀四〇年代以後，水泥、混凝土已經取代了19世紀前的天然石材，這就意味著重建已找不回失去的東西。走在岡城的大街上，偶有特意在重建時留下的一截斷牆鑲嵌在風格迥然不同的現代建築群中，讓你體味一下這個城市原有的色彩。在投向諾曼第的兩萬二千五百噸炸彈的威力下，許多城鎮花了三四十年才重建完成，有一些從此在地圖上消失。兩萬多諾曼第人死在盟軍的轟炸和炮火下。有人說這是法國戰後從投降國家擠進戰勝國的行列應付出的代價。但歷史後來證明，這次轟炸行動並不是必須的，單從軍事上也完全可以避免。正是從第二次世界大戰起，由於飛機轟炸，每一次戰爭都讓平民付出了幾乎等同於軍人的代價。他們的命運只繫於他們處在一個好的還是壞的地點。

在戰後媒體一致遵守的「只表現被解放的人民的快樂」之「政治正確」的框架下，戰爭的另一面一直被埋藏了半個世紀，直到六十周年慶典才得以正視。因爲歷史的荒謬之處便是，打死他們的正是他們的拯救者。

我想起拉羅希富科的那句名言：「我們全都有足夠的力量來承受他人的不幸。」雖然生活在歷史幸運的夾縫間的我，隨著年齡漸漸琢磨出了「生命的溫存」這樣一種東西，但舉目看看周圍的世界，再回看歷史，我面前常常出現的是一片望不到邊的痛苦的森林。

1944年6月6日淩晨4點10分，看守岡城監獄的黨衛軍軍官海恩斯在睡夢中被叫醒。這位精通法語的哲學博士匆匆趕回他負責的岡城監獄，就盟軍登陸採取「緊急措施」。海恩斯問上司英國人幾時拿下岡城，回答是二十四或四十八小時。於是就在這天下午，約九十名被捕的抵抗運動成員在監獄的院子裡被槍殺，他們的屍體被扔進那數以千計的彈坑裡，從此下落不明。而此時盟軍的先鋒部隊離這座監獄只有五公里的距離。一個哲學博士，要不是這場戰爭，可能還在某個象牙塔裡研究尼采（Friedrich Nietzsche, 1844~1900）或海德格（Martin Heidegger, 1889~1976），爲生命的意義苦思冥想。我時常感歎生命就像漏勺一樣，有時在頃刻間就失去了它全部的意義！無論你站在什麼陣營。

從岡城沿514省級公路向維特拉姆，也就是盟軍最西面的登陸點「Sword」海灘進發的途中，我走進奧勒河畔的貝魯維爾村。這裡有第一批空降的盟軍傘兵最先搶佔的一座橋。橋邊露天咖啡座擠滿了舊軍服愛好者、舊軍車收藏者和看熱鬧的遊客，人手一只相機，滿耳都是英語。我這才驚覺這是目前世界上最強大的那一部分人的「盛典」，其他人不過是陪襯。我記得在哪裡讀到，艾森豪在6月5日晚上目送首批出發的傘兵登上飛機時，被身邊的記者看見眼裡噙滿了淚。這當然使我聯想到他堅持保留的那份轟炸城市的名單。在人的眼裡，生命無可奈何也不可避免地具有不同的價值。

事實上，德國人對法、美、英戰俘與對斯拉夫戰俘是有根本區別的；而在日本人眼裡，與之平等的只有西方人，對中國人哪有戰俘之說！所以眞正的和解是有先決條件的。二次大戰後的歷史再清楚不過了，昔日的敵人很快成了夥伴；而昔日的盟友該在什麼位置還在什麼位置。

記得幾年前看過一部美國片《大敵當前》（*Enemy at the Gates*, 2001），一直留在我印象裡的便是影片暗暗昭示的一點，對我頗刺激：德國人壞只是因爲出了個希特勒；而俄國人的壞則是「本質上的」。

當年那部電影在我心裡刻下的深痕無論如何像刺一樣拔不出來。不要忘記，他們心裡只有他們自己，別的人只是陪襯。這其實只是兩個自認最優秀的民族的戰爭，盎格魯一撒克遜人和日爾曼人。這兩個民族其實都是種族歧視的，只是一個愚蠢地要剷除異己，另一個則聰明地實行種族隔離。

4

從維特拉姆轉上沿海岸而行的514省級公路，盟軍登陸的五個海灘依次排過去：「Sword」、「Juno」、「Gold」、「Omaha」、「Utah」。交通時時被行駛緩慢的舊軍車阻斷，人人臉上掛著媒體時代特有的那種炒作起來的欣喜。過去在「革命」中、「運動」前，也能在人們的臉上發現類似的欣喜。細究一下，誰也不知道爲什麼。不過至少在和平時代，我們可以不爲什麼地笑一笑。

曾經被稱爲「大西洋壁壘」的德軍防禦工事，在一定程度上改變了法國西海岸的原貌。從加萊到波爾多，那種粗大厚重的混凝土工事，與西海岸的岩崖、沙丘、荒草和海濱別墅，構成了不可分割的風景。514省級公路沿線維特拉姆到格朗岡這一段，因爲有五個登陸的海灘，幾乎就是露天的登陸博物館。這裡一般的旅遊業並不興旺，海濱別墅與諾曼第北部比要少得多，也看不見豪華飯店和餐館。不是登陸紀念日的時候，相當冷清。20世紀初歐洲北部或巴黎的闊人們便沒有選擇此地作濱海療養地，七〇年代後興起的平民度假熱也沒有青睞到這裡，好像有意將這一帶留給了二次大戰的歷史。

孤鷗、岩石、大西洋。

路兩邊全是人，不過沒有穿德軍舊軍服的。和解歸和解，畢竟戰勝者和戰敗者還是有區別的。收音機裡正插播著BBC電臺1944年的廣播，這幾天魏崙的那兩句詩時時都會被當時受著干擾的廣播聲送過來。這倒提醒我上述的那個暗語的故事並沒有完，它奇妙的結局簡直超出人的想像。

1943年10月14日，拿到口供的德國人將這兩句詩配上解釋發給監聽部門。但德國人不知道的是，BBC電臺在三位法國情報員剛被捕時已經播出了這兩句暗語。按理說，播過的暗語便不再有效，也不會再重播，那麼1944年6月1日晚9點德國人終於等到的「秋日提琴悠長的抽泣」究竟是怎麼回事呢？

原來，從1944年2月起，英國情報部門開始了更換暗語的工作，由在法國的地下情報網負責人自己選擇上下兩句暗語。每一個情報網的暗語都各不相同。這年3月，SOE在法國另一情報網的負責人菲力浦·德·沃默古正在英國，臨走前他從自己最喜歡的魏崙的《秋歌》裡選出了這兩句作爲暗語。負責查對的小姐一時疏忽，將兩句本應放棄的舊暗語錯誤地收錄到SOE的暗語條目中。

1944年6月5日晚9點一刻，德國人果然監聽到了魏崙詩的第二句「聲聲慢慢抽打著我的心」。這是BBC電臺向沃默古和他的情報網發出的暗語。

在巴黎蒙帕那斯呂泰齊亞大飯店辦公的德軍情報官雷耶上校聽到這個消息如獲至寶，立刻驅車前往德軍西線軍團總指揮馮·倫德斯特設在聖日爾曼昂雷的總部。應該說德國人歪打正著，一個錯誤的理解，倒正讓他們猜到了盟軍的眞實目的。

在這個星期一陰雨綿綿的夜晚，雷耶上校的汽車穿過空蕩蕩的巴黎街道。他內心激動，認爲自己懷揣的是「德國最後的一個機會」。

他並沒有錯，如果下面事情的發展如他所願的話，後來的歷史會不會改寫也未可知。此時距盟軍第一批傘兵空降到諾曼第的牧場和沼澤地還有不到四個小時的時間，距第一批盟軍士兵衝向海灘的時間尙有九個半小時。

雷耶上校的珍貴情報馬上轉到了馮·倫德斯特的總參謀長齊默爾曼手裡。齊默爾曼只向風雨交加的窗外看了一眼，便沒有叫醒馮・倫德斯特。這樣的天氣，怎麼可能？這肯定又是盟軍的心理戰術。

這天晚上，隆美爾的兩支部隊，駐紮加萊的十五軍團因為直接截聽到暗語，已經處於警備狀態，但他們所處的位置並非盟軍的登陸地點；而另一支正處在盟軍登陸地點的第七軍團卻未得到任何警告，6月5日晚上，不光好幾個師長離崗外出，而且整個軍團都沉浸在香甜的睡夢中。

我們看到，英國人的一個計謀，曾給了德國人一個錯誤的機會；而英國人的一個失誤，又被德國人翻轉成一次眞正的機會；但最終德國人又輕而易舉地放棄了這個機會。簡直不可思議！盡在一念之間。

5

我的下一站是科勒維爾村的美軍墓和距它只十來公里的拉岡布村的德軍墓。記得今年3月我到巴黎東南約一百公里的蒂埃里堡探訪巴金舊跡時，意外發現了一個很大的美軍墓，和與它相距約十來公里更大的一座德軍墓。也是這麼遙遙相對著，一個雪白的十字架，面朝美國；一個灰黑色的十字架，面朝德國。但那兩座墓是一戰留下的。時隔二十餘年，四百公里以西的諾曼第又出了兩座美、德軍人墓，陣亡者又多了數倍。

我想起一則二次大戰老兵團聚時的逸事。美軍505步兵團的下士馬諾恩每年都回他曾經被空投到的聖母教堂村尋舊，他在村裡結識了一個德國老兵魯迪。1944年6月的一個夜晚，馬諾恩與幾個美軍空降兵，在聖母教堂村外發現了五個騎自行車向村外逃跑的德軍。馬諾恩對戰友說，如果對方不發現我們，就不開槍。馬諾恩在幾十年後的今天站在魯迪的身邊，對記者說：「我看我是做對了。德國兵騎過去，沒有發現我們。而在很久以後，我才得知那五個德國兵裡，有一個就是魯迪。」

簡直一個童話！不過所有的巧合、命運，只在今天這樣的背景下，才有意義，否則不過是個漏殺的人。看到這個故事，總讓我想到「既知今日，何必當初」那句話，也許有人會反駁我「沒有當初，哪有今日」。也不無道理，看從什麼角度去想。

汽車從科勒維爾村順一條小路下到那個著名的「Omaha」海灘。站在這個海灘上，首先閃入我腦海的是一個美國老兵說過的話，他說他用了一生的時間都未能忘掉當時充溢在他身邊的血腥味。還有一位老兵說：「6月6日那天，我不是個勇者，我只是個幸運者。」

我不知從多少種角度把自己放在當年衝上這個海灘的年輕人的位置，想像人爲什麼可以如此地走向死亡。據說美軍特意把一群不足20歲的年輕士兵首批送上海灘，原因是十幾歲的人尚意識不到死爲何物。記得父親生前，我問過他這個問題。1949年，他15歲，隨解放大軍打到廣西。他所在的部隊有一次被土匪夾擊在兩山之間，子彈呼嘯，他周圍都是死人，可他還是爬下車去救傷患，他是衛生兵。我問他怕不怕，他只說了一句話：「那時候想不到怕。」我始終記得這句話。人可以處在那樣一種狀態，生與死已經被劃出視線，重要的是做下去，打下去。

我始終未能從生物學上探明，人類在繁衍生息過程中，爲什麼每隔一段，少則幾年、十幾年，多則幾十年，就需要來一次這樣的「集體自殺」。大量的生命像螞蟻一樣，爲一種理想或某種利益犧牲掉。就好像我們的整體命運需要這樣的祭奠，歷史必須浸泊血漿，下一代需要鮮血的洗禮。我得出結論：人類是嗜血的。

充分的清醒讓我意識到自己的幸運，就在此刻，站在這裡，讓思想天馬行空，好像我有無限的權利。要知道，六十年前倒在這裡的人，思想、才華、個性、情感之類，對於他們，全是多餘的東西！

陽光異常明媚地打在雪白的十字架上，那樣耀眼……。拉羅希富科說過：「死亡和太陽一樣，都讓人無法正視。」

美軍墓門口的一方草地上，嵌著一塊銅牌，走過那裡的人，一般都不在意。而那塊銅牌上寫著，下面埋藏著艾森豪將軍1944年寫給未來人的一封信，開啓的時間是一百年後，也就是2044年6月6日。假如我能活到那一天，我極想知道信上寫的是什麼。

隆美爾已死。但艾森豪卻給我們留下了一個碩大的謎。

在歷史的表皮之下

那還是在6月初的諾曼第（Normandie）之行行將結束的時候遇到的一件事。

那天午後，我在看完盟軍登陸的最後一個「Utah」海灘後，帶著被各種新鮮事興奮起來的神經和轆轆的飢腸，離開大西洋，沿著名爲「解放之路」的913省級公路，向內陸進發。在兩個著名的盟軍空降點馬德萊娜村和聖瑪麗杜蒙村之間，我看到路邊一片小樹林，便開了進去。在法國公路邊，常有這樣的爲旅人提供方便的歇腳點，一兩張野餐的桌子，扔棄雜物的垃圾桶，一片樹蔭，足矣，卻常常是路人留下旅途溫馨記憶的所在。

我停下來的這個歇腳點有相當濃密的林子，把公路的喧鬧全部隔開不說，還把三張野餐的桌子也一一隔開，以致每張桌子就像設在一個天然的綠色沙龍裡。

我選中最濃郁的那一間坐下來，吃我的三明治。四周極靜，只有陽光斑斑點點地穿透枝葉，在微風中舞蹈。剛才在海灘上、在馬德萊娜村那種無論你有多少心理防禦都會捲裹你的興奮，就像微汗一樣慢慢落下來。

就在這時，一個老人緩緩走進林子。我完全不知道他從哪裡冒出來，四野並沒有一間農舍。我也不相信他會走到我身邊，法國人有別於中國人的地方，就是不喜歡打擾人。

但這個身穿連身工裝褲的諾曼第老農，正一步步走近林深處的這張野餐桌。

他嘴裡叼著一支細長的雪茄，銀白色的頭髮上扣了一頂藏藍色的鴨舌帽，這種帽子如今只有老古董才戴。他的眼睛是藍色的，帶著一絲似乎已經固定在表情裡的狡黠的微笑。

我不知道是什麼樣的一種巧合，安排他在這時候出現在我身邊。好像我全部的諾曼第之行，需要這樣一個從天而降的人物來畫上一個句號，或者說拉出一個長長的問號，引出以後的故事。

他的出現完全有別於我在海灘上或村子裡找一個當地的老人採訪一番，這就使我至今回不過神來，要不是相機不離手的我當即抓他拍了幾張照片，他的出現和離去，只在吃一個三明治的時間裡，眞的好像並未存在過一樣，只是我的某種意念。但那確實非意念所爲。好奇妙的一天！

我們聊起來，他並沒有什麼事——如我最初推斷的那樣——請我幫忙，他只是閒來走進這片林子，遇見了我。我自然是問起諾曼第登陸「慶典」的事，以爲他會像我在「慶典」現場遇到的法國人那樣，按某種已經定好的基調回答我。因爲我發覺，無論在世界什麼地方，人都有意識無意識地監督自己的思想，讓其不超出當時當地通行的某種基調。我們時常驚訝歷史上有時出現那麼長時期的蒙昧狀態，我們總是在事後想，這麼簡單的道理，爲什麼只有極少數的人明白。事實上只是那個「基調」的槓桿在作怪。

而這個老農恰恰是不遵守這個「基調」的人。我這樣寫，也許

CONSEILS
et CRÉATIONS
PUBLICITAIRES
RÉDACTIONNELS
TRADUCTIONS
ANGLAIS - ALLEMAND
Patricia
et
Michel
FRELAT

法國小鎮民居。

讓多數讀這篇文章的人以爲這是我爲下文做的一個有意的情節安排。事實正相反，是這個百分之百的巧遇，安排我做了其後的事。

「我們其實並不這麼喜歡美國人。」他的第一句話就讓我專注起來。諾曼第登陸時他才4歲，母親靠給美國大兵洗衣服，賺一些食品。「我們在盟軍炮火下遭受的罪，甚於德軍佔領時期。」

「美國人來了就不想走了，」老頭兒繼續說，「要不是戴高樂（Charles de Gaulle, 1890~1970）將軍把他們趕走，今天他們還在這兒呢。」老頭兒眼裡，德軍、美軍差別不大，都想吃法國這塊肥肉。我聽了心驚肉跳。老百姓眼裡自有另一套歷史觀。

「你看他們現在還是這樣，好像是這裡的主人，從德國來參加慶典的美軍跑來跟村長說要徵用這塊地、那塊地。這裡又不是伊拉克。」

「你們村裡的人都如你所想嗎？」我問。

他說：「當然。」可我在村子裡聽到的全然是另一種說辭。我望著這張誠實的臉，心想若是剛才在馬德萊娜村的小廣場上遇到他，他也許也免不了另一套說辭，場景的需要嘛。

我爲了趕路，匆匆與他告別，竟然忘了問他的名姓。他就這麼出現又消失，倒也翻轉了一下布景。戰爭對於普通老百姓來說，正義其實並不說明什麼，倒是苦痛是實實在在，忘不掉的。而後者恰恰是最被忽略的。

我在離巴黎約一百多公里的地方，略向南邊偏下去，停在盧瓦爾河（Loire）支流盧瓦河畔的蒙托瓦鎮。一個十分平常的小鎮，沒有名勝古蹟，沒有什麼值得炫耀的歷史。只因爲六十四年前的一次握手，讓它從此蒙羞。

我在鎮邊與田野交界的地方，找到了這個幾乎決定了法國人命運的小火車站。除了兩翼被拆除，車站主樓尙在，也就是二層民居一般的小樓。新近粉刷過，白煞煞地兀立在那裡。當年的三條鐵軌只剩下一條，因爲一列旅遊小火車要通過。希特勒與貝當（Henri Philippe Petain, 1856~1951）握手的那個月臺已消失在荒草中。那一天是1940年10月24日，一個星期四。距巴黎淪陷僅四個月。

18點，貝當元帥來到火車站前。他是從法國中南部「自由區」臨時首都維琪市（Vichy）坐汽車趕過來的，他一左一右由德軍最高司令凱特爾（Keitel Wilhelm, 1882~1946）和德外交部長李本特洛普（Joachim von Ribbentrop, 1893~1946）陪同，走向希特勒專用列車「Erika」停靠的月臺。希特勒已站在月臺上，先向貝當伸出了手。四名希特勒的御用記者——兩個文字記者，一個攝影師，一個錄影師，記錄下這歷史性的握手。

「一路旅途順利嗎？」這是希特勒向貝當發出的第一句話。

其後約一個多小時的會談在「Erika」上舉行。值得記取的是其中兩句對話：

希特勒：「你們願意不願意與我們一起工作？」

希特勒的翻譯將德文裡的「工作」譯成了法文裡的「合作」。

貝當表示原則上同意。

從這天起，「停戰」變成了「合作」，這個小小的名詞，在其後的四年中，不知掀起了多少仇恨，不僅僅是法國人對德國人的仇恨，而且是一批法國人對另一批法國人的仇恨。在外部一股強大勢力的壓迫下，有些民族更加團結，有些民族馬上分裂，合作者在一個極端，抵抗者在另一個極端，中間是沉默的大多數。多少只在理論上信奉法西斯主義的法國人，經過這次握手，走上了一條不歸路。

就在此前一天，希特勒乘坐「Erika」在西南部法西邊境的昂代見了佛朗哥（Francisco Franco, 1892~1975），那位剛剛將赤色的共和派殺個精光的西班牙獨裁者。與貝當握手四天後，也就是10月28日，希特勒的專用列車停在佛羅倫斯火車站，與墨索里尼（Benito Mussolini, 1883~1945）會面。這一番斡旋，讓一年來樣樣得手的希特勒頭腦發熱，就在十來天後，他命令參謀總部草擬一份進攻蘇聯的計畫。

我站在空無一人，並且也已不存在的這個「月臺」上，想到的是，悲劇從來不會在中途停下來，它一定要走到底的。

我離開已成半片荒草地的車站，走進候車室。火車站早在很久以前就停止服務了，候車室作爲一個售票點得以保留下來，如今已改成一間小小的博物館。我從「車站」唯一的「乘客」，那個熱情的女館員嘴裡得知，小博物館剛建了一年都不到。這讓我頗爲驚訝。

「你知道，我們一直背著『恥辱之鎮』的包袱，戰後幾十年，大家只想快快忘掉。當年選中這裡，是因爲希特勒要南下西班牙，要西進義大利，這裡離維琪亦不遠。更重要的是附近有一個長長的鐵路隧道，可以防空襲。不過蒙托瓦鎮的人就此進入了歷史。『元首』的到來曾使他們『備感榮幸』，後來又恨不得無人知曉……。」直到今天女館員還說：「有人問我持什麼立場，我保持中立。」

我們常常覺得別人的歷史要比我們自己的歷史容易消化得多，事實卻並非如此。

在返回巴黎的路上，我想起六十四年前6月大潰敗時，擁堵在通往西海岸各條公路上的逃難的人流。1940年6月8日，從巴黎開向西海岸的火車還大致準時；到了6月10日，火車開到西部重城雷恩（Rennes）已誤點十八小時；11日，乾脆完全沒有火車了。從中可見潰敗之迅速。

整個6月，半個法國的人都在往外逃，誰也不知道逃向哪裡。最早看到逃難過來的比利時人和荷蘭人，法國北部的人還只是憐憫地看著他們逃命，沒想到這種命運落到自己頭上的速度如此之快。這種整村整村空掉的景象，要上溯到第一次十字軍東征才看得見，那時的目的地是耶路撒冷，這一次卻漫無目的，只知向南、向西。

成千上萬的巴黎人擠在奧斯特利茨（Austerlitz）火車站，長長的人流一直將尾巴甩進地鐵裡，他們從天明等到天黑，就盼望能弄到張車票，哪怕擠在貨車上。

政府官員全都逃往西南部的波爾多（Bordeaux），全國唯一還有組織的是一夥夥盜賊，趁火打劫。銀行裡的儲蓄幾乎被提空，不知前途何在的人們，揣著現款逃命，結果一路上被騙被搶。裝著幾百萬國庫現鈔的飛機被英軍飛機誤擊，無以數計的鈔票如雪花般在田野上飛舞。

1940年6月11日，因爲戰鬥已挽不回敗勢，爲了巴黎城不被摧毀，法國政府宣布巴黎爲不設防的城市。很多年後，不知多少法國人爲此慶幸，那時投降的屈辱只在歷史學家的紙筆上頑固地滯留著，多數人眼裡看到的已是巴黎比柏林、倫敦要幸運了許多。

14日淩晨，第一批德國機械化部隊從北邊的聖德尼斯（St-Denis）像潮水一樣湧進巴黎。少數沒有逃走的巴黎人在他們虛掩的百葉窗後面，驚恐地看著這支有如末日審判的軍隊，旁若無人地開進了他們的城市。

早晨8點，兩個德國軍官走進巴黎警察局，讓留守的局長交出外國人、間諜和共產黨員的檔案。與此同時，德國人開過亞歷山大三世橋（Pont Alexandre III），佔領了殘廢軍人院。9點45分，凱旋門上的三色旗，被德國國旗取代，佔領軍的慶祝儀式開始了。

這一天，不知多少德國軍官和士兵在凱旋門前留了影。這可能是歷史上一支軍隊最短暫、最形式化的笑容，四年以後，站在這裡留影的便已是盟軍的官兵。前一支被打敗的軍隊留下了約二十萬法德混血兒，戰後這些無辜孩子的不幸命運，在凱旋門前留下的笑容裡還絲毫洞察不到。後一支軍隊也在他們勝利的煙塵中捲裹了一堆破碎的心，和一批無父的嬰兒。1945年，成千上萬的法國女人登上橫渡大西洋的郵輪，嫁給了美國大兵。這使我聯想到八〇年代我那些大學女同學，熬不住也就是十年的物質匱乏，紛紛投向西方男人的懷抱。我從中得出結論：不管什麼樣的征服者，在情場上都是勝利者。此是題外話。

就在歐洲錦標賽法國足球隊迎戰克羅埃西亞隊的那天傍晚（2004年6月17日），我在黃昏時分來到巴黎市府廣場。到的時候，比賽已經開始了，廣場上巨大的電視螢幕前，站滿了人。沉靜與喧嘩伴隨著每一次球門前的拼殺。望著湧動的人頭，我驚異於今天歐洲人的愛國情緒幾乎只在足球賽時才集體爆發一次。六十年前的愛國狂熱遠比足球賽走得遠。六十年的確改變了很多東西，那個年輕的理想主義的歐洲已經不復存在。

我在人海中穿行，聽著年輕人的喘息和歡叫。一個民族集體吞咽痛苦的能力是如此之強！我不禁記起一首法文歌曲的唱詞：「我們是否經歷的是同一段歷史？」

我想到1940年的6月17日，這一天法蘭西第三共和國在戰敗的塵煙中崩塌，總統保羅・雷諾（Paul Reynaud）辭職。這個文人總統在這種時刻顯然太優柔寡斷。幾天前，他把法駐西班牙大使、一戰的老英雄貝當元帥召回來，又把年輕的將軍戴高樂提拔進政府做副國務秘書。他尚不知道此舉便意味著，他徹底走下歷史舞臺，以後的歷史將由這兩個人去書寫。

但1940年6月，戴高樂是孤家寡人，保羅・雷諾支持他，但沒有他那麼決絕，當時的德國是那樣的不可一世，除了一兩個天才，人的肉眼眞的難以穿越那層絕望的濃霧，看出未來的某種轉機。何況英國人並沒有全力支援法國，它把飛機留給自己可能的本土作戰；羅斯福給保羅・雷諾的信上，也只是對未來的許諾，道義上的支持，美國尚未遭遇珍珠港事變。戴高樂可以遠走倫敦，保羅・雷諾走不了，成千上萬的法國人在逃難的路上，他們可到不了倫敦。

84歲的老貝當站出來，法國已沒有退路，只能求和。絕大多數政府官員不約而同地站在了他那邊。事實上是四千萬看不到一星半點希望的法國人選擇了貝當——他們當時唯一的救星。

保羅・雷諾說：「你們把希特勒當成拿走我們亞爾薩斯（Alsace）和洛林省的那個老紳士紀堯姆一世（Guillaume I），而其實他是成吉思汗。」誰說這句話不具有預言性？不管我們怎麼看，在歐洲人眼裡，成吉思汗差一點毀滅了歐洲文明。

但在歷史關鍵的時候，溫和派永遠是靠邊站的，人們集體擁戴的是極端派，好像那樣一批人才能給他們帶來更大的希望，而非更大的痛苦。不幸的民族往往會做出這樣的選擇。

1940年6月17日和18日，有兩個歷史性的談話。17日的是貝當發自波爾多的講話，18日的是戴高樂發自倫敦的談話。前者的聽眾是百分之九十九的法國人，後者的聽眾恐怕最多只有百分之一。1944年後審判通德分子時，正式或非正式的，法官每每會問那個處在被告席上的人：「6月18日那天你沒聽到戴高樂將軍的號召嗎？」

命運選擇那些選擇的人，但並不因此放過沒有選擇的人。

1940年6月18日那天，戴高樂被多數人視爲瘋子，如果說他天才般的預言被歷史記住了，他的同胞在當時卻遠遠沒有聽到，更不屑一顧。

六十年前，這個廣場上也聚滿了人，一次是1944年4月貝當從維琪來巴黎，廣場上站滿了歡呼的人群，《馬賽曲》（*La Marseillaise*）在空中迴盪。這一天，據記載，約有兩百萬人上街歡迎貝當元帥。四個月後，戴高樂從倫敦來巴黎，也在這個廣場上，人群歡呼的場面一模一樣，也有兩百萬人上街，只是歡呼的對象變了，歷史的背景變了。當時巴黎的人口紀錄也就是兩百萬，除非上帝之手在幾個月中將全城換了血，否則其實是一群人。同樣的一群人！

直要等到戴高樂和盟軍的勝利，以及這一勝利的火車頭後面拖帶的無以數計的無名的犧牲者、毫無英雄事蹟可歌的毀滅的城市，這一頁歷史才被翻轉過來，17日的講話被18日的講話取代，6月18日成了歷史性的一天，法蘭西重生的一天，將1940年和1944年連在一起的一天。歷史如果還有眞相的話，它永遠只能躲在一個角落裡，不能影響新的解釋者。

我離開市府廣場沸騰的人群，過河來到西堤島上的司法宮。1945年，審判貝當的地點就在這個司法宮。此刻宮門緊閉，除了三兩遊人，巴黎人不是在看足球，就是在餐館或電影院。

審判貝當的那天這裡可是熱鬧非凡。貝當一言不發，旁聽的人一個勁爲他的辯護律師喝彩。法官氣憤地大叫：「這個廳裡怎麼全是德國人？！」

聰明的戴高樂並不想審判貝當。他知道，審判貝當就意味著四萬抵抗戰士審判四千萬合作分子。但貝當被瑞士政府送回來，就不得不審了。死刑是要判的，一段不光彩的歷史要翻過去，終要有一個頂罪的人。但赦免也是必不可少的。否則左派右派間的內戰還要打下去。

羅伯斯比在法國大革命時說過：「不砍掉路易十六的頭，不足以證明革命的勝利。」那麼不審判貝當，也不足以證明戴高樂的勝利。這個道理放之四海而皆準。

老貝當在被流放的那個大西洋的小島上，居然活到95歲。死後就葬在島上，墓碑朝向大陸。戴高樂也葬在家鄉的小墓地，安安靜靜地留在巴黎東部兩百多公里處的一個小村裡，遠離萬神廟，不過這是他的選擇。貝當已沒有選擇。

離開司法宮，過聖米歇爾橋，就是聖米歇爾大街。已是掌燈時分，咖啡館的露天座上滿是人。他們或聊天或看著馬路。但2004年不是1944年，他們註定看不到什麼，街頭的激情已經絕對稀有，除了擁吻中的少男少女。

我們來看看尚－保羅・沙特（Jean-Paul Sartre, 1905~1980）1944年夏季擔任《戰鬥報》特約記者寫下的一段話：

> 我是在聖米歇爾大街的最下端（應該就在我此時站的這個位置），遇到了那個讓人心酸的佇列。那個女人50歲左右，頭髮並沒有被全剃光，幾撮毛髮垂在腫大的臉上。她赤著腳，一條腿穿著長筒襪，另一條腿裸著。她慢慢地走，頭從左晃到右，嘴裡輕輕地重複著：「不，不，不……」。

戰後的集體清算最容易的目標，就是這些爲愛或爲錢和德國人睡覺的女人。外敵剛走，內戰便打起來了。

我想起蒙托瓦小火車站那個女館員跟我說的話，「德國人對我們的傷害，不如我們自己人對我們自己人的傷害。」這只是躲在歷史一角的輕輕絮語。

順著聖米歇爾大街，很快抵達交會的聖日爾曼大街。從1940年6月擁堵在這兩條大街上逃難的人，我又想到1944年8月另一批逃難的人。此逃難已非彼逃難。此時全法國已是一片歡樂的《馬賽曲》，投降、合作的一頁已由一小部分人的犧牲翻過去，隨之翻過的是祖國對這另一批人關上的大門。他們或爲自己的理想、或爲自己的罪惡、或爲自己的愚蠢，站到了另一邊。他們在1944年夏末像過街老鼠一般往東北部德法邊境奔逃，方向與四年前奔逃的人群正相反。

聖米歇爾廣場邊的燕子街。

寫出《茫茫黑夜漫遊》（*Voyage au bout de la nuit*）的大作家塞利納（Louis-Ferdinand Céline, 1894~1961）也夾在這股人流裡。這些人知道德國只是暫時的目的地，等待他們的將是最後的審判。

寫到這裡，恐怕只有一句話是最好的結語：沒有永遠到手的東西，只有永遠被追求的東西。和平和其他許多東西皆如此。

一支沉沒的艦隊

「明白的人常常是那些已經失敗的人。」

不知爲什麼，那天讀到西奧朗的這句話，就想著下一篇文章，要用它開個頭。其實我下面要寫的東西與這個厭世的作家並無關聯。下面的故事是從墓地開始的，從終結的地方開始，就像所有的故事。

那是5月尋找馬爾羅的情人若塞特・克洛蒂斯的墓時的一個小小發現。這個名叫夏羅納的小公墓，就在拉雪茲公墓[1]旁邊，但遠沒有後者的名聲和面積。巴黎的名人們除了萬神廟，全都削尖腦袋要擠進三大公墓：拉雪茲、蒙馬特[2]和蒙帕那斯[3]。也就是到死也不願意被別人忘掉。某天，我走在大到步行都相當吃力的蒙馬特公墓，心想這也是個熱鬧的世界，這麼大，這麼紛雜，各色有名的或

[1]拉雪茲公墓（Le cinetiere du Pere-Lachaise）：位於巴黎東部，佔地44公頃，是巴黎面積最大的綠地。正式名稱是「東部公墓」。這裡曾是「太陽王」路易十四（1643~1715在位）的懺悔神父——耶穌會士拉雪茲的豪華別墅。1804年改為公墓，許多著名人士長眠於此，人們習慣稱之為拉雪茲「神父公墓」。

[2]蒙馬特公墓（Le cinetiere du Montmartre）：佔地11公頃的墓地，於1825年開放，原址為舊時的石膏礦場。礦場同時也用作集體墓穴，尤其在法國大革命期間。

[3]蒙帕那斯公墓（Le cinetiere du Montparnasse）：建於1824年，巴黎第二大公墓，是藝術家和文人的墓地。自1890年起，Emile-Richard街把這佔地19公頃的公墓分為大小兩處墓地。

沒有名的人，都要留下一塊石頭，一句話，一個日期。殊不知生命就像一次旅行，行李越少越好。

所以那天我從司湯達街進入夏羅納公墓時，很是驚訝它的小，儘管我已有心理準備，因爲之前在市區地圖上差一點就找不到它。

這個墓地邊上有一個小教堂，過去每一個公墓都是傍教堂而設，大概是進入天堂的門檻吧。後來教會勢力衰落，天堂不再讓人嚮往，地獄再也嚇不了人，巴黎的公墓便都沒有了教堂，唯獨剩下這個小公墓還按舊習保留了小教堂。

一進門就撞見看墓人，因此馬爾羅情人的墓很容易就找到了。難找的墓我也見過，像上面說的那個西奧朗，我在蒙帕那斯公墓裡找過他的墓，還有一張墓地圖在手，可在附近轉了半天，鬼撞牆似的就是找不到。心想厭世歸厭世，他也免不了俗，要擠到這個文人的「陰間俱樂部」來湊熱鬧。

我問夏羅納公墓那個看墓人這裡面還有什麼名人嗎？他想了想指著墓地一角說有幾個巴黎公社社員，又指著另一角說還有幾個被公社槍殺的人質。天哪，到陰間都彼此甩不掉，這筆賬到何時了？

我以爲這就結束了，在若塞特墓前轉了轉就向外走。高大的看墓人又從他那間小門房裡鑽出頭，對我說，「還有一個名人，就在你身後」。墓地很小，他輕輕一說，我便聽到了。我當時站在墓地中央通向兩個進出口的路上，隨著他的指點，側身一看就看到了羅貝爾·布拉齊亞克（Robert Brasillach, 1909~1945）的墓。

這個「叛徒」作家，35歲便被槍決的才華橫溢的詩人、小說家和文藝批評家。「叛徒」這個詞很有意思，在審判抵抗戰士的法庭上，法官也是以叛變罪將很多人送到了槍口下。在1944到1945年清算合作分子的運動中，戴高樂赦了很多文人，唯獨沒有放過布拉齊亞克。在日後回答文人們的質問時，戴高樂寫過一封信：

> 儘管有一批最優秀的同行為他請願，1945年2月6日那個愁雲慘霧的陰冷的早晨，他還是被槍決了。因為對他，我認為應該行使我對法蘭西應負的責任。這種事是解釋不了的……才華也是一種責任……總之，我覺得布拉齊亞克迷途難返……我之所以對那個早晨記得那麼清楚，是因為在每一個我能特赦而未特赦的人的最後一個夜晚，我都難以合眼，我必須陪著他走完這最後的旅程。

這個讓堂堂戴高樂背上「槍斃文人」的「黑鍋」的布拉齊亞克，後來讓我跑了兩個地方。一個是關押他的弗雷斯勒監獄，一個是槍斃他的紅山要塞。兩個地方都在巴黎南郊20號國道上，相隔十來分鐘的路。陪我去的朋友Ｄ一路上都在嘀咕：「幹嘛同情這樣的人？！」我不得不反覆解釋，這非關同情，如果一定要找出一點同情的話，那也是一種對這類所謂「思想通敵」的文人的惋惜。不論什麼樣的思想犯都罪不該死。這個尺規不劃上，難免不會再出張志新，儘管背景完全不同，但背景是可以轉換的。

說著就到了弗雷斯勒鎮。我跑到鎮公所，對值班的人說：「我要找當年的那個弗雷斯勒監獄。」她說「弗雷斯勒監獄現在依然是監獄。」我吃了一驚，問：「中間沒有中斷過？」「沒有，同樣的地點，一直就是監獄。」

我之所以這樣問，是因爲我知道二次大戰期間這個監獄是猶太人和抵抗戰士被送往集中營的中繼站，很多抵抗戰士死在這裡，有些就埋骨於此。戰後又有合作分子在此聽候死刑判決。我自以爲這樣一個浸透歷史的場所，肯定已被闢爲一個紀念地。王朝時代的巴士底監獄才關了七個人都被推倒了，更何況這裡！結果居然什麼也沒有改變，看來它的監獄使命還遠遠沒有完成。

我跑到監獄門口，自然是獄門緊閉，謝絕參觀。剛才鎮公所的人告訴我，裡面有兩千多犯人呢，意思是說這至今仍是個大監獄。我開玩笑地問：「還有思想犯嗎？」她好像根本沒聽懂，我說的那一大堆帶血的歷史，似乎太遙遠了。寫出《大亨小傳》（*The Great Gatsby*）的費茲傑羅（F. Scott Fitzgerald, 1896~1940）說過：「在靈魂的黑夜裡，日復一日，永遠是淩晨3點。」放在這裡正合適。

1945年2月6日上午9點，布拉齊亞克從弗雷斯勒監獄的一間死囚室裡，被押往紅山要塞。在此之前他在裡面寫完了最後一個劇本《同室操戈》，裡面有一句話算是爲一個悲劇時代畫上了句號：

> 逝去的世紀不會知道真相，不會知道我們曾經相愛，我們曾是同根所生……卻不得不以憤怒和不公正的面目相對。它們永遠都會以為，我們彼此仇恨……永別了，在殺掉你、結束你的生命之前，讓我擁抱你吧，我愛著的兄弟。

臨刑前他還真對那個送他上刑場的政府特派員說：「你願意和

我握一下手嗎？」對方握著他的手，很長時間。

這使我想到法國戲劇家崔斯坦・貝爾納（Tristan Bernard, 1866~1947）的一齣戲，在死刑執行前夜，監獄看守長和死囚鄰室的一個犯人有一段對話：

犯人：你們把他送到一個連你們自己也不認識的地方。你們送他去死，但連你們自己也不知道死為何物……

看守長：他這是罪有應得。

犯人：這麼說是野蠻人先開始，然後是文明人接著做。

我這時已從弗雷斯勒鎮來到紅山鎮。我到處找要塞，直到走到一個軍營門口，有人告訴我這就是那個紅山要塞。我站在軍營門口，一批批在門口大食堂裡吃完中飯的人正在向裡走，我被攔在外面。我沒想到會是這樣的，我以爲至少會在某個角落有一個小牌子，哪怕是記錄一下曾經發生的事。這裡畢竟關押過貝當，槍斃過那麼多人。也許某一類眞實的確沒有存在的必要。

1945年2月6日上午9點38分槍聲從這個高牆裡響起，布拉齊亞克最後一句話是「法蘭西萬歲！」殺人的與被殺的，從這個世紀到那個世紀，從這個事業到那個事業，全都是以祖國之名。

幾十年後回頭去看，布拉齊亞克的這種死法，反倒幫了他，不管怎麼樣他成了某種殉道者。那個歷史污點，多少被他的慘死沖淡了許多。他雖不是第一個被槍斃的文人，但卻是第一個被槍斃的大作家。在要求免他死刑的請願書上，有長長一串作家的名字，包括一些站到另一陣營的作家。到後來，他站在哪一邊，勝利的一邊，還是失敗的一邊，都已不重要，留得下的只有文字，和那在歷史的一角不肯退去的破碎人生的一絲魅力。

逝去的東西會從它失敗的那個角落爬出來，它不會從別的地方爬出來。

我循著此一線索找到的第二個墓地，是巴黎十六區邊上納伊鎮的納伊舊公墓。就在西面台芳斯新區的腳下。二次大戰後被劃在失敗者一邊的右派作家中的另一位特別人物皮埃爾・德里厄・拉羅歇爾（Pierre Drieu La Rochelle, 1893~1945）就葬在這裡。1945年3月20日這天，一河之隔的台芳斯還是個貧民窟，德里厄激烈反對的自由資本主義，尚沒有剷除赤貧，在這裡建起那麼多象徵資本勝利的高樓大廈。在這個巴黎西部富人區的小公墓裡，送他最後一程的多數是女人，他的前妻們和情婦們。這是個被女人包圍的男人，他的一本小說集就叫《被女人包圍的男人》（*L'homme couvert de femmes*）。不過，他在巴黎十七區聖費迪南街23號暫時藏身的小閣樓裡死去的時候，是孤獨一人，人在死亡的火車上永遠是孤獨一人。他的好友、遺囑執行人安德列・馬爾羅還在東部的山裡打游擊，未能按德里厄希望的參加葬禮。這兩個後來站到兩個對立陣營的大作家，並未因爲政治立場的對立中斷友誼。我由此想到在歷史斷裂期那些爲數極少的沒有隨著大崩塌一起折斷的情感，那眞是比露水還要稀少的一種東西。

德里厄・拉羅歇爾是自殺的，而且自殺了三次。他早在1927年30歲的時候就在《年輕的歐洲人》（*Le Jeune Européen*）一書中寫過：「我這人總是一事無成，但至少別連死都搞砸。」但偏偏被他自己說中。1944年8月12日，盟軍攻下距巴黎最近的城市沙特爾（Chartres），當晚他第一次服毒自盡，被第二天提前來打掃環境的女傭發現，送進醫院救活過來。8月15日他在醫院裡割腕自殺，看不清楚，想開燈看一看，結果錯按叫護士的鈴，又沒死成。八個月後，1945年3月15日，一份逮捕他的法令發出，他在當晚開煤氣自殺。這一次成功了，他還給上次救了他的女傭留了張便條：「這一次就讓我睡吧。」

德里厄・拉羅歇爾是這一群我稱之爲「一支沉沒的艦隊」中非常理想主義的人物。他早年參加1914年的一次大戰，三次負傷。從此對資本主義制度和西方民主產生根本懷疑，因爲他發覺不改變這種制度，戰爭還是不可避免。他先投入左派社會主義，但史達林的蘇聯讓他失望；三〇年代後，他又轉向希特勒的國家社會主義和墨索里尼的法西斯主義。因爲激烈反戰，他把與德國人合作看成歐洲聯合的希望。他和布拉齊亞克一樣，在這次站錯邊中，理想主義的成分要遠遠大於投機的成分。他們在失敗後都拒絕逃跑。在法庭上，布拉齊亞克沒有一把鼻涕一把眼淚求饒，但這份年輕氣盛讓他送了命。事實上當時逃跑或躲起來的文人，1951年大赦，也就過了關。不過理想主義的祭壇上總得有一些熱血者。1943年秋天德里厄在日內瓦，本可以就在那裡躲過戰後的清算。他卻決定回國：「我決定回去，乘此機會在適當的時候了結自己的生命。」

德里厄在1945年留下的遺筆的最後一句便是：「我們賭了一把，我輸了，我要求以死了結。」

我想起歐洲大陸四〇年代前的這批文人，出於對資本主義的失望，不是投進共產主義的懷抱，就是投入法西斯主義的懷抱。而二次大戰前，這兩個陣營的人經常是一批人，從這家出來進了那家。都是些熱血青年，激進思想的愛好者，想改天換地，對英美自由主義以弱者的犧牲爲代價非常不以爲然。布拉齊亞克就說過：「法西斯主義是我們的世紀鄉愁。」但激進思想永遠不可能停在一個適可而止的程度，從國家社會主義到反共排猶太，這一步是非得跨過去的；就像從階級鬥爭到打倒一切只一步之差一樣。到最後全都身不由己。

德里厄問自己：「爲什麼我不是個純粹的藝術家，而有這樣一種政治激情？我爲自己不能成爲一個更純粹更偉大的藝術家，或者乾脆做個政治家而後悔。二十年來，我自己都無法適應自己，無法適應這種雙重遊戲。」

他的這段話讓我去翻出很早以前讀過的瞿秋白的《多餘的話》。這兩個人不管最終站到哪個陣營，命運是何其的相似。我想到瞿秋白的那句「一齣滑稽劇就此閉幕了！」瞿秋白以臨終的坦白一度失去了烈士的名號，但最後一步擠進了文學的不朽。他們都是在歷史的棋盤上根本就站錯位置的人。德里厄的《祕密紀事》也是多餘的話。我讀著這兩篇東西，一篇法文的，一篇中文的，我有一種奇妙的感覺，就是死亡前的坦白，與死亡本身已沒有什麼關係，而是文學臺階上最後以死做出的努力。與死亡聯手，使一些作家走上了多數作家登不上的巔峰。死亡可能是一般人的敵人，但不一定是藝術家的敵人。一來，有些工作沒必要重複到老；二來，活得太長，一生占盡便宜，死後並不是一點代價不要付的。

我想到老舍和傅雷的死，以及其他許許多多經歷那個時代的文人的生，這個生與死的「合算」不「合算」，都不需要一百年的歷史沉澱來判斷，生自有生的煩惱，死也並不都意味著失敗。到最後，什麼都留不下，只有文字，何況就是文字也沒有百分之百的保證。人們要求作家的不僅僅是才華，還有一種殉道者的純潔和犧牲。現世的苦難是打開不朽之門的鑰匙，沒有他途。在這裡，所有的算計都是徒勞的。所有的投機在末日審判時都要付賬。沒有什麼便宜是免費的。

德里厄說：「要懂得死逢其時……」，在沒有老到什麼舊東西都不能拋棄，什麼新東西都接受不了的時候，在要被迫做出有辱尊嚴的選擇之前。

我繼續順著死亡這條線索尋找，在蒙帕那斯公墓找死在集中營的詩人羅貝爾・德斯諾（Robert Desnos, 1900~1945）的墓地時，走著走著先看到了尙－保羅・沙特的墓。沙特是在這場歷史大衝突中沒有賠本而所得甚豐的人。他雖然站在抵抗的立場，但沒有任何行動，也就沒有時間和生命兩種犧牲。相反，文壇的大分野，一部分作家投身政治，另一部分作家的沉默，給了當時尙未出名的他千載難逢的時機。

1944年6月5日至6日的這個夜晚，沙特、波娃（Simone de Beauvoir, 1908~1986）和一群朋友辦了個通宵晚會，「我們放唱片，跳舞，喝酒，很快就像往常一樣醉醺醺胡言亂語了」。這是波娃在1960年出版的《年齡不可抗拒》一書中的回憶。而此時幾百公里以西的諾曼第正打得血肉橫飛。

6月10日這天，沙特正在拉丁區的老鴿舍劇院（Vieux Colombier）。他此時最操心的事是舞臺燈光不要受停電的影響。他的新劇《禁止旁聽》上演了，老鴿舍劇院裡擠滿了巴黎上流社會的男男女女，半年多後就被槍斃的布拉齊亞克也在其中。這一天在諾曼第，盟軍剛剛拿下聖母教堂村，整戶整戶的人死在轟炸的炮彈下。但在巴黎，6月的大新聞是尙－保羅．沙特的新劇。對沙特來說，一切順利，評論界的反映很好，包括德國人的報紙。幾天以後，志得意滿的他舉辦了有關戲劇的講座。就在岡城已成一片廢墟，裝滿猶太人和抵抗戰士的火車繼續向東面的集中營進發之時，在塞納河堤岸街的一間沙龍裡，沙特和他的朋友們正在討論戲劇的未來！

也就在這個6月，參加抵抗運動被捕的詩人羅貝爾．德斯諾正

在跳蚤市場看到的這雙舊鞋撐子，總讓我想起逝去的文人。

在德國東部從一個集中營轉往另一個集中營的途中。他1944年2月在巴黎被捕，就在蓋世太保抵達他的寓所前一刻鐘，他得到通知，但他怕女友被抓去當人質，沒有逃。他先被關在弗雷斯勒監獄，隨後被送往集中營。1945年5月8日他在前東德境內的弗勒阿集中營被拉上卡車，以爲要被槍斃，卻是被轉往捷克境內的特雷森（Tezezin）。他在這個城市得知德國投降了，但不知道自己已染上傷寒。一個月後，1945年6月8日，48歲的他病死在自由的門檻上。要不是看護他的兩個捷克醫學院的學生約瑟夫和阿萊娜讀過他的詩，下面這段故事永遠不會有人知道。

「6月4日大約淩晨5點鐘的時候，」阿萊娜回憶說，「我的同事（指約瑟夫）走來告訴我，在這些病人中有一個叫德斯諾的人。」他們去問這個病人，認不認識法國詩人羅貝爾·德斯諾，病人回答說：「就是我，法國詩人羅貝爾·德斯諾。」

他那雙大眼睛深陷在眼窩裡，放在被單上的一雙細長的手好像已經死去，但一雙眸子閃閃發光，那不是高熱發出來的光，而是另外的東西。

他死後有一個傳說，說他死時手裡捏著一張揉皺的紙，上面是他那首著名的愛情詩：

我那樣強烈地渴望你，

我走了那麼遠的路，

說了那麼多的話，

愛你的影子愛到那樣的地步，

以至於我對你已無所擁有，

我只是影子中的一個影子，

一個比影子還要影子的幽靈……

我眞希望這不僅僅是傳說，可約瑟夫和阿萊娜說：「他身上一無所有，除了那副深度近視眼鏡。」還有阿萊娜在他去世前從牆邊採給他的一朵已經乾枯的野玫瑰。

我離開沙特的墓向他的墓走去時，心想他的墓上也許會有他自己的那句話：「活著的人，不要怕我，因爲我已死了。」但墓上什麼也沒有。這個堅信「即使整個世界高貴的靈魂都已被監禁他也是自由的」詩人，並沒有把詩刻在墓石上。

這場讓上千萬人輪爲鬼魂的大變故之後，文壇在左右兩派中都失去了很多人，死的死，走的走，沉默的沉默，那一代人中一批精英分子就此沉落。戰後文壇的主角是尚－保羅・沙特。就像德里厄曾經預言過的：「這一切終將結束，我們又會去看美國電影。」

被脫掉的髒衣服

默東森林是一片栗樹林，在巴黎西南角，從我們家開車出去十來分鐘就到了。

秋天，樹葉變得金黃時，我們常去那裡，撿栗子。與森林緊挨著的默東鎮[1]，在一個高地上，可以俯瞰巴黎。這是巴黎周圍星羅棋布的小鎮之一。除了地勢略高，可以遠眺這一優勢外，並沒有什麼特別的地方。我那時秋天來撿栗子，春天來看看新綠，冬天偶爾也會來，看失去葉子的枝椏高高地在天上繪出任何畫家都提供不了的圖案。然而這只是我的旅程，我內心版圖上的一條線，與他人無關。默東鎮裡那些人的生命旅程，只和我的偶爾交會一下，甚至都是覺察不出來的。我們常常在這樣的狀態下，可以生活很久，我稱之爲各行其路。

1961年夏天在這裡發生過一件事。這一年7月4日是個星期二，天空下著細雨，默東鎮應該不完全是現在這個樣子。早晨8點45分，位於鎮上主幹道衛士路25號的馬伊杜別墅裡送出了一具橡木棺材，後面跟著十幾個人。一行人在雨絲中向位於更高處的「默東－美景墓地」走去。

[1]默東（Meudon）：法國巴黎大區上塞納省城市，巴黎西南郊區，位於塞納河南岸山丘上。

近半個世紀後，我走的路線正相反，我先到「默東－美景墓地」。自從我帶了「目的」來探訪，我過去那些「無辜」的漫步，便都好像被貼了標籤，冥冥中與那個人牽扯上了。

路易－費迪南．塞利納這個作家，原本在寫《一支沉沒的艦隊》時，是想一併放進去的。但寫到最後，覺得放進去怎麼都不協調。這不但因爲他在二次大戰末期逃得比兔子還快，盟軍未到就先逃離巴黎；德國未被攻下來，又逃往丹麥，一心只想保命。現在回頭看，以戰爭剛結束時那噴發的仇恨，他若不逃，命自是難保；還因爲這不是個理想主義人物，與那些不管爲什麼理想犧牲的人相比，多少有些煞風景。但漏掉又實在可惜，並非爲了他的文名，而是從這個人物的命運可以拉出西方歷史的一條脈絡，他是這條根脈上最後一個公開的符號。這裡說公開的，是因爲不公開的什麼符號都還有；作爲公開的，塞利納是個句號。下文會再細說。

寫到這裡衆人都應該明白那個躺在橡木棺材裡的人是誰了。1932年他寫出成名作《茫茫黑夜漫遊》時，沒有人預料到他的結局是如此寂寞的。進萬神廟自然是免提，「愛人類」是其通行證之一。而塞利納在我看來是「反人類」作家，他銳利的眼睛一眼穿透所有的逢場作戲，直達人性惡劣的本質，所以他不可能不對人性大嘔特嘔。我稱這類少數分子是永遠搭末班車的人，永遠落在最後評判擠到前面的人。就是進巴黎名人那三大公墓：拉雪茲、蒙馬特和蒙帕那斯公墓，也是沒有資格的。德圖什家族（Destouches），德圖什是塞利納的本姓，在拉雪茲是買了墓地的，他做小本生意的父母就葬在裡面。他也想進去，但未能進。我倒想，他這人身上集中了太多的仇恨，進到那裡面，恐怕遠不如在默東這個小公墓裡自在。至少知道他葬在這裡的人沒有幾個。

那天，我在默東鎮找這個小公墓。不好找，在一個老太太的指引下，走了彎彎曲曲一條迷宮般的小路，才在小路結束時柳暗花明，看到了公墓的大門。走進去一看，果然不大，在默東的最高點上。墓從大門這邊順著山坡鋪下去，遠處藍色地平線那一邊灰濛濛的地方便是巴黎。

一進門，就有個矮壯的中年男人迎上前，是看墓人。我一開口他便會心一笑把我帶過去了。但一路上反覆叮嚼：塞利納的墓不得拍照。我走過那麼多地方，墓地不准拍照，還是頭回碰到。便問，哪來的這套規矩，他說塞利納遺孀定的。這個「反人類」的傢伙果眞是死硬到底，至死也不讓人佔去便宜。

他的墓在離大門不遠的地方，花崗岩的，據說是他老家布列塔尼[2]的石頭。左上角畫了個小十字架，儘管他是不信上帝的。正中央是一隻帆船，到另一個世界去遠遊。每看墓地，看到從墓碑設計到題銘的用詞都有一定講究，我總在問自己，爲什麼人從來沒有將死當作眞正的結束而是某種開始？船下面是他的筆名：路易－費迪南・塞利納，再下面是他的本姓：德圖什醫生，1894－1961。

他喜歡以德圖什醫生自居，大概是把自己與那幫專吃文字飯的人區分開。其實是個半吊子醫生，沒進過大學，以一次大戰老戰士的身分，半走讀半照顧性地做了醫生。又因脾氣不好，開私人診

[2]布列塔尼（Brittany）：位處法國西北，西元1532年才成為法國的領土。

所，一個顧客也沒有。只能在貧民醫院裡行醫。

近半個世紀前的那個7月的早晨，在這裡舉行的儀式十分簡短。五分鐘，「茫茫死亡之旅」便在一個大地的黑洞中結束了。送行者中有塞利納生命最後十年中的兩個朋友，作家馬賽爾・艾梅和戰後年輕作家中的活躍人物羅傑・尼米耶（Roger Nimier, 1925~1962）。說到尼米耶，有個小插曲。

尼米耶喜歡玩車，某次開著輛跑車來見塞利納，塞利納對他說：「這將是你的墳墓。」塞利納歷來有「預言者」的美譽。被他這一斷言，尼米耶送走塞利納後不到一年就死於車禍，走時不到40歲。從某種意義上，我們喜愛的東西全都將成爲我們的墳墓，或遲或早。

那天送葬的人中還有一人值得一提，就是唯一在場的兩個記者中的一個。塞利納的本意是不要記者參加的，但遺囑執行人尼米耶認爲塞利納畢竟非等閒之輩，他的死還是需要「目擊者」。於是《法蘭西晚報》來了一個，《巴黎報》派了一個，但誰也沒想到後面的這個偏偏是個猶太人。

塞利納一生的惡名沒有別的來由，就是反猶太，不折不扣的種族主義。眞是命運最後的交響樂，這麼反猶太的一個人，告別這個世界時，送葬者精挑細選，總共十幾個，還加上一個猶太人。連記者阿爾方本人也莫名其妙，他的推測是報社頭兒怕遭人罵找個猶太人出面報導算是個擋箭牌。不管怎麼樣，一生妙算的塞利納大概絕想像不到，天意自有定奪，你可以導演生，未必能導演死。看看這個阿爾方在報導中說的一句話：

我讓你們來想像在我的腦殼裡正發生著一場怎樣的風暴。被挑來，是因為不管是不是猶太人？還是恰恰因為是猶太人？才被挑來向這個我全身每一絲氣力都在憎恨的人，致最後的……

我發覺歷史上有些人簡直就像是被什麼意志創造出來的人物，以一己之身攬上那麼多的激情，他們在大地斷裂時，拚了命地沒有被一起拖下去，但一身已沾滿了腥臭。誰叫他在1937年的那部抨擊手冊《無所謂的大屠殺》裡跳得那麼高。

其實種族主義在文人中並不是自塞利納始，也未至塞利納而終。種族主義是西方歷史的一條根脈。這條根脈在1945年似乎被一刀切斷，塞利納正好在這個切口上。自他以後，衆人都閉了嘴，只不過要做的照做。一段歷史要有一個公開的句號，文人中，塞利納就是這個句號。

我無意爲塞利納辯護，只是覺得就這麼畫個句號，很是礙眼，從此「政治正確」的西方就把髒衣服脫掉了。塞利納1932年剛出道時，是個被左派歡呼的文人；但他1936年跳出來反蘇，緊接著又反猶太，便一下被劃到右邊去了。不過戰前，持塞利納式反猶太觀點的人，在人群中不說百分之百，起碼也有百分之八十，而且從極

[3]蒲魯東（Pierre-Joseph Proudhon, 1809~1865）：被稱為「無政府主義之父」，他首先使用「安那其」(Anarchy）一詞表述社會的無政府狀態。

[4]路易—奧格斯特・布朗基（Louis-Auguste Blanqui, 1805~1881）：法國革命家，空想共產主義者，許多祕密社團和祕密活動的組織者。

「左」到極「右」在這一點上並沒有多大分野。左到像蒲魯東[3]、布朗基[4]這樣的人，反猶太上也是不含糊的。蒲魯東就說過：「要趕快把這個種族送回亞洲去，要不就把他們滅種。」而這是一個一生都在訴求社會公正的人。

要說透這其中的奧妙，沒有誰比法屬馬提尼克島（Martinique）黑人作家埃梅．塞澤爾（Césaire Aimé, 1913~）說得更透徹了：

在默東森林散步時看到這個小女孩，這張臉與那個幾十年前死於默東鎮的文人，無論如何都牽扯不上。

他們驚異，他們憤怒，他們說：「這太奇怪了！不過，這是納粹主義嘛，會過去的！」於是他們把真相對自己掩藏起來……是的，這是納粹主義，但在成為被害者之前，大家都是幫兇……只不過大家都閉上眼睛，讓其合法化，因為在此之前，這種野蠻的施予對象，不是歐洲人……說到底，他們不能原諒希特勒的地方，並不是對人犯下的罪惡本身，而是對白種人犯下的罪惡。

只要看看法國1950年開始使用的小學六年級課本上寫了什麼，就會明白我說的「脫掉髒衣服」意味著什麼。要知道這套教科書並不是1945年前的版本，而是在二次大戰種族屠殺才結束兩年後的1947年編寫的！上面還在教育兒童金髮的亞利安種優於其他人種。孩子們還在學西方文明「覺醒於和東方接觸之時，而這個文明遠勝於東方文明」。再比如，澳洲移民法中曾有一個二次大戰後仍繼續沿用的「祕密檔」：在可接納的移民中（要知道這是在它地大人稀極需人力的情況下）有色人種是被排斥的；即使歐洲白種人，也是要「亞利安種族」，而不要那些以塞利納的話來說就是被阿拉伯和猶太血液「污染」的南歐人。「亞利安種」這個給那麼多屠戮以口舌的詞，在二次大戰後照樣出現在這個官方檔裡！美國的移民法裡也有類似的種族配額，比如1882年通過的移民法，就完全禁止中國移民。1921年通過的Quota Act寫明優先接納盎格魯－撒克遜移民。

在西方待久了，知道他們有一個常用詞「civilis é」，法語中這個詞直譯爲中文是「文明的、文明人」的意思。中文這麼看是看不出什麼的，其實裡面隱藏了另一個意思。比如你剛從中國回來，告訴朋友要去荷蘭，他會毫無惡意地說一句：「啊，你要去文明人那兒了。」這對他們是那麼的自然，他們那種心平氣和、不帶一絲猶疑的優越感，讓我這個來自東方的黃種人常常有一種觸及根上的憂愁。對於西方人來說，剩下的那部分世界是文明之外的世界。應該承認，這多少有一部分的眞實，看你用什麼尺規來量，不能說他們就是盲目的狂妄自大。這個世界兩百年來的確是在圍著他們轉。就像我們的「低賤感」，也並不都是奴顏媚骨，至少對於一部分人說是清醒的表現。在西方，無論左、右派，在這一觀點上是沒有什麼分野的。那種優越感是在每一個人心裡的。作爲白種人之外的人種，你多多少少遲早都會感覺出來。除非你一開始就打定主意不再做中國人。這種優越感是浸透血液的，在最平常的語言裡，在最有禮貌的舉動中，在似乎是最理想主義的思想方式中，無處不在。在這裡，左派一點都不比右派公正，人道主義者常常是更虛僞。

從墓地往山下走，想到另一個人，也是作家，可算是塞利納的鼻祖。此人叫亞瑟·戈比諾（Joseph-Arthur de Gobineau, 1816~1882），法國19世紀的一個很出名的作家兼外交家。現在很少被人提起，原因是他1853年寫了一本書《論人種之不平等》（*Essai sur l'in égalit é des. races humaines*），現在屬於「被脫掉的髒衣服」類。戈比諾把人按膚色分黑、白、黃三種，等次是由淺到深。他說：「高等人種有權利也有義務向低等人種播撒文明。」他的理論粗略說，就是完全否定環境論，認爲一切都來自血液。他是第一個將種族由一個事實變爲一種價值的人，也是第一個宣稱亞利安種族絕對優越的人。一般說，戈比諾是現代種族主義之父。關於種族及亞利安種的神話，自此開始。這套理論對19世紀中後期鐵馬金戈橫掃世界的西方無疑一帖興奮劑。在一個多世紀的時間裡，歐洲當時人口的百分之十四移民到他們軍隊佔領的各大洲，沒有一人需要申請簽證。

這使我想起西方近二十年來全面關起大門，像堵洪水猛獸一般不惜手段圍堵「南方」人口爆炸擠出來的人。新的文明理論伴隨著這股浪潮推出來，諸如「文明衝突論」、「文明不可融合論」，全是當年「種族論」的變種。說白了就是一句：我沒法消化你，你現在離我遠點。當年找上門去可是沒有受邀請的。美國從1994年起，在美西邊境以每年幾十公里的速度，建一座恐怕比中國的長城還要「雄偉」的高牆，來圍堵從南美過來的移民。試想想當年美洲印第安人也築起一道這樣的長城來圍堵歐洲過來的移民，歷史會是怎樣一種寫法？

我時常在巴黎戰神廣場（The Champ de Mars）看到那群向遊人兜售飲料和旅遊紀念品的非法移民，裡面有中亞人、南亞人、非洲人，也有中國人。三月廣場上並不都是新近湧來的中國遊客。他們夏天露宿在草地上，冬天不知多少人擠在一間小破房子裡。想想這塊富得流油的土地，就是不願意分一杯羹給他們。物質極端貧困倒也罷了，他們沒有一個是想白吃飯的，關鍵是從一腳踏上這塊土地什麼還不是就先成了罪犯，被抓得惶惶不可終日。而且幾乎沒有什麼同情者，「自找的嘛！」就在我寫此文的這兩天，還傳出一個案子，被判罪的是兩個法國人，罪名是在家裡收留無處棲身的非法移民。面對這些連生存權也被剝奪的「非法」移民，我看不出他們的命運比二次大戰時的猶太人好到哪裡。被排斥的命運是共同的，有一點也是共同的，這些人的不幸是大家都接受的不幸，他們正在成爲「21世紀的猶太人」。

我又扯得太遠，此時我已從山上「美景墓地」逆著那具橡木棺材當年走的方向，來到衛士路25號門前。一棟白色的花園洋房，鐵柵門緊閉，塞利納的第二任妻子還在世，但顯然已不住在這裡。門上有新屋主的名字，但沒有作家故居都有的那種紀念牌，當然不會

巴黎三月廣場遛狗的女人。

有，髒衣服嘛。塞利納1951年大赦從丹麥回來，最後十年就住在這裡。他以自己戰後的逃難經歷，繼續寫作謀生，鄰居們只知道他是德圖什醫生。他後來寫的書，沒有一部超過《茫茫黑夜漫遊》，早知如此，1932年以後不再寫了，未必不是上策。在文學上，成名作風格太特異，以後的作品沒有突破便不被原諒。一般說他與普魯斯特（Marcel Proust, 1871~1922）是法國現代文學中兩個打破文字習慣的人，但他那種口語式文風我並不欣賞，把他抬得那麼高，不失炒作和人云亦云成分。他完全把他自己的說話方式移植到文字中，那種文風譯成中文無論如何都已經不是原味了。不過他是憑極度敏感寫作的人，這一點倒是和普魯斯特一樣，具有我稱之爲「藝術的脆弱」那種東西。這種東西在尋常的感覺之外再延伸出去，只一線之牽，多數人是走不過去的。只不過有時走得太遠，這是傳奇的代價。他是他自己的傳奇。這還不夠嗎？他的那幾部「大批判文章」，1937年的《無所謂的一場屠殺》（*Bagatelle pour un massacre*）、1938年的《屍體學校》（*L'Ecole des cadavre*s）和1941年的《漂亮床彈》（*Les Beaux Draps*）戰後都絕了版，他和他的著作權繼承人都決定永不再版這幾本書。這就讓1945年前的版本成了舊書市場的搶手貨，價格貴得嚇人。你走進舊書店，那幾本書是從來不放在臺面上的。你對書商說要找那幾本書，他臉上馬上露出會心的一笑，走去店鋪後面拿出來。

把那個陰雨的早晨向後退四天，是1961年7月1日。塞利納在前一天寫完了《雙人舞》（*Rigadoon*）。星期六一早，他說不舒服，一整天和他的四隻狗一隻鸚鵡待在一起，沒有再寫什麼。他喜歡動物甚於人，我倒覺得不必如此決絕。人要愛，不妨遠遠地愛。將近晚6點時，他對妻子說，「不行，我要去躺一躺。」他睡下後，再也沒有起來，腦溢血，死在自己的床上，算是一個好死的結局。

他至死沒有向猶太人道歉，眞是個不怕臭名，只想活在自己的眞實裡的人。他生前說過一句話：「我把我這條命放在桌上……如果你不把你這條命放在桌上，你什麼都沒有，必須付賬。」絕大多數人不把命放在桌上，做了壞事賬都不願意付。

我在結束這篇文章時，想引用三個人的話，一個英國人，一個法國人，一個猶太人。

英國人叫約瑟夫・張伯倫（Joseph Chamberlain, 1836~1914），1895至1903年是英國內閣殖民部（Foreign and Colonial Office）部長，後來那個參與簽訂「慕尼黑協議」的英國首相張伯倫就是他的兒子。他說過這樣一句話：「是的，我相信這個種族，這是世界迄今爲止從未有過的統治人的種族中最優秀的種族，我相信這個驕傲而頑強的盎格魯－撒克遜種族。」

法國人叫爾尼斯特・勒南（Ernest Renan, 1823~1892），19世紀的一個著名作家，戈比諾的門徒，我選他的這句話和上面張伯倫的話，是因爲這兩句話與現代國際關係的版圖驚人的對稱。他說：「大自然造就了一個做工人的種族，就是中國人，這個種族手很巧，又幾乎沒有任何名譽感……一個務農的種族，就是黑人……一個做主子當軍人的種族，就是歐洲人。」

猶太人是無人不曉的馬克思（Karl Marx, 1818~1883），他在1853年寫的《論英國對印度的統治》一文中說：「印度社會完全沒有歷史，至少沒有被公認的歷史。我們可以稱之為它的歷史的，只是它的一連串入侵者的歷史……英國在印度有雙重使命要完成，一個是摧毀，一個是更新，就是摧毀古老的亞洲社會，而建立西方社會的物質基礎。」對於西方人來說，我們都沒有歷史，我們的歷史從他們與我們接觸的時候才開始。我引用這句話是想說明，西方怎麼都是贏，伸出右手是贏，伸出左手也是贏。

我記得我有個大學同學，在學校就加入了政黨，是組織培養人員，畢業分配時有好去處自然先考慮到他。他畢業後分到外資企業，沒過幾年就對另一個與他同樣「幸運」的同學說：「我們都是高等華人。」看來我說的那種優越感還極具傳染性。

我驚異於我們從一種立場跳到另一種立場時，幾乎不假思索地省去了中間的過渡。歷史轉來轉去還是砸在我們頭上。我們走不出來，走不出來。

我們自然大可不必跑到大洋那邊才能找到我們不幸命運的根源。但至少不要忘了我們從哪裡來。

前兩天嚴重失眠去看病，這個醫生常幫我開安眠藥，算是熟了。我們談起我的病，他抬起那雙不知祖上第幾代被蒙古人「污染了」血統的歐式細眼睛，忽然問我：「你是不是持不同政見者？」讀了上文，應該不難理解這種思維邏輯的必然性：你如此睡不好覺，在你那樣的國家裡，一定是政治迫害的結果。我懶得解釋，還之以一個玩笑：「我這人到世界任何角落都是持不同政見者，恐怕到了天上也不可避免，因為我不敢保證我會同意上帝的觀點。」

城堡、暮色和倒影。

洛蒂的北京之行

朋友M來電話，帶著長長的電話線都過濾不掉的興奮的聲音，告訴我在舊書市場有一個發現。這個據他自己說帶一點西班牙血液的北方里爾人，每星期都逛舊書市場。他也曾想把我拉進去，可我把身外之物，包括書，都當作生命多餘的行李，因此借來看一下就行，不想據有。電話線那頭永遠像在唱High C的嗓音，還是感染了我。他說買了一本書送給我，是皮耶·洛蒂（Pierre Loti, 1850~1923）的《在北京最後的日子》（*Les Derniers Jours de Pékin*）。

隔天我拿到書，心想行李又增加了一件。書齡起碼六七十歲了，皮面和書頁都已發黃變脆。這位19世紀末到20世紀初法國出名的旅行作家，在新書店裡已經難覓蹤影。旅行作家永遠是應運而生，時過境遷便被人遺忘。當年他佔據的那麼一點別人難以擁有的地理優勢，短則十幾年，長則半個世紀或一百年後，必反過來減損他的才華。這是便宜的代價。寫到這裡我好像已經聽到我爲自己敲響的喪鐘。洛蒂也在此列。如果說他的《冰島漁夫》（*Pecheurs d'Islande*）還作爲代表作沒有從文學舞臺上徹底謝幕，他的道地旅行作品像《在北京最後的日子》，則早已不再版。他的作品雜而多，大部分是旅行作品。以現在資訊交通之發達，一百年前的旅遊資訊自然被人冷落。因此可以說這類作品的歷史價值已遠遠超過它

孚日廣場一個陽光明媚的下午，作家們以裝飾出與衆不同的住所為己任，似乎意在為自己的不朽留下物質的存在。

們曾經具有的獵奇價值。這也是我拿到這本書後，擱下手頭正讀的一大堆書，一口氣將之讀完的原因。

《在北京最後的日子》是法文書名的直譯，意譯也有譯作《北京的末日》。嚴格說，這不是一部文學作品，而是新聞紀實。洛蒂當時是作爲《費加洛報》（*Le Figaro*）特派記者，隨著「八國聯軍」來北京記錄「聯軍」打敗「義和團」、攻克北京城的「戰績」。書是他的報導文章積成的集子。他1900年9月24日乘「威震號」戰艦抵達黃海，報導就是從這天開始的。當時仗已經打完，所以與其說他報導「戰績」，不如說他「憑弔」戰場。以當時的通訊條件，他日記形式的報導是用電報發送回去，再在報上連載。那時電報是最快的通訊手段，從北京到聖彼得堡有一條線，再從聖彼得堡轉發歐洲各國。他當時的身分是雙重的，一方面是出名的作家、《費加洛報》特派記者，另一方面他是法國遠東艦隊司令海軍少將巴愛美的首席副官。後一種身分與他一直在海軍裡掛職有關。當時法國海軍軍官有一種便利，就是非戰爭時期，可以請長假。洛蒂就是這樣有暇成了作家。

那天一整天我坐在陽臺上讀這本法文文筆相當簡潔的作品。正值8月，外面不停地下著時大時小的雨，雨聲的背景之上是CD機輕輕送出的巴哈的《G弦上的詠歎調》（*Air on a G-string*）。這使我想到愛爾蘭旅法作家山繆爾・貝克特（Samuel Beckett, 1906~1989）的一句話：「文字……穿透寂靜的無聲的水滴。」在雨簾背後，靜聽巴哈，手裡拿著紙張黃脆的書，的確就有這種被滴透的感覺。

這穿透寂靜的水滴，滴穿的是時間，一百年的時間。我這個中國人在巴黎公寓的陽臺上讀一個法國人一百零四年前在北京寫的書，這樣的時間長度和地理置換給人滄海桑田那樣一種顛覆的回味。9月24日淩晨在「威震號」的甲板上，洛蒂第一次橫渡五千海浬看到黃海。他說：「我們就要抵達世界的一角，它的名字就在昨天還是無關緊要的，而此刻整個歐洲的目光都轉向了那裡。」這個注視讓我們付出了多大的代價！

隨著太陽升起，出現在他眼前的已不僅僅是平靜、渾黃的海水，而是一支龐大的艦隊，這支艦隊「在這裡代表歐洲……一眼看出去簡直無邊無際，地平線的任何一面都是戰艦」。我讀到這裡，心想，沒有「特洛伊」的傳說，沒有1944年6月的盟軍攝影機，沒有1991年盤旋在波斯灣上空的直升飛機，甚至都沒有一個來自被征服方中國的目擊者，來描繪這支在中國外海停泊的無比強大的艦隊。只有洛蒂留下了這段描述。

洛蒂10月3日到寧海，寧海的炮臺——也就是長城伸向大海的終點——已被佔領。整個區域被宣布爲「國際佔領區」。他下船走向劃給法軍的炮臺時，一路上看到的都是佔領軍的得意忘形，在人去屋空的村子裡抓雞摸狗。英國人趕著搶來的耕牛，俄國人在搬廟裡的菩薩……我無意落入這種「控訴」的細節，我們一百多年來，多數時間是在控訴，或者就是遺忘。我只是每每驚訝於「文明人」在對付「野蠻人」時，並不比「野蠻人」高明到哪裡去。

1900年的歐洲已經征服了除亞洲部分地區以外的整個地球，沒有直接殖民的地方中國算是碩果僅存的幾處之一。要知道，到19世紀末，西方實際上已經「君臨天下」，它的使命就是征服。這個「古老、陰暗的中國」（洛蒂語）被動抵抗著，沒有還手之力，只能舔舐傷口。現在想想，罵李鴻章也好，罵慈禧也好，當年能抵抗到那個程度，還眞不容易。不在西方生活若干年，很難悟到西方那種強烈的征服欲。征服是寫在每一個人腦門上的，征服才是一切哲學的根本。不抓住這一點，是無法深刻理解西方的。不管時代怎麼變化，不管演說詞隨著時代進步怎麼幾易其稿，改變的都只是邊緣，中心是不變的，這個中心就是征服。這是幾百年來早已根深蒂固的

這是巴黎法式民居典型的門廊和天井。洛蒂位在羅西福帶點霉味的中國廳，卻據說完全是模仿中國宮殿內部的裝飾風格。

東西，沒有什麼力量能阻擋得了。西班牙神學家胡安·德·塞普爾維達早在16世紀便說過：「這些野蠻、缺乏人性的民族，臣服於更文明、更具人性的民族的統治，這永遠是公正和符合自然權利的……如果他們拒絕我們的統治，我們可以用武力強迫他們接受，而這場戰爭將是公正的……。」

第二天，我帶著這本書去了洛蒂的老家——大西洋邊的羅西福（Rochefort）。往西南波爾多方向走，經過奧爾良、布盧瓦、圖爾、普瓦蒂埃，有四百多公里的路。爲什麼要跑這麼遠去看他老家的舊房子？因爲洛蒂的家是他一身最後的傳奇。當年他作爲水手作家，走遍世界，見人所未見，聞人所未聞，在那個時候已是小小的傳奇。他還爲後世精心準備了一個在前一個傳奇消失後，可以繼續存在下去的傳奇，即那幢被他改造成阿里巴巴宮一般的祖居。作家故居在法國歷來爲人景慕，因此很多作家，像雨果、大仲馬、巴爾札克，都把裝飾出與衆不同的住所當作己任，私下裡大概都已明白自己已經進入文學的不朽，要爲這不朽留下一些物質的存在。當年看巴黎孚日廣場（Place des Vosges）上的雨果故居，已爲他親手設計的中不中西不西的起居室驚異。這種將居室裝飾也列入不朽計畫的行爲，在法國19世紀作家中相當普遍，當然條件是生前名利雙收。而這個洛蒂據說是做得最徹底，他那個房子成了羅西福的旅遊景點。有人甚至說是法國作家故居中最漂亮的。以致於他死後有他的朋友說，那房子是他一生最成功的作品。從傳世這一點看，走得這麼遠是否划得來，是不是反倒有點喧賓奪主？還是因此而不會被一代代的煙塵遮避？恐怕還要一百年才能有結論。至少眼下，它把我這個好奇者引去了。

洛蒂10月11日在渤海灣離開「威震號」，經大沽上岸，走了一段水路後，乘火車到天津。我在8月的一天，經奧爾良沿盧瓦爾河向西南走。好奇妙的兩個旅行，他們是去征服的，我們是來「朝拜」的，一直就是這樣一種關係。想到毛澤東那句詩：「一萬年太久，只爭朝夕。」可惜一百年太短，很多東西的實質並未改變。

洛蒂從天津坐火車又改乘船和騎馬向北京城進發，一路是無人收的高粱地，人都逃光了，路上除了屍體和廢墟，就是他一下船即有的感覺，海水不藍，河水渾濁，氣候惡劣，灰塵，到處是灰塵。「從來沒有哪個海岸比這兒更醜了」，「海岸低平，灰色的土地赤裸裸的，沒有樹沒有草」。到處是奇大無比的炮臺，「沒有哪一國的入口比這裡更耀武揚威」。可惜只是個龐大的軀殼。自鴉片戰爭後，每一次交鋒都暴露了「東方巨人」的軟弱，都讓西方堅定了他們在這個星球上獨一無二的地位。剩下的世界都可稱之爲東方。

「東方」這個詞自始至終就有一種貶義。常聽法國人說到西方之外的民族時，肩一聳，也並非帶著蔑視的表情，只是一絲竊笑：「噢，東方！」算作一種結語，只這一句話什麼便都可以解釋了。那兩個字裡有太多的含義，文明之外的東西都可以放進去，還有那些帶著聲音和氣味的東西：吵鬧、灰塵、混亂、濃重的氣味、豔俗的色彩……。

我此時行駛在盧瓦爾河邊，這的確是個沒有灰塵沒有氣味的世界。花不香，海不腥，田不臭，飯菜不帶辣椒和香料。只這最後一條，就永久劃出了西方與東方的界限。「高貴」的種族以原味爲尙，無需靠舌頭尋找刺激。他們的刺激只有兩個字：征服。

想想看，那眞是個大手筆，全世界都在槍炮下被押上了「現代化」的祭壇。只是給後者的路並非陽關大道。

10月17日，洛蒂走到通州。他有這樣一段描述：「房子的門窗全都砸碎，可以看到裡面狼藉一片，所有的東西都被撕毀、折斷，好像是恣意所爲。在北風掀起的濃塵和我們士兵踐踏的瓦礫之中，漂浮著一股令人難耐的死屍的氣味……」；「這裡那裡，隨處是大腿、手臂、砍掉的腦袋和成把的頭髮。」當然即使是在以西方名義的一致行動中，也有「種族優劣」之分。上述的逆行，是日本軍隊、俄羅斯派出的哥薩克、爲英國出馬的印度騎兵和美國的僱傭兵所爲。日本人一心以爲自己是高貴種族，可在道地白種人眼裡，他們還是矮一截。不知洛蒂是經過調查才這樣判斷，還是他受過的「文明」教育讓他如此推斷？

這時，我已越過圖爾，在普瓦蒂埃（Poitiers）附近的一個加油站休息。高速公路上南下度假的車流源源不斷，沒有人意識到我站在這片高地上投過去的洛蒂式的注視。更沒有人在經過這個城市時還記得西元732年10月25日發生在這裡的那場著名的大戰，普瓦蒂埃大戰是基督教西方終止伊斯蘭北進步伐的關鍵一役。領導這次戰役的法國墨洛溫王朝（Mérovingiens）的宮相鐵錘查理（Charles Martel, 688~741）後來被傳說稱爲基督教西方的救星。19世紀大規模殖民征服開始後，鐵錘查理又被弘揚爲西方文明的捍衛者。其實打這場戰爭時「西方」這個概念並沒有出現。這不過是當時各種民族混戰中的一場，後來單拉出來賦予如此重要的意義，是因爲西方從文藝復興起意識到自己是獨特的存在，需要一個新的文化和地理的身分。1492年發現美洲大陸，和同時在西班牙最後趕走伊斯蘭教的阿拉伯人，標誌著歐洲人排斥與征服歷史的一個開端。

過了普瓦蒂埃，往西南海邊開過去，離羅西福只有一百來公里的路了。一百零四年前的10月19日，洛蒂已經進入北京城，到天壇參觀了。他這樣寫道：「這是這個城市那些最宏大的建築之一，是按照古老時代的那樣一種雄偉的規模設計的，今天它的高大令人壓抑。這扇門往昔是難以逾越的，現在卻大門洞開……幾千個印度兵被英國派來對付中國，他們就在這裡紮營……到處都是馬糞……。」據洛蒂觀察，天壇的大殿裡面已經被劫掠一空，他用了「空空如也」這個詞。在洛蒂這本厚厚的書裡，他在多處反覆強調「大門」被打開了。他走到哪裡，都有這樣的感覺，這是兩個多世紀來歐洲人的渴望。佔領口岸、強迫貿易都未能完全滿足他們對未知世界的著迷，非要把你翻個底朝天看一看。何況機會是你們自己爲我們創造的。遍看西方征服史，似乎直到今天都還是這樣一種邏輯，誰叫你們野蠻。1900年的這一次，大門是真正被打開了，紫禁城成了國際佔領區。洛蒂住進了團城，夕陽西下時的琉璃金頂讓他第一次感到歐洲建築小氣的一面。

10月26日，洛蒂在北京見了李鴻章。約會是早晨9點。他趕到的時候，發覺把守大門的是哥薩克兵。他走進院內，裡面是倉皇而逃的混亂。李鴻章由兩個侍者一左一右攙扶著，迎到門口。四年前風光的巴黎之行好像已經十分遙遠。他衣衫不整（洛蒂的觀察），他此時究竟在想什麼沒有人知道，但我想他應該至少明白他和他身邊的那些人，沒有人能阻擋西方征服的腳步。四年前歐洲之行還擺出的「東方大國」姿態，已經在一場暴動和一場侵略中灰飛煙滅。歷史沒有給他多少選擇。兩種文明之間的這座橋，在雙方都不理智的時候，只是一線之牽，沒有人走得過去。在歷史的某些時刻的某些人，「賣國賊」的命運似乎是逃不掉的。他在洛蒂面前只能哀歎北京城身爲幾個世紀建成的天然歷史博物館的毀滅。

就像在次年5月法國人在團城搞的慶功舞會上，中國的一個親王、慈禧的代表與法國駐軍將領之間的那段外交辭令。洛蒂在1900年11月離開北京，這一次是二進京。他記錄下了這段對話：

我們的將軍在結束祝酒辭時，對那些黃種人親王說：你們的到場足以證明，我們到這裡不是對中國宣戰，而只是來對付一個可惡的邪教……

親王以遠東式的油滑接過這個拋過來的球……：我代表中

國皇帝陛下，對來此向我國政府伸出援手的歐洲各國將軍表示感謝……

下面是一片驚呆的寂靜。

不管我們願意不願意，我們的近代史就是對西方的征服做出的各種各樣、互爲矛盾的反應。不過看看西方的殖民史，應該不難看出我們還是「幸運」的。與被買賣了三個多世紀的黑人相比，對付我們除了槍炮之外，多少還留了一點外交辭令。1900年法國成立了一個主要針對中國的亞洲委員會，這個委員會要求「對中國實行一種聰明的外交，以便使這一地區的經濟和才智擺脫束縛，因爲那裡有巨大的財富和期待」。我驚異於一百年前的演說詞在一百年後幾乎不用易稿。舉兩個例子可以看出我們當時所處的歷史環境。1885年，比利時國王利奧波德二世（Leopold II, 1865~1909）以1億5000法郎的要價，把他的王室領地賣給比利時國會。最後以1億法郎成交。那麼這個王室領地是什麼呢，不是比利時的某處草場森林，而是比比利時面積大六倍的非洲剛果。現在想想簡直不可思議！好像非洲是無人之境，歐洲人可以在地圖上圈一下，然後轉手賣錢。再看成爲法屬殖民地的印度支那，中南半島，兩萬法國殖民者，統治兩百萬土著，而且立法規定，只有法國政府可以從事鹽、酒和鴉片的買賣。那麼土著憑什麼聽其擺佈？在槍桿子下，沒有什麼別的辦法可以施行這樣的統治。要知道此時的歐洲，尤其在法國已經是人權和平等思想相當普及的時候。19世紀的最後二十五年，法蘭西第三共和國成立，一個現代的法治國家已經基本確立。但這些只能留在白種人之間。在殖民地有類似林奇法的法律，就是可以不經法律審判就處以死刑。

林奇（William Lynch）是個美國人，他在1776年獨立戰爭時期創立了這個法律之上的法律。這個法律後來被用於對付黑人和印第安人，在美國一直沿用至20世紀六○年代。數以千計的黑人被白人私刑處死，而後者不受任何法律懲罰，因為有林奇法保護他們。林奇的名字後來在法文和英文中變成了一個動詞lynch，就是「私刑處死」意思。獨立戰爭以後的美國是「自由、民主的」，但不妨礙奴隸制又延續了一百年，種族隔離綿延了兩百年。當時法國殖民政策的推動者參議院院長、曾擔任過教育和外交部長的朱爾·費里就如何管理殖民地有過一句話：「法國法律不能輕率地移植過去。」這並不妨礙他在任期內為法國公民自由做出了很大貢獻，諸如推動集會、新聞和組織工會的自由。

我順著這條線索一直追溯上去，才一點點明白這從來就是有兩個互不相通的標準。我一直找到被稱為人類進步燈塔的啓蒙運動。在一個我很欣賞的人身上，我發現這兩個極端矛盾的體現，可以近乎完美地並存。這個人就是啓蒙運動中最明亮的那盞燈：伏爾泰。我在以前的文章中不止一次讚美他的寬容精神。的確，他在法國後來又在世界被視為寬容精神的導師。但這並不妨礙他是一個種族主義者，人種起源多元論的推崇者。這個理論的創立者英國醫生約翰·阿特金認為白種人和黑種人不可能源於同一個人類祖先。他認為黑人是與猴子交配的結果。他的理論如果不碰上伏爾泰這個寬容的捍衛者，恐怕還只能停留在學者的圈子裡，而不會有其後那麼大的影響。伏爾泰在1756年寫的《論國家精神與習俗》（*Essai sur les nceurs et l'esprit desnations*）中說：只有瞎子才會懷疑白種人與黑種人是兩個截然不同的種族，以及黑人是「動物」這一點。因此他對黑奴買賣一直觀點曖昧，據說他的財富有一部分就來自這種「人肉生意」。我在這一點上也時常陷入迷惑，這顆對人類痛苦如此敏感的心靈爲什麼同時接受另一種人的不幸？並且如此地坦然。我發現蔑視是人類消極情感中最易產生的一種，人對此很難設防。自以爲聰明的人尤難避開這個陷阱。優越感就像虛榮心一樣具有極大的傷害力。啓蒙運動可能在某種程度上是歐洲人的福祉，但對有色人種來說，啓蒙運動雖不能說是全部災難的開始，但至少是某種災難的開始。理性的勝利並不意味著非理性的失敗，人性的矛盾之處即在此。非理性會換一種姿態更強烈地表現出來，更糟糕的是，它也披上了理性的外衣。

洛蒂見了李鴻章的那天晚上，去拜訪了法國主教法維耶。主教在中國傳教四十年。兩人會面後分手時，主教送他出門，指著彈痕累累的教堂說：「我會把他們推倒的所有教堂，再重新建起來，而且建得更大更高！我要讓每一樁針對我們的仇恨與暴力行動，都恰恰相反地推動基督教在他們國家再邁出一步。有朝一日他們可能還會推倒我的教堂，誰能說得準呢？沒關係！我會再一次建起來，我們走著看吧，看他們和我誰先放棄！」

我在此引用洛蒂記錄的這段話，無意探討宗教問題。而是我覺得這段話很像是東西方關係的一個縮影。前者的每一次反抗，不乏愚蠢的行爲，都是後來建起更高更大教堂的一個開始，反反覆覆就是這樣一個循環。英國詩人和小說家奧爾德斯・赫胥黎（Aldous Huxley, 1894~1963）[1]在他的小說《理想世界》（*Brave New World*）裡說過：「人們只給野蠻人一種選擇：不是烏托邦的瘋狂生活，就是印第安人村莊裡的原始生活……。」

我的旅行終於在下午到了目的地，西南夏朗特（Charente）河邊的羅西福。順著這條河再往西走一點，就是大西洋。洛蒂當年從天津到北京走了好幾天，在我則是幾倍長的距離幾倍短的時間，現代化已經讓人失去了耐心。這個昔日相當繁榮的軍港，已歸於平靜，再沒有什麼東西來激盪這個外省的小城生活。它像許多外省小城一樣讓人感到平靜之下的衰落，以及極度文明之下的生命力之貧乏。全都是這樣，沒有了野蠻人的大悲大喜，也就少了活力。洛蒂走進北京城的時候，完全是另一種感覺。抵達前半小時，他走在一片荒漠中，開始懷疑這個傳說中的城市是否就在前面不遠的地方。有同伴跟他說：「北京城不會讓你一點點望到，而是一把抓住你。」

當有人叫道：「北京！」他寫道：「在幾秒鐘內，一個黑色、巨大的城牆，以我從未見過的高度，出現在眼前……北京的城牆高高地壓在我們頭上，像一個巴比倫的龐然大物，在秋日一個下雪的早晨幽暗的光線下，顯得黑森森的……城郊沒有一個路人，空空如也。牆邊地下也沒有一根草，土地呈現一條條細溝，灰塵累累，就

[1]托瑪斯・赫胥黎（Thomas Henry Huxley, 1825~1895）的孫子。

像一片灰燼，伴著東一處西一處的破衣、碎骨，還有一顆人頭，顯得陰森可怖。」這一天是1900年10月18日，一個星期四。想想我們這些一百年後的人再也無緣看到那個「巴比倫的龐然大物」，華北平原上的一道奇景在一場革命後的狂熱中，消失得無影無蹤。剩下的只有這在歷史長河中永遠沒有聲音的歎息：沒有人珍惜已經到手的東西。

幾乎是整整一百零四年後，我看到了羅西福城邊那一塊舊城牆拆剩下的石頭，城市的邊界已經變得模糊。從標誌著舊城入口的那尊一次大戰英雄紀念碑，走到市中心廣場，只要幾分鐘的時間。我明白洛蒂在北京城門前的感覺了，這的確是兩個世界。市中心廣場上照例是噴泉、咖啡座，在這個陰雨的8月，並沒有多少遊客。巴黎任何一個小廣場都可以移植到這裡。安寧，甚至有些暮氣。一切都是根據人的需要不多不少地配建的，與什麼都大得令人壓抑的北京城比，這裡是個迷你世界。馬路基本上保持了一百年前的寬窄，沒有一扇臨街的大門或一條馬路，像今天北京城裡的機關大門和大馬路那樣寬大。城市的色彩調到最單調的幾種，紅、藍瓦頂，一色白的牆面。沒有極度奢華與貧窮的反差，除了教堂沒有炫耀財富或想像的建築。沒有晾曬出的色彩斑斕的衣服，沒有廚房飄出的飯菜香，私生活被牢牢封在四牆之內，這是西方與東方的界限之一，是它在與東方接觸後，為自己訂的一條規則。一句最簡單的話，就把兩個世界截然分開了：「東方人生活在街上！」

洛蒂初進北京一路看到的都是死屍廢墟，10月19日那天他去天壇，走著走著看到了另一番景象。他寫道：「這個我們至今以為只是一座巨大公墓的北京城，意想不到地呈現出鍍金流采，以及千形萬狀豎向天空的怪獸。喧鬧的聲音突然襲過來，有樂聲有人聲。這樣的生活，這種紛亂嘈雜，整個這種中國式的浮華，在我們都是難以想像和不可捉摸的！在這個世界與我們的世界之間，有著難以逾越的鴻溝！」

沿著這個科爾貝廣場右手的一條街，走不多遠，141號就是洛蒂的故居了，街名原先叫聖皮耶街，洛蒂出名後，改為皮耶・洛蒂街。這也算是本城一條大街，但也就和北京的胡同一樣寬窄。

在141號門口，你完全想像不到你會在裡面發現什麼。小城全都是略帶羅馬建築風格的兩三層小樓，141號也不例外。很一般的樓門，與普通住家沒什麼兩樣。1901年4月26日，洛蒂二次進京時，做了一次去清陵的旅行，這一天，他在傍晚走近淶州縣[2]，寫下了這樣一段話：「遠遠看去，這個處在一片平原之中的古老城市，以它帶雉堞的高高城牆，幾乎可以說是雄偉的；走近了看，它肯定又是衰老破敗，就像整個中國。」這是所有帶著神秘夢想而來的西方人在深入中國後的反應。但願我下面看到的不是這樣一種反差。

故居裡面遠比我想像的熱鬧，不預約根本參觀不到。想想扔在舊書攤上的這本《在北京最後的日子》，看看排隊看故居的人，看來「他一生最成功的作品」這話應驗了，果真是抵抗遺忘的又一招。幸虧遇上故居博物館一位熱情的公關小姐，才解決了沒有預約

[2]譯音，可能是今天的淶水。

的麻煩。並且因爲是中國人，還有一個別人沒有的小小特權，看到了那間已不對外開放並且也大半消失的中國廳。

據說洛蒂這個人是一個矛盾體，待在家裡便只想遠遊，走到外面又只想著回家。於是他用了幾乎半生來調和這一矛盾，具體的做法便是把祖居和後來買下的隔壁的房子，一點點改造成凝固的旅遊匣子。這個龐大的工程從1877年開始，陸陸續續到1903年完工。中國廳便是最後完成的一個東方夢，顯然是爲他的北京之行而做。該年5月11日，他爲中國廳的揭幕辦了一個盛大的中國節，請了一百多人，來賓全都扮成中國清代的紳士淑女。據當時的描寫，這個廳金碧輝煌，完全模仿中國宮殿內部裝飾的風格。1900年10月24日，住進團城鏡瀾亭的洛蒂，在鴉片的迷醉下，寫道：「我們從來沒有這麼深地理解中國藝術，似乎眞的就是在這個晚上，它向我們昭示了它的魅力。」那麼這個中國廳是不是就是那個夜晚那種魅力的一種延伸，或者說一種試圖的延伸？

我跟著導遊繞到後花園一個僻靜小庭院，小庭院入口的石門後面，是一扇影壁似的中式石牌樓，上寫「龍馬精神」幾個中文字。從剛才小城中心廣場這麼一路走過來，絕想不到在這個民居深處會有這樣一件與周圍環境格格不入的東西，忽然就明白了洛蒂的人格特點：永遠的異鄉人。小小的庭院已經荒落，這裡永久的過客是鴿子。隔壁主樓裡的人聲完全被高牆阻斷，讓我們依稀還能撿拾幾把洛蒂的東方舊夢。

中國廳那扇幾乎鏽住的門終於打開了。出現在眼前的只是當年中國廳的一角，大半部分被布幕隔在另一邊，那是已經不存在的一邊。長久沒有人進來了，有一種雨季淡淡的黴味。從粗大的紅色廳柱，到金龍雕頂，從房間盡頭那尊坐佛，到入口處珍藏的幾雙女式繡花鞋，你大略能感到當年那次異國情調的延伸走了多遠。我在幾雙繡花鞋裡辨認，究竟哪一雙是他書裡所說的從慈禧鳳床下找到的紅色繡花鞋。沒人能回答我，這也許又是洛蒂式的模糊現實與夢想的一招，他一生都在從事著這個職業。

這間帶點黴味的小半個中國廳，簡直就像清朝的遺夢，被那股征服的狂潮，甩到這麼遠的一個角落裡。我由此想到任何一種征服，都同時是一種被征服，角度不同，方法不同而已。那天洛蒂在天壇登高遠眺，望著西面一望無際的灰色原野上的駱駝隊，發過這樣一番感慨：「這個與我們不同的種族，有著頑強和超人的耐心，讓我們驚恐萬狀的時間的步伐，對他們是不存在的……這四到五億顆大腦的所思所想循著與我們完全相反的軌道，而我們永遠都破解不了……。」

出來時下起了小雨，站在主樓邊的一個小陽臺上等待去參觀剩下的「阿里巴巴宮」時，想到洛蒂去清陵的路上在淶州縣夜宿縣官家裡寫的那段話：「我眞不知身在何處，感到與我那個世界徹底分開了，中間是廣袤的空間、時間和歲月；我好像覺得就要在一個比我們至少落後千年的人類社會中，沉入夢鄉。」進城時看到的掛在城門口的人頭，不可能讓他還有別的什麼想法。而第二天在易州[3]縣官招待他的酒宴上，菜上個不停，一道又一道。只這一點，東西

[3]譯音，可能是今天河南省的易縣。

方的界河便是難以逾越的。一個當地的飽學之士在飯桌上問他：「中華帝國佔據著地球的頂端，而歐洲艱難地斜掛在它的側邊，對不對？」沒有比在法國外省小城洛蒂故居的陽臺上，測到當年兩個世界的距離，更奇妙的了。那互相投出的目光，擦邊而過，不知落向了哪裡。

半個小時以後，走出「阿里巴巴宮」，爲一個人可以如此占盡各種文明的風光而震懾。這的確是這位旅行作家的最後傑作。在小小的有限空間，居然集中了中世紀古堡、土耳其宮殿、清眞寺等多種文明的結晶。現在就要看，再過一百年，是文字還是這房子更能經受時間的沖刷。據說，洛蒂死前對兒子說，要把這些全部毀掉，兒子沒有聽。這是洛蒂意識到這房子日後會沖淡人們對他文字的記憶？還是他爲水手作家傳奇人生設的又一迷障？不過，有一點可以確定，無論他生前怎麼改造，「阿里巴巴宮」最終也沒有成爲夢鄉，而只是一個港口，他在1892年的日記中記道：「我昨天早上剛回來，午夜，呆在羅西福這幢老房子裡，墳墓一般的寂靜……眞想馬上走掉，整幢房子都讓我感覺陰鬱和憂傷……。」他不斷要走向東方尋找野蠻人的聲音、氣味和色彩。洛蒂的矛盾心態很能涵蓋一代又一代的西方人那種處在征服與被征服間的心理失衡。東方文明是個染缸，那些看似沒有多少優越感的東西，以其陰柔一寸寸浸染人的靈魂，被浸上的人是很難褪色的。

告別羅西福，奔向本次旅行的終點，洛蒂最後埋身的奧雷龍島。羅西福西南十幾公里處的一個小島，都不用乘船，有跨海大橋。剛才的「阿里巴巴宮」是洛蒂搞的一怪，下面的葬身地，是洛蒂搞的另一怪。作家墓地在法國往往是生命的最後一景。所以公布地點又謝絕參觀的事，我從來沒有見過，洛蒂算是首例。他爲此葬在他姨媽家的花園裡。

我在傍晚來到奧雷龍島的聖皮耶鎮，天已經放晴，只有海邊才有的那種特別明亮的斜陽，打在也叫洛蒂街的半邊牆上。19號是一扇漆得碧綠的鄉居木門，在殘舊的小街和湛藍的天空配映下，很有點特別。街對面幾步遠的地方有一家招牌掛得很高的「洛蒂披薩店」，小地方住過一個名人往往都要百分之百地加以利用，因此什麼樣的「洛蒂」招牌都有。正是7點多，玩了一天海的人陸陸續續在返家，街上遠遠談不上安靜。洛蒂大概絕想不到，身後八十年的社會進步，不但孤島與大陸有一橋相連，而且小島也已成爲夏季旅遊熱點。19號門口有一塊相當醒目的石牌，上寫「皮耶・洛蒂安息在花園的常春藤和月桂樹下」。門鈴上方還有一塊小牌子，告訴想來按門鈴的人：根據洛蒂遺願，墓地謝絕參觀。

我事先知道，也就不算白來。這位生前使出渾身解數引人注目的人，身後卻用一道圍牆將好奇者攔在了外面。在書中，他一直在感歎北京的各種各樣圍牆，「難以穿越」這個詞始終掛在嘴邊。看來，他在生命的終點，實踐了這個東方的傳統。1901年4月28日這天，洛蒂站在清陵墓前，寫道：「等到聯軍撤出中國，這個對歐洲人開放過一陣的陵園，又會變得難以穿越，時間又會持續多久，很難說，也許到下一次入侵，那時候這個古老的黃種巨人就該徹底坍塌了……除非他從他的千年夢中醒過來……最終拿起武器，我們眞不敢去想他的報復……天哪，等到中國群起而做最後反抗的那一天……手頭又有我們的現代化毀滅性武器，那將是一支多麼可怕的軍隊！何況我們的部分聯軍的確在這裡不謹慎地撒下了太多仇恨的種子和報復的渴望……。」站在這扇綠色的木門前，眞想把他喚醒，輕輕告訴他：「洛蒂，這個噩夢還要再做一百年嗎？我不是來報復的。」

沿著聖皮耶鎭的細街，向大西洋走去，是看落日的時間。5月4日是洛蒂在北京最後的日子，團城的晚會結束後，他踩著宮殿發出清脆聲響的石板往住處走，在一分鐘比一分鐘更莊嚴的寂靜中，憂愁襲上身來。「這個晚會好像以不可挽回的方式，爲北京的沉落添上了最後一筆，或者不如說是一個世界的沉落……它的神祕被揭開，它的魔力被打破……這是地球上未知與神奇最後的避難所之一，古老人類最後的劇場……。」十年之後，清朝被推翻。西方的征服使多少文明從原先的軌道上脫開，朝著不可控制的方向滑過去。這些文明從此像困獸一樣，東奔西突，尋找出路。偌大的世界從此不再可能各人按各人的節奏，廣袤的疆域像收網一樣地縮小，直到一百年後思想幾乎被完全同化的地球村的實現。在人類文明那一分鐘比一分鐘更喧鬧的峽谷間，文明人和野蠻人的爭鬥並沒有停息，我即使躲到這個小島上，還能聽到那征服的腳步，在歷史空穀間迴盪。

站在島尖上，望著落日掉入水中，那麼快，頃刻間，天上水面便只剩下沒有一起帶走的紅霞。由洛蒂的歎息，我想到朋友D的一次經歷。我們那時在西藏旅行，與一群人去玩槍。在打空瓶和打野兔之間，我選擇了前者，他選擇了後者。他說一開始很興奮，瞄準那些完全不知死到臨頭的野兔，讓他有一種「君臨天下」的感覺。等到他熟悉了槍的機制，終於一槍把一隻兔子打倒時，他忽然有一種厭惡，他意識到這一槍的後果。誰給了我這樣的權力？只因爲我有一把槍嗎？我比它強大？

洛蒂在北京的最後一個夜晚，顯然已意識到這一槍的後果。征服者有一天會發現自己同時也成了謀殺舊夢的劊子手。

在法國尋找巴金（上）

巴黎，拉丁區

1927年2月19日，從馬賽老港（Marseille）一艘郵輪的四等艙裡走出的一批年輕的中國人中，有一個從上海來的四川人李堯棠。現在已無從知道那一天是什麼氣候，不過2月的地中海邊應該是溫和的，而且多數是碧海藍天的晴朗時日。

從1901年至抗日戰爭前，尤以1919年到1930年這一段爲高峰，每年都有成百的中國青年從馬賽港走下郵輪，然後乘火車奔赴八百多公里以北的巴黎。與那個世紀初被作爲華工招來的中國人相比，他們都穿著西裝，都是讀過書的人，都出生於或富有或殷實的人家。這些很快進入法國中學補習法語的中國人，並不是少年，而是成年人。從動盪不安的祖國來到西方，他們中的多數都是理想主義者。在中國那段昏亂的歷史中，單純而熱情的他們都像抓住救命稻草一樣接納了各種激進的主義，尤其是到法國來的這一批人，多半是被法國大革命的歷史所吸引；吸引他們的還有當時在西方也到處受打壓的共產主義和安那其主義（Anarchism，又譯無政府主義）。我寫到這裡，不禁想到，幾十年後，20世紀八、九〇年代從巴黎戴高樂機場踏上法國土地的另一批中國青年，追求的已不是那些主義，而是實實在在西方富裕的物質生活。也就是六七十年的時光，便已是物換星移。多少理想在時間這只無情大手的揉捏下，成了無聲的塵土。

這批從停靠南線火車的里昂站走進巴黎尋找理想的年輕人中，走出了周恩來、鄧小平、陳毅……，還有李堯棠，後來大名鼎鼎的巴金。巴金在其後寫的《寫作生活底回顧》一文中有一段話，很能刻畫這一批理想主義者：「在印度洋舟次我給一個敬愛的朋友寫信說：『我現在的信條是：忠實地生活，正直地奮鬥，愛那需要愛的，恨那摧殘愛的。上帝只有一個，就是人類。爲了他，我預備貢獻出我的一切……』。」

這都是很久以前的事情，要不是他們中還有一位活到百歲的老人，也許一切在這個實用主義的世界並無翻出來的必要。2004年3月，當上海《新民週刊》的丁先生約我寫寫巴老先生在巴黎，我應該承認，這位只在我少年時代極短的一段時間裡與我在文字上交錯而過的作者，已離我非常遙遠，像早就被歲月磨蝕掉的理想的泡沫。我們這一代人很輕易地就拋棄了那個專情又濫情的時代，在五光十色的新的物質世界裡，《家》也好，《寒夜》也好，都像世紀之交的那個旋轉門一樣，一眨眼就被轉到另一邊了。

1927年1月15日從上海上船的李堯棠，1928年底返回上海時，已經變成了巴金。他在法國寫的署名巴金的處女作《滅亡》，這時已在上海發表。由此可以看出，法蘭西的兩年在巴金的生活中是一個轉捩點。人的一生走上某一條路其實非常偶然，一個走時夢想成爲革命家的青年，回來時成了作家。我甚至認爲，這段留學經歷，使他一生受益，在很大程度上影響了他的文學道路。最奇特的是，這一點洋墨水，使他在1949年以後不管主觀願望如何，並沒能成爲那樣一種革命者。

巴金在法國只待了不足兩年。在巴黎的時間更短，加在一起約半年。他在巴黎的生活，現在唯一能掌握的資料，只有他自己的回憶錄。其中多少眞實，多少是小說家的「虛構」，已無從調查。法國方面並沒有爲這個日後的名人留下些什麼。可見有時歷史也是一人說了算，就像中國有一大部分歷史是司馬遷說了算一樣。遍查多如牛毛的法語網際網路，也只有一個安那其主義網站談到巴金，視他爲同道，殊不知巴金的世界早已幾度春秋。

就最初的域外生活，巴金寫道：

> 朋友吳在拉丁區的一家古舊旅館底五層樓上給我和衛租了房間。屋子是窄小的。窗戶整日家開著，下面是一條寂靜的街道，那裡只有寥寥的幾個行人。街角有一家小小的咖啡店……正對面是一所大廈，這古老的建築，它不僅阻止了我的視線，並且往往給我遮住了陽光，使我底那間充滿著煤氣和洋蔥味的小屋變得更憂鬱，更陰暗了。

我在春寒料峭的3月一個陰雨的下午，來到巴金最初投宿的布蘭維爾街。在《尋找海明威》一文中，我寫過這條拉丁區的小街。它距離萬神廟（巴金舊譯國葬院）只幾分鐘的路程，與圖安街、吊刑街和圖內福爾街一起圍成那個讓我心動的小小的街心廣場。從這個小廣場穿過短短的布蘭維爾街，就是護牆廣場，這個廣場邊的勒穆瓦納紅衣主教街74號四樓，二〇年代初住過另一個名人海明威。

海明威1926年離開巴黎，1927年同樣來到這個廣場周圍的巴金，與他失之交臂。

我們現在來看看布蘭維爾街。街窄而短，有兩家小飯店和一家名叫「凱旋劇院」的小戲院。夏日晚上戲院門口會站滿等待入場的人，現在屬冬季，街上寥無人跡，一如上面巴金的描述。在這層意思上，時間並沒有改變多少東西。巴金住過的5號，就在小劇院邊上，已經不再是小旅館，而是公寓了。樓門在這個初春的下午緊閉著，沒有人進出。經驗告訴我，5號門口不會像74號門口那樣，有一塊紀念小石牌。除了周恩來，沒有其他中國人在巴黎的哪條街上留下過小石牌。弱勢文化從來沒有這份榮幸。也正是從這一點，使我深深感到，在外族面前，歷史和文化都沒有多少實質價值，唯一真正說得上話的，古代是軍事實力，現在是經濟實力。

「我的生活是很單調的，很呆板的。每天上午到那殘留著寥落的枯樹的盧森堡公園裡散步，晚上到Alliance Francaise（法文協會）補習法文。」

海明威常常從這條布蘭維爾街，經吊刑街，順著亨利四世中學高大的牆壁，走進萬神廟廣場，再走蘇夫洛街或屈雅斯街，過聖米歇爾大街，從位於羅斯唐廣場的鐵柵欄門進入盧森堡公園。巴金顯然走的是同一條路。沒有一個異鄉文人不喜歡盧森堡公園。我至今奇怪，這個本身並沒有多少特別之處的公園，究竟散發了一種怎樣的磁性，讓人願意在它的草坪上，在它的水塘邊，在它散落各處的蘋果綠色的鐵椅上，卸下塵世的煩惱？寫到這裡，恕我說一句題外話，巴黎所有的公園都不收門票，因爲城市的綠地是每個市民共有的。任何地區都沒有權力把屬於自然的風光圈起來收費，即使私人城堡的花園部分，也多是免費遊覽的。

「白天就留在家裡讓破舊的書本來蠶食我底青年的生命……常常在一陣難堪的靜寂以後，空氣忽然震動起來，街道也震動了，甚至我底房間也震動了……經驗告訴我是一輛載重的汽車在下面石子鋪砌的街道上馳過了。」

現在這樣的小街是不會再有大卡車通過了，它和拉丁區其他一些小街一樣，已經被作爲文化的、歷史的巴黎，像明信片上的風景，被展示著、保存著，被各種資訊傳遞著，慢慢地就產生了超出其自身價值的東西。

拉丁區孔特斯卡普廣場上的街頭歌手。

拉丁區打烊前的小酒店。

那麼街角那家咖啡館呢？街角有一家，我走進去，裝潢相當老式，兩三個工人模樣的熟客在喝啤酒，我想就是這一家了。巴金這樣寫過：「進了咖啡店，我似乎感到一陣溫暖。我立在櫃檯前要了一杯黑咖啡，一面望著旁邊幾個穿粗布工衣的人的誠實的臉……」。

但老闆告訴我，這裡原來是一家香料鋪，變成咖啡館是近二十年的事。我問他對面那家食品雜貨店呢，他說那家一直就是食品店，沒有變過。他很熱心，發覺沒法回答我，便把我領進他隔壁的小飯館，飯館的牆上有一張舊照片，他說那上面應該是那個時代的布蘭維爾街口和護牆廣場。我仔細一看，果然不錯，他所說的香料鋪和食品雜貨店都在上面，但和布蘭維爾街在孔特斯卡普廣場交會的穆費塔街的街口有一家酒館，那大概就是巴金所說的街角咖啡館了。現在酒館已改造成新式的咖啡館，叫戴爾馬咖啡館，裡面年輕的經理正忙碌地著雞尾酒，對我提及的舊史一無所知。

巴金在布蘭維爾街只住了約一個月，3月份他搬到與這條街相交的圖內福爾街2號。2號緊挨著圖內福爾街和布蘭維爾街交會的那個小街心廣場，就是我在《尋找海明威》中說過的那個沒有多餘裝飾的三角地。

2號看上去不大可能是過去那棟房子，新式的樓門縮在一個迴廊下，說古不古，說今不今，五六層的樓裡顯然都是住家。是改裝了，還是重蓋了？當時拉丁區有很多專爲學生或小知識分子提供食宿的小旅館，也叫膳宿公寓，伙食是包在房費裡的。巴爾札克（Honore de Balzac, 1799~1850）小說裡對這種地方有過透徹的描寫。我敲開1號那家室內裝飾店的門，裡面的一位老先生告訴我，這棟樓才蓋了二十多年，原來的房子是什麼樣沒人記得了。我卻懷疑這並非一棟完全新蓋的樓。不過我的懷疑又有多少根據呢？那個新式的樓門好像在嘲笑我：你來找什麼？好像一切還有意義？2號門口也不會有小石牌。曾經走過這裡的那些中國人竟然沒留下一絲痕跡，可是從這裡走出去的中國人卻在不同程度上改變了中國歷史的軌跡。同樣的歷史在不同的地方可以有完全不同的待遇，完全不同的作用，甚至完全不同的解釋。

這裡到萬神廟很近，從三角地出發，走一段吊刑街，再向左一拐，就是萬神廟了。萬神廟廣場有兩尊石像，一個是劇作家高乃依（Pierre Corneille, 1606~1684），另一尊便是巴金在回憶錄中常常寫到的盧梭像：

「我走過國葬院前面，走到盧騷（梭）銅像[1]的腳下。我撫摩那個冰冷的石座，我差不多要跪下去了……在這裡，在這一個角落裡，並沒有別人，只有那個手裡拿著書和草帽的『日內瓦公民』[2]和我。」

又「我抬起頭仰望著那個拿著書和草帽的屹立著的巨人，那個被托爾斯泰（Leo Tolstoy, 1828~1910）稱爲『18世紀的全世界底良心』的思想家。」

我知道，從法國大革命到巴黎公社，並且一直延續到上個世紀上半葉，盧梭在年輕人心中一直可以掀起種種狂熱。但稱他爲「18世紀的全世界底良心」，則絕對有誤會的成分。我不知這裡的「良心」有沒有誤譯的成分，如果是法語的「conscience」，則並不只有

[1]銅像並不存在，現在是一尊石像。

[2]據達貝爾在《百科全書》中所說：這個城市的公民共分四等，最高級的是日內瓦公民。盧梭終其一生都自認為自己是一個「日內瓦公民」，聖西門（Claude Henride Rouvroy Saint-Simen, 1760~1825）的第一篇文章的名字就是《一個日內瓦公民的來信》，雖然他是個道地的法國人。

「良心」一種譯法，托爾斯泰的原意是否是「覺悟」的意思，也未可知。上世紀二、三〇年代，中外文誤譯而誤導的例子不在少數，不過在今天又有多少改變呢？語言的隔閡使文化之間常常只停留在霧裡看花的狀態。

當時的巴金是否也停留在這種狀態？我甚至斗膽地判斷，他那一代人大多數一生都停留在那種狀態。我在巴金公之於世的各種履歷表中，始終未找到巴金在國內曾學過法語的紀錄。他學過英文、一點點日文和世界語是有記載的。因此他在法國中學裡學到的那一點法語，是否足以讓他深刻地瞭解盧梭，進而理解法國文化，我表示懷疑。後來因爲這句「18世紀良心」的話，延伸到稱巴金爲「世紀良心」。我以爲也不乏誤會的成分。

巴金在圖內福爾街住了三個月。「每晚上一面聽著聖母院底鐘聲，我一面在一本練習簿上寫一點類似小說的東西，這樣在3月裡我就寫成了《滅亡》底前四章。」每晚上聽著聖母院的鐘聲，恐怕應被歸入巴金式的浪漫。他住的地方與巴黎聖母院有一段相當遠的距離，不大可能聽到聖母院的鐘聲，他聽到的可能只是萬神廟邊上聖艾蒂安杜蒙教堂的鐘聲。此外，教堂敲鐘有早禱和晚禱，一般在上午9、10點和下午5、6點，晚上和夜裡是不大可能聽到教堂鐘聲的。

據巴金自己回憶，這期間最激發他的不是盧梭的思想，而是兩位旅美義大利安那其主義者的命運。「好像整個西方世界都沉落在黑暗的苦海裡了，無論在什麼地方都找不到一線的光明。我懷著一顆空虛的心到處彷徨。我的生活完全失去了目標。我每夜立在盧騷

（梭）的像前，對那個巨人訴說我的絕望，可是他永遠不能給我一個回答。」

1927年的法國是否如巴金描述的那樣黑暗？有一點可以肯定，距差一點動搖了整個西方世界資本主義根基的經濟大蕭條只有兩年，那時候西方也尚未發展到將資本的貧困全部轉移到第三世界。在那個風雨飄搖的年頭，即使是已放棄武裝革命的共產主義和安那其主義，依然是整個西方世界的心患。19世紀後半葉一直到第二次世界大戰以前，在法國被公開殺戮或被以法律形式處死的人裡面，有不少是「左」傾激進主義者，其中多數又是安那其分子，但其法律上並不存在思想犯。當時的資本主義社會尚沒有一個富裕起來的中產階級來穩固它的陣營。我想，這部分地可以解釋巴金筆下的巴黎爲什麼是那樣的愁苦。

「我看著就要滅亡了，忽然有一天在一個書鋪裡見到了一個義大利魚販子著的一本英文小說……好像大雨住後的天空那樣，我的心豁然開朗了。」

義大利魚販子叫范澤蒂（Bartolomeo Vanzetti，巴金舊譯樊宰底），1908年20歲時移居美國，做過各種苦工，1913年加入了安那其組織。對於一個自我意識強，又被壓在低層抬不起頭的年輕人，激進思想是最容易接受的。後來他在獄中寫的自傳中，有一句自我描述的話，他自稱「無名的人群中的無名者」，也就是說一個別人根本可以無視其存在的小人物，足見他對當時的美國社會之絕望。1916年，范澤蒂參加了一次由安那其策動的罷工，從此他被剝奪繼續在工廠做工的權利，只得走街竄巷賣魚爲生。1917年，他加入美國籍後一個月，便被徵募去歐洲打仗，爲了逃避兵役，他與三十幾個安那其同志一起逃到墨西哥。在那裡，他結識了跟他同命運的義裔美國人薩柯（Nicola Sacco，巴金舊譯沙柯），一個製鞋工人。幾個月後，兩個安那其分子回到美國。1920年5月，兩人一起被捕，因爲在他們身上搜出了槍，警方便把他們與兩起搶劫殺人案連在一起。

巴金抵法的最初幾個月，正趕上范薩案到了最後關頭。因爲同情弱者，在國內便已接受了左翼激進思想的巴金，對范澤蒂和薩柯寄予了無限景仰和同情。

在證據不足的情況下，由於兩人的政治面目，范澤蒂和薩柯被判處死刑。這起冤案在西方左翼人群中激起了軒然大波，聲援他們的各方力量從美國一直擴大到歐洲。1926年5月，一個在押囚犯承認自己是那起搶劫殺人案的主凶。但法官拒絕重審，維持原判。1927年8月22日至23日夜間，經過七年獄中抗爭，范澤蒂和薩柯被送上了電椅。兩人的冤案直到1977年才得以昭雪。不知這算不算「陽光下的陰影」的一部分？

「我不再在盧騷（梭）的銅像前哀訴了。我不再是失了嚮導的盲人了。我不再徘徊了。我已經找到了我的嚮導。那個德丹監獄裡的囚徒，義大利的魚販子在我的眼前變成了比『日內瓦公民』還要偉大的巨人。」

在拉丁區的那些日夜，這兩個人的命運似乎佔據了他的全部心思，他在回憶巴黎生活的文章中大部分篇幅用在了這兩人身上。這一切促使他寫《滅亡》。不過，悲觀主義在巴金只是個外殼，或者說是稱手的武器，淚水下面掩藏的其實是徹底的理想主義，即樂觀主義，這一點上他跟盧梭很像，可以說是殊途同歸。他在小說《霧》中提到的「還土主義」，應絕不只是情節需要。

他1927年7月離開巴黎到外省蒂埃里堡（Chateau-Thierry，巴金舊譯沙多－吉里），一年多後的1928年9月又回巴黎短暫逗留，住在哪裡沒有留下紀錄。巴黎生活本身在他是非常背景式的，好像總有一層隔膜，也許時間太短，也許他屬於那種只活在自己內心的人，巴黎給他留下的似乎只是些浮光掠影的東西，明信片似的閃回，諸如聖母院的鐘聲、咖啡館、舊書攤、雨濕的小街……。「寂默」是這期間他常掛在嘴邊的詞，不過我在他後來的小說中發現，這個詞從沒有離開過他，他最出色的小說《寒夜》（私人之見）裡通篇都寫著這兩個字！這的確是個奇特的人，表面上與這個世界路路相通，內心裡卻暗暗割斷了所有的通道。我們在此也許可以判斷的是，他眼中的巴黎，應該多數是朋友引導他、告訴他的巴黎，而非他眞正觀察及感受到的巴黎。這與他其後在法國外省的生活形成對比。

在法國尋找巴金（下）

蒂埃里堡

7月中，友人吳克剛介紹我認識詹劍峰，當時詹在沙多－吉里拉封丹中學學習法文，我就同詹一起到那裡去，見到校長賴威格，他讓我住在飯廳樓上的單人宿舍裡（詹住在我的隔壁）。

憑著巴金（李堯棠，1904~2005）本人提供的這條線索，我先在地圖上，又在導遊書上，繼而在網站上找到了位於巴黎東部約一百公里處的小城蒂埃里堡。從旅遊書上看，蒂埃里堡不屬於巴黎周圍那些出名的景點，它之所以沒有被人遺忘，是因爲小城過去的市民中，有一個相當風光的人物：寓言作家拉封丹（Jean de La Fontaine, 1621~1695）。除此之外，好像並沒有值得一提的事。我也早有準備，不奢望《米什蘭》[1]出版的旅遊書上會提一筆巴金。我把找到更多線索的希望寄託在小城自製的網站上。

根據國內傳來的某些媒體報導，情況好像相當悅耳，諸如：「記者獲悉，爲紀念巴金百歲誕辰，政府目前正著手建立一間現代化的巴金展覽室，詳細介紹這位曾在此生活過的中國文學大師」，

[1]《米什蘭》為著名飲食指南。

又如：「他曾經居住的地方至今仍然保留著，鎮上的居民都以巴金曾經在此讀書和居住而自豪」，等等。

這樣的消息也使我非常樂觀，甚至動搖了我對法國人對中國文化基本態度的清醒認識。蒂埃里堡也許是個例外，因爲它遠離文化自大主義的巴黎。

然而小城網站上並沒有一個字提到巴金，小城對外宣傳的招牌還是那個拉封丹。這使已經樂觀起來的我頗爲難辦。難道又是只能憑巴金自己的回憶來寫嗎？兩眼一抹黑地跑去會有多少收穫呢？不過這時候也只能去闖一闖了。

3月裡的一天，我驅車前往蒂埃里堡。巴金曾說過那時乘火車一個多小時也就到了。因爲離巴黎才一百來公里的距離，如今開往東部的高速火車並不在蒂埃里堡停靠。坐傳統火車去的時間與上個世紀初是差不多的。從巴黎開車過去，走高速公路，加上出城塞車的時間，也要一個多小時。這讓人很驚異，現代化的交通在這裡並沒有改變什麼，或者說改變了的東西，又被新生的不便抵消了。

離開高速公路，很快就來到馬爾納河（Marne，巴金舊譯馬倫河）畔。蒂埃里堡依河而建，就像歐洲所有的城市。塞納河從西流向東，在東部與馬爾納河匯合，這一地區的經濟、文化都與這條河分不開。它其實不是一條寬闊的大河，在法文裡它不是fleuve，而是riviere。但中文裡只有江河溪澗之分，它只能被歸在河一類。它淡綠色的河水相當平靜，河面上有一兩隻天鵝，足見外省小城的生活並沒有脫離上世紀初那種殘留的田園風味。城市建築也基本保存一個世紀前的風貌。外省小城基本上是這一類，一個世紀的現代化進程，只在舊貌上增添了不多不少的幾筆。沒有人口膨脹，也就沒有隨之而來的那股強大的生命力像洪水一樣蕩滌舊的東西。城很小，沿河岸左拐一下就到了市中心。經驗告訴我，市政府所在地是一個外鄉遊人首先應該找到的地方，那裡往往能尋出一些資訊。市府廣場現在是個停車場，老式的市府大樓是最高的建築，旁邊有一家電影院，放的電影與巴黎一樣。廣場上停的車和電影院放的電影，提醒你舊夢難尋，無論哪個角落都難有多少特例了。

憑著國內提供的那則樂觀報導，我蠻以爲只要來了，一切便自然明朗了。我在廣場周圍找到市府旅遊辦事處。我認爲既然國內報導說這裡連巴金住過的地方都保留下來了，旅遊辦事人員一定是最知情的。我提到巴金的名字，問有沒有巴金故居，年輕的辦事員一頭霧水，什麼「巴金展覽室」，完全子虛烏有。她只告訴我有個拉封丹紀念館和一座大革命時被毀壞的蒂埃里堡廢墟。我還打聽到拉封丹中學就在城後面的山坡上。我趕過去，一個完全新建的中學，名字與巴金提到的一樣，但根本不是巴金描述的樣子。舊學校被推倒重建了？沒人能回答我，看來「他曾經居住的地方至今仍然保留著」也是子虛烏有。

我打道回市府廣場，已經對此行的收穫開始懷疑。不過我是不到黃河不死心的。這時中午休息完的市府開門了。我走進去打探，市府辦事員自然是一無所知，她叫我去市府對面的市文化處打聽。

我走進廣場對面的一扇窄門，上到三層才找到只有一人辦公的文化處。辦公桌後面的那個中年婦女顯然不明白我說的是誰。直到我提醒她去年是這位作家的百歲生日，聽說市府舉辦過活動，她才撥電話去打聽。打聽下來給了我兩個名字和兩個電話號碼。

我的尋找似有一線曙光。小紙片上的一個電話是答錄機；另一個電話有人回答，不過是當事人的夫人，但她的熱情讓我覺得有了希望。她說丈夫去看牙了，但她馬上通知他。我在廣場上等了一會兒，手機就響了，托尼．勒讓德爾急促而熱情的聲音傳過來，他說他馬上趕過來。

我們在廣場上的小咖啡館裡見了面，一個普通的退了休的中學英語教師與巴金會有什麼關係呢？坐下來不到一刻鐘，我便明白遇見救星了。首先他知道巴金；其次他告訴我巴金說的那個拉封丹中學現在叫拉辛[2]中學；再者他是這所中學的教師。

托尼屬於法國人中並不多見的那類極坦率而熱情的人，恨不得把他知道的全掏出來。他之所以知道巴金，並不是學校方面爲巴金保留了什麼，而是他這個學英語的對外部未知的世界一直懷有一份超出於一般人的好奇，早從六〇年代，他便帶著一些學生收聽外國短波廣播[3]。他說他積錢買了台短波收音機，居然就此發現了他在法國從不知曉的世界，他意外地找到了中國國際廣播電臺，以及其他一些社會主義國家的電臺。他就是從那時候起聽到了來自另一面的聲音。他說巴金1979年4月重返故地的事他知道，但他當時只是個小教師，輪不到他來接待。

[2]拉辛（Jean Racine, 1639~1699）：法國著名戲劇作家。

[3]短波廣播因傳輸範圍遠，被許多國家用於世界範圍內廣播。短波廣播絕大部分為國際廣播。

托尼帶我走向馬爾納河對岸的拉辛中學——巴金時代的拉封丹中學，從市府廣場正對著大橋的戴高樂街，走到橋邊，過河再走一小段卡諾街——大概可以推斷爲巴金筆下的「正街」，右拐進保羅・杜塞街，遠遠就看見了巴金筆下「沙城中學」那兩個舊式的、由看門人居住的小圓堡。我剛才在市府後面的山坡上找到的新拉封丹中學與這個正牌的正好是南轅北轍。

舊拉封丹中學三百五十年前是天主教聖芳濟會（Capuchins）修道院。1789年革命大潮中，修道院被充歸國有。最後一批聖芳濟會修士於1791年初離開修道院。當時蒂埃里堡也趕時髦易名爲「馬爾納河畔平等城」，這個名字沿用至大革命結束。位於城中心的蒂埃里城堡就在那時被摧毀。趕走了修士的修道院1793年被改造爲公共麵包房，建在裡面的九個麵包爐，在大饑荒的1795年派上大用場。1797年，重歸國有的修道院又轉賣到私人手裡，在商人手裡幾經易手，先做了公館，1805年轉到商人古熱手裡，被改建成紗廠。當時是大工業起步的時候，很多大革命後被充公的天主教修道院被商人買下改爲紗廠、玻璃廠之類，使得這些建築沒有徹底荒廢。古熱的紗廠興旺了四十年，成了本地下層百姓掙錢的去處。當時紗廠男女工都僱，還有不少童工，工作時間十四個小時，其中包括用三餐的兩小時。而現在法國人每週工作三十五小時，還吵嚷著要一年六個星期的假期！1846年古熱死後，紗廠很快就衰落了。從此這處房產成了古熱後代的別墅。直到1891年，古熱後代將此房產租讓出來，創辦一所教會寄宿學校。租金是象徵性的，只一個法郎，實際就是我們的捐學。法國過去的私立學校皆源於此。很有意思，在約一個世紀前他們祖先設廠收用童工的地方，捐學辦校，爲可能是童工的後代提供教育，短短不足百年，怎樣的進步！1906年原來在蒂埃里堡市中心的拉封丹中學遷至這裡。二十一年後，來自中國四川的巴金走進的就是這所中學。

那麼這個名不見經傳的外省中學爲什麼會有萬里之外的中國人來？那是爲了學校緊澀的荷包。二〇年代，這個只有約兩百個學生的中學，正四處尋找寄宿生來補充學校的財政收入。就像今天向中國學生開放的法國私立學校一樣。這也正合了中國學生的心意，巴黎的宿食太貴了。當時，巴黎周圍有好幾處地方像蒙塔爾吉、謝努瓦都有中國學生去。很多中國留學生到了法國沒有生活來源，便進工廠打工，鄧小平當年就是在雷諾（Renault）汽車廠做工。在法國勤工儉學的中國人中，有很多根本無暇進學校。當時還沒有非法移民一說，任何外國人，只要不從事反當地政府的政治活動，找得到工作做，就可以待下去，沒有黑工之說。單從這一點看，現在的西方不是進步了，而是倒退了。

1920年到1934年間，拉封丹中學每年約收錄十來名中國學生。這是一種很古怪的現象，成年的中國人夾在一群少年中間。不過他們受到特殊待遇，他們不必住學生大宿舍，而是每人有一個小單人房。巴金就住這樣一間過去修士睡的小房間裡。這些中國學生一般在這裡停留的時間都不長。他們不分學期，在一年中各個時間抵達。從保留下的紀錄看，上百個中國學生中只有兩三個待到一年以上。巴金應算在此列，他1928年9月才離開蒂埃里堡。但可惜的是，不知何處出了差錯，湊巧1927年至1928年度的紀錄不翼而飛了，這樣獨獨這裡出來的一個中國名人的入學登記未能保存下來。我倒意外地在1924年至1925年度的入學登記冊上看到了周恩來的大名。周恩來1920年赴法勤工儉學，1924年秋回國（周本人的自述中說夏天回國），難道他來過蒂埃里堡？時間上有這個可能，登記的時間是1924年1月26日。但登記冊上的那個周恩來生年是1903年2月15日，與周恩來的生辰1898年不符。是有意錯填生日？不知何種原因，巴金在入境後填寫的臨時身分證上，就將生日推遲了一年：1905年10月19日，比他在國內被正式承認的生日1904年11月25日小了一年。那麼周恩來的情況究竟屬於哪一種呢？這個譯音過來的周恩來僅僅是同音或同名？這個謎只能放到日後去追尋了。

法國人眼裡的這些中國學生是怎樣的呢？他們多半自成一圈，不大與那些中學生娃娃在一起，因爲年齡相差太大，也因爲語言不通。這是法國人的一般看法。不過巴金寫下過這樣的話：「在巴黎，我們身爲中國人不止一次地遭受人們的白眼。可是在這個小城，許多樸實、善良的人把我們看作遠方來的親戚。」我從托尼對我的態度，可以肯定巴金的看法。不過托尼還告訴我一件事：1927年11月，校長賴威格（就是接受巴金入學的那位校長）發現一位叫桂棠華（譯音）的中國學生收到了寄自莫斯科的大包郵件，這引起了他的懷疑，便上報了警察局。警察局打開郵包檢查，發現全是俄文的共產主義宣傳材料。於是一級級上報，直報到內政部。要不是這位同學以自己只是轉手並未做損害法國的事據理力爭，他差一點就被驅除出境了。此事以燒毀郵包作結。巴金當時正與這位桂棠華同窗，但他在回憶錄中並未提及此事。

如果1990年之前來，我們大致能看到巴金當年所見學校的舊貌。但2004年才找到這裡的我，來遲了一步，上世紀八〇年代後期的改建和擴建，基本上抹去了它的舊顏，只有門房的兩座小圓堡，還大致保存了原來的樣子，當年巴金在看門人古然夫婦處用過餐。托尼告訴我，要不是他和當時做校長的夫人力爭，舊修道院差一點就被推倒重建了。我真是暗暗地捏一把汗，好險！否則我今天到這裡可能什麼也找不到了。儘管現在已是面目全非，但舊房基、舊格局依然保存著，這多少對尋舊的人是個安慰。

但學校裡沒有一處掛有紀念牌，記錄巴金這位中國的名作家在此逗留過。巴金當年住過的位於二樓的小單間，也與其他中國學生住過的房間一起早已被擴建成教師會議室。我隨著托尼走進去看，裡面十來個教師正在開會。托尼指著三扇窗戶，像是安慰我似的說：「這其中有一扇，但已不知是哪一扇，就是當年巴金可以俯看庭院的視窗。」據說，1979年巴金重返故地時，曾經走進他當年住過的小房間，當時那房間還在，他推窗向外看，不禁說了一句法語：「Merde！Le Marronnier？」中文的意思是：「媽的！那棵栗樹呢？」栗樹自然是不見了，連1979年尚在的他的小房間也沒能保留下來。如果不是遇到托尼，我不可能一直找到這間會議室，更不會把這什麼都不剩的四壁與一個中國人的過去連在一起。我禁不住問托尼：「既然什麼都沒有特意保留下來，你是怎麼知道巴金的？」

他告訴我，自從參與了那起保護舊修道院的事，他便對學校的歷史有了興趣，他甚至自費出了一本校史。結合著他長期收聽的中國方面的對外廣播，他就是在那時候對走過蒂埃里堡的那群中國人發生了興趣，尤其對巴金。巴金1991年還給托尼來了一封信，介紹自己留法的簡要經過。這信托尼至今珍藏著。

巴金的處女作《滅亡》就是在那個舊日飯廳的樓上完成的，現在那個飯廳也沒有了，那棟樓全部改成了教師辦公室。巴金寫道：「我寫完了我的第一本小說，又在正街格南書店裡先後買到十本硬紙面的練習簿，用整整五本的篇幅抄錄了它。《滅亡》的原稿早已毀掉，可是那樣的練習簿我手邊仍有兩冊，我偶爾翻出來，它們彷彿還在向我敘述法國小城生活的往事。」

我告別了熱心的托尼，走到學校後面的小河邊，這條小河叫假馬爾納河，是爲了洩洪人工開出來的。巴金所說學校「後面也有一大塊空地，種了不少的苦栗樹，籬笆外面有一條小路通到河邊」的那條河一定指的是這條小河。它比馬爾納河要細小，水面靜得不起一絲皺折。河對岸有一些小樓房和被割得七零八落的小片田野。「晚飯後我們又到河邊田畔，散步閒談，常常談到夜幕落下，星星出現的時候。」

我沿著小河左轉，很快就到了巴金說的正街——卡諾街。卡諾街只有一家小書報店，不知它是不是當年的格南書店。現在的門面已經完全看不出它會是那個老店了。巴金在格南書店不但買了《滅亡》的稿紙，還在裡面買了左拉（Emile Zola, 1840~1902）的小說《酒店》（*L'Assommoir*）。這也是我最喜歡的一部左拉小說。他後來說在馬賽等船的時候，把左拉的系列長篇《盧貢－馬卡爾家族》（法文原文？還是英譯本？）看了大半。「我不相信左拉的遺傳規律，也不喜歡他那種自然主義的寫法，可是他的小說抓住了我的心，小說中那麼多的人物活在我的眼前。我不僅一本接一本熱心地讀著那些小說，它們還常常引起我的『創作的欲望』。」左拉應該算他文學寫作的一個老師，但當年激進的他並未深刻理解左拉，這使他的文風遠離自然主義的左拉，而更接近也同樣影響過他的浪漫主義的雨果（Victor Hugo, 1802~1885）。

從巴金就這段小城生活留下的文字看，他已經完全轉換掉了在巴黎時的陰鬱。「我初期的好幾個短篇像《洛貝爾先生》等等，都是以這個可愛的又安靜又樸素的法國小城作背景。這裡的人和這裡的生活，我返國後多年回想起來，還有如在眼前的感覺。」

1928年10月巴金又短暫地折回蒂埃里堡辦一些手續，然後就經馬賽回國了。

不知不覺我已經走到馬爾納河邊，橋頭上果眞有一家花店，但關著門，門面毫無舊時印跡。「在校長夫人和小姐的生日，我們也要到花店買花束送禮……花店裡有一個70歲的金頭髮、蘋果臉的姑娘，名叫曼麗……。」曼麗是找不到了，誰也不會記得當年有個中國人來買過花，記下這一切的只有巴金的文字了。我轉了一圈，最後還是回到他的文字上，時過境遷之後，一切的現實都不再有意義，只有文字，它的神奇的力量，它所生出的傳奇。

我想，在未來的某一天，蒂埃里堡，甚至拉丁區的小街上巴金住過的地方會掛起一塊小石牌，但那絕不是中國文化的影響，而是越來越多的中國遊客成了法國旅遊業的可靠收入，促使它掛起這樣的牌子，以吸引更多的遊客。這一天不會太遠。

魏崙的一條命和蘭波的兩條命（上）

蘭波這個人，我一直是不想碰的。圍繞他的傳說太多，後來簡直就像神話一樣，成了一代代詩人的精神支柱。而且一傳十十傳百，反反覆覆那幾件事。早熟、有詩才、性格乖戾、意志如鐵，與魏崙的特殊關係，20歲以後未再寫過一首詩，37歲死於癌症。樣樣是傳奇的材料。倒是魏崙這個人常被拉入蘭波的生活，而在這個傳奇中他始終是個配角。從某種角度看，未嘗不可，蘭波這樣的人，生活中恐怕難有除了他自己之外的別的主角。倒不是他的詩別人都難以企及，而是他獨斷的個性。有一些人生來就是殺手，像大樹一樣，枝葉越濃密，在其樹蔭下的花兒草兒便只有死的份兒。而這樣的人，往往是人群歡呼的對象。古往今來，這是個永遠記取不了的教訓。

話說回來，我後來仔細研究了這兩個難兄難弟，發覺兩人中，眞正具有詩人天命的是魏崙，而非蘭波。詩歌於蘭波只是青春期的躁動加流星般的天才閃現。20歲後罷筆，並非天才對命運的精心導演，而是體內已沒有這樣的需要。他由激情很快滑向某種清醒，而清醒是詩意的殺手。蘭波恰恰是個過於清醒的人，他控制他人和自己的本領都非比常人。他的神話並不起始於他15歲開始寫詩，而是他20歲後徹底地離開文壇。所有異常閃亮又突然中止的東西，都能激起人無限的想像。相反，詩歌於魏崙就是其整個生命，不是瘋子難成眞正的詩人，用在他身上正合適。這個世界只有兩種人，隨心靈律動的人和隨利益漂浮的人，魏崙屬前者中的極致。這種人撲向幸福或災難都懷著同樣的熱誠和天眞，壞了別人的事卻永遠以爲自己才是受害者。

但不管怎麼說，兩人的命運已在傳說中被凝固在一起，後世只掌握一點史料的我們，有其他想法的餘地不大。我挑來撿去，在兩人交往的這場戲裡，有幾幕簡直鬼斧神工。絕大多數人在人生舞臺上只是過客，跳出來做戲子的本領和膽量都不夠大。跳出來的人才是傳奇，因爲他們做了我們想做而不敢做的事。我們舒舒服服待在常規的世界裡，他們卻從常規的世界進入了非常規的世界。大作家沒有不是混蛋的，也就是無毒不丈夫的意思吧。這樣說很嚇人，雖沒有資格連自己也罵進去，但至少罵倒了一大片。有什麼辦法呢，幸福的人生好像是不値得書寫的，我們往往只能在悲慘的人生中嗅到那麼點永恆的味道來。

舒瓦瑟爾過道

從地鐵14號線金字塔站（Pyramides）上來，向北走一小段磨坊街（Moulins），就與小田園街交會，過了街就有一個商業長廊舒瓦瑟爾過道。這類過道在塞納河右岸歌劇院和王宮花園一帶還有好幾條，很有舊巴黎的味道。其實就是細長的商業街，只不過上面有玻璃頂篷避風遮雨。20世紀後半葉大型超市和商業中心出現後，沒

像舊明信片一樣保留下來的巴黎過道。

有人再到這裡購買生活必需品，這類過道的保留更多的是旅遊明信片的性質，而沒有多少實用性了。不是旅遊季節，這裡很安靜，滿可以依稀拂掠幾縷舊時代殘留的金邊。

我那天走進舒瓦瑟爾過道，這類長廊建築上都大同小異，因此極容易張冠李戴。那時候我正在大作家塞利納的生活漩渦裡打轉，知道他童年的大部分時光是在這個過道他母親開的花邊鋪子裡度過的。記得他說，母親一輩子做花邊，自己卻從沒有用過，因爲腦袋裡從來就有一條界線，那是夫人小姐用的。這段話我印象很深。老實人常在頭腦裡劃出一些界線，痛苦也好，幸福也好，沒有什麼能阻擋他接受這些界線。這種認命構成了「社會穩定」的強大基石，那金字塔尖下的每一塊石頭，都是一個命運的歎息，無法數計。有時候我想我們自己就是我們自己的監獄。

塞利納在花邊鋪子裡寫作業的時候，已是20世紀初了。19世紀後半葉，這個過道裡也發生過一件事，初看是一件小事，都不值得一提。誰也無法預料起始的那點毫釐會在日後擴展到什麼程度。後來超出上述「界線」的那些事，就是從這個過道開始的。那時過道裡還沒有塞利納和他的母親，裡面有一位出版商叫勒梅爾。時值1871年7月，鎮壓巴黎公社的「血腥五月」[1]剛剛過去。勒梅爾收到躲到外省去的詩人保羅・魏崙的信，問他詩集《好歌》（*La Bonne Chanson*）的銷售，並且想請他再出一本《失敗者》。那時候所謂出版詩集，印個一百本了不得，名聲多在圈子裡。詩人靠稿費根本活

[1]西元1871年5月28日，法軍和「巴黎公社」百姓發生內戰，時間長達一週，稱「血腥一週」(Bloody Week)，有兩萬多名社員慘死。

不下去。

勒梅爾回信說：至少要等一年，讓風聲過去，才能再出版他的東西。勒梅爾在信尾以一條金規奉勸他：「從你的生命中去掉兩樣東西：政治和妒忌，你就會成爲完美的男人。」

政治，魏崙是不敢沾了，否則要掉腦袋的。巴黎公社期間，他因爲政治傾向類同，也因爲判斷錯誤，沒有跟市府的人去凡爾賽，而是留在巴黎市政府繼續做他的公務員。他沒有酒壯膽，其實膽子很小，並不敢參與什麼大事。爲在新婚不到一年的妻子面前逞強，參加了國民自衛隊，但一天仗都沒打。可留下來本身就是「站錯了邊」。5月流血週一過，他退租了房子，帶著已有身孕的妻子，跑到外省暫避。7月半，他被新政府解除了公務員的職務。

8月初回到巴黎的他，對失業倒也並不傷心，本來小公務員的職位就與他命裡要做的詩人格格不入，只是安家立命的權宜之計，靠著祖上的一點積蓄，他做個專職詩人也不錯。

這天，他走進舒瓦瑟爾過道找勒梅爾拿代收的郵件。信函中有一封吸引了他的目光：信寄自北方阿登省的夏爾城。

是他的舊相識布列塔尼神父寄來的，主要是向他推薦另一個人，夏爾城的一個中學生，17歲，名叫亞瑟·蘭波。這個陌生青年的信也隨信一併寄來。魏崙拆信一看，滿紙絕望。蘭波說，在這個北方陰鬱的小城，沒有人理解他這個詩人。詩也隨信附了幾首。一讀之下，果然有才。

幾天以後，第二封夏爾城的來信寄到勒梅爾處。比第一封更絕望。隨信又是三首長詩。魏崙耐不住了，把這些詩拿給帕那斯派

（Parnassien）的詩友們看。帕那斯派這個名稱來自勒梅爾1866年到1876年間陸續出版的三卷詩集《新詩選》。裡面收錄了從波特萊爾（Charles Baudelaire, 1821~1867）到馬拉美（Mallarme Stephane, 1842~1898）、魏崙等一批新詩人的作品，這批人以古希臘傳說中的帕那斯山人自居，主要是反對以雨果爲代表的浪漫主義，他們追求詩句的完美，主張爲藝術而藝術。

帕那斯詩人們讀了蘭波的詩，被裡面交揉的美與狂暴所震懾。

蘭波故鄉夏爾城的迴廊，彷彿幽幽的舊時的那個身影還在。

喜歡的人甚至說：「這是新的波特萊爾，更野性。讓他來吧！」

魏崙給蘭波回了第一封信，信中說：「你有點獸化妄想的味道。」「獸化妄想」（zoanthropy）是個精神病學名詞，患者精神錯亂，想像自己變成了一隻狼。又說：「你在詩人這個戰場上已經神奇地具備了武裝。」

接下來便是爲蘭波找住處。他逃難回來自己沒有再租房子，暫住岳父母處。他費了半天口舌，總算讓岳母答應收留蘭波幾天。一切準備就緒，他向夏爾城發出了邀請信：「快點來吧，親愛的知己，我們渴望你，我們等著你。」隨信寄去了他在詩友中爲蘭波酬集的旅費。

兩人誰也沒有想到，此番相會具有流星相撞的效果。這一年魏崙27歲。

尼科萊街14號

尼科萊街在蒙馬特高地，聖心教堂東面的半山坡上。這條街一百三十年後的今天幾乎沒大改變。巴黎有時是令人吃驚的，來到蒙馬特高地前的巴爾貝斯區域，我那天一時之間以爲到了索馬利亞首都，全是黑人，而且多半是不友善的。窮人難得雅興，算是一種解釋。走了兩條街，順坡拐進尼科萊街，喧鬧便全落下去了。巴黎人懷念的舊世界的影子，幽靈一樣徘徊在這樣的小街裡，像夾在歷史書裡的舊書簽一樣浪漫。走到坡上，有一個小院子，鐵柵門後的兩層小樓，算是魏崙曾經的故居。門口有市政府豎的銅牌爲證。他就是在這裡第一次瞥見了那個「耀眼而悅人的白色身影」——16歲的瑪蒂爾德（Mathilde Maute）。幾乎是在結婚整整一年後，他又在這裡，第一次見到蘭波。

魏崙後來在詩集《不久與往日》中一首名爲《愛上了魔鬼》的詩中寫道：

> 他出現在一天晚上，
> 那是去年冬天，在巴黎，
> 沒有人知道，
> 這孩子從哪裡來。

其實不是冬天，而是1871年9月10日左右。約好他們在巴黎東站見，那時叫斯特拉斯堡（Strasbourg）火車站。魏崙和朋友夏爾・克羅去接他，月臺上找來找去沒見到，雙方誰也沒見過誰。何況蘭波下車見不到人，掉頭就走，他可沒耐心等人。對什麼事情都缺乏耐心，是他的特點之一。以今天的心理病學分析，可以初步診斷爲憂鬱症的一種表現。詩意一點說，他是個像風一樣不可捕捉的人，停不住的。他自己從車站走到了尼科萊街14號，魏崙的岳父母家。幾乎跟他同歲而且行將臨盆的瑪蒂爾德接待了他。

魏崙沒有接到他，在酒館裡喝了幾杯才回來。蘭波已經坐在客廳裡。魏崙完全沒想到那些激烈而無情的詩句出自這個鄉下大男孩的頭腦。身體長得太快，皺巴巴的衣服全都吊在身上，一頭栗色頭髮怒髮衝冠地豎著，眼睛淡藍色的，有一股懾人的光。說話急促而不連貫，總像在賭氣，靦腆，動不動臉紅，像一隻到哪裡都嫌空間太小的野狗，在人群中不知所措。他隨身沒有帶一件行李。

魏崙後來對他有這樣一段描述，足見最初那致命的吸引力：「那雙淡藍色無情的眼睛裡，暗暗含笑地閃爍著一絲溫柔，帶著苦怨皺折的突出的嘴唇上，是神祕和性感，而且是怎樣的神祕和性感啊！」

晚飯桌上，蘭波幾乎沒有話，三口兩口吃完，先自睡覺去了。

與魏崙的促膝談心是在第二天只有兩個人的時候才開始的。魏崙帶著客人滿巴黎遊逛。鄉下男孩幾乎厭惡一切常規，他說巴黎公社太手軟，凱旋門、巴黎聖母院通通都該炸掉。「羅伯斯比以後發生的事都不重要了。」說到詩人，他也有一套非同於常的看法，他認爲詩人是通靈者、盜火者。花草韻律這些東西，算不上詩，要到事物的盡頭去尋找未知物，哪怕這種尋找令人作嘔。蘭波很聰明，或者就是少年輕狂，他知道不走極端，難出頭，舞文弄墨的人太多。就像一百年後的美女作家們深知「不脫衣服」難以出頭一樣，不過有什麼辦法呢，在這個文人正在凝縮成一張畫面的時代，若不如此，我們自己的故事已經沒有人要讀了。

魏崙全聽進去了。他的個性與蘭波正相反，他是個隨波逐流的人，寫詩就像他每天吃飯、睡覺一樣，是在身體裡的。除了尋求快樂和寫詩之外，他像浮萍一樣，遇土隨土長，遇水順水流，遇到女人愛女人，遇到男人愛男人。任何一個強人到他身邊，無不被激起統治欲，而他願意把脖子上的鏈條交到任何一個他喜歡的主子手裡。那麼與蘭波的相遇正好各得其所。他在這個少年的憤怒中，看到了一個獸化妄想，一個「被流放的天使」，一個想摧毀這個世界而實際上正在被這個世界碾壓的不適應者。而他自己曾幾何時，以爲一個小公務員的職位，一個體面的婚姻，可以讓自己轉變爲一個適應者。事實上，婚後他一首詩也沒寫出來。他從來沒有勇氣挑戰命運，他就像他詩裡的「落葉」，被「惡風捲裹，隨處飄落」[2]。在這個少年激昂的意志下，他又產生了他一生脫不去的那種永遠的錯覺，我發覺這種永遠的錯覺是他一生詩歌創作的源泉。他好像一生就在等著這一刻，他從岸上走下來，「我的靈魂正在向海難駛去」。有些人的生命快車永遠駛不到幸福終點站。

而蘭波也在等著這一刻，迄今爲止，還沒有一個人眞正理解他，沒有一個人願意從溫暖的繭殼裡走出來。「在這場野蠻的滑稽表演中只有我一人握有鑰匙。」現在他找到了一個可以分享他這把鑰匙的人。蘭波一生要尋找的東西實際上不是詩，而是自由，當他發現金錢是自由的某種保障時，他就棄詩經商了。「我極其固執地要去膜拜自由之自由。」這是他的話。

聖・塞夫蘭街

在巴黎，找到聖米歇爾廣場那眼噴泉，離聖・塞夫蘭街就不遠了。從廣場過馬路到聖米歇爾大街的另一邊，就是這條小街。拉丁區最熱鬧的一個街區。無論白天晚上，遊客不斷。希臘烤肉店和土耳其羊肉夾饃店一家接一家，還有中餐館，原來中餐館不出來拉客，現在學希臘人，站在門口叫客。眞是好的不學！不過這個舊時代窮文人和藝術家聚居的街區，除了要從旅行者口袋裡掏錢，早已

[2]引自魏崙的《秋歌》。

沒有了往昔的靈魂。晚上要過了10點進去，遊客走了一半，黑夜掩去了不好看的，留下暖暖的燈光，一點點東方的色彩、氣味和聲音，才給你舊日在這種小街上一天天積攢下來的幻覺。就這麼一點點，轉眼即逝。魏崙潦倒後住過這條街，9號門口現在是一家沙瓦乳酪涮鍋店。我下面要說的這一幕與這個9號還沒什麼關係。魏崙還遠沒有到潦倒之日，雖然已丟了工作，但多少還有個家，過著小資產階級溫飽有餘的生活。

在尼科萊街14號，兩個詩人一日比一日晚歸。何況鄉下男孩的無禮也到了下逐客令的時候。魏崙只好又去找朋友克羅收留蘭波。然而沒有幾天，蘭波撕了克羅珍藏的書作手紙，克羅異常憤怒，蘭波因此不告而別。魏崙滿城去找，蹤影全無。這個頭髮裡藏滿蚤子的男孩跑回老家了？據說這滿頭蚤子是他的祕密武器，碰到不喜歡的人，神父之類，他頭髮一甩，濺人家一身。不過這都是後來傳說的，眞實程度有多少，已經無人追究。

魏崙正絕望，一天，就在聖．塞夫蘭街，他一眼看見蘭波。男孩身上又髒又破，人瘦了，原來他跑掉後，與流浪漢爲伍，靠翻垃圾尋找食物。魏崙心酸了，他覺得自己對他有責任。他把他帶進餐館，讓他飽餐一頓，保證從此再也不拋棄他。保證容易，負擔這個不願找工作的人的生活，就不容易了。蘭波當時有一套理論，詩人是不工作的，做詩人就要承受犧牲。這未嘗不是眞理，只不過這個犧牲別人也得分攤。據後來瑪蒂爾德說，魏崙在六個星期裡花掉了2000多法郎。這可是個大數目，他做公務員時一年的工資也就是這個數。魏崙找到了蘭波，又去求朋友捐款，他算了，酬到一筆錢，保證每天至少有三個法郎讓蘭波吃飯。當時的一個成功者、文名不下雨果的大詩人泰奧多爾・德・邦維爾（Théodore de Banville, 1823~1891）願意把傭人住的一間小閣樓捐出來讓蘭波住。一班文人們稱這野小子爲「繆斯的嬰兒」，就是人人都要給他一口奶。到了12月，魏崙的積蓄像雪一樣融化了。他開始賣自己收藏的書，又向老母親借錢。而蘭波並不爲別人的慷慨所感動，靠施捨度日，讓他更憤世嫉俗。在邦維爾提供的小閣樓裡住了沒幾天，左鄰右舍就不滿了。結果又得挪地方。

蘭波很快就對這幫他曾遠遠仰慕的文人產生厭惡，接觸什麼事必失望是他的宿命，逃都逃不掉。而文人在人群中雖不是最卑鄙的但卻是最懦弱的。蘭波恰恰最不能原諒這一點。任何一個時代，一個國家，都有其文人圈子，像一個小社會一樣互相依存。被網羅其中的人，有大魚，但多數是小魚。所以圈子都是爲小魚而設的。據說魏崙的一幫文友請他去咖啡館，蘭波給請他的人一個背影，除了張嘴向地上吐痰，嘴唇動都不願動。要不乾脆往長椅上一躺睡大覺。邦維爾請他到家裡談詩，說他的《醉舟》（*Bateau Ivre*）該怎麼寫，蘭波出來時，嘴裡罵了一句：「老蠢貨！」有意思得很，這些後來全成了傳奇必要的原料，被解釋爲天才對庸才的挑戰。只不過當時受傷害的並不止受他無禮的人，他自己也成了受害者。巴黎文化圈對他最初的欣賞和同情很快變成了排斥。連魏崙也被拖進去，因爲人家認爲他保護一個根本不值得保護的人。蘭波周圍已是一片眞空，唯有魏崙越陷越深。已經沒有人願意爲蘭波提供住處了，魏崙只得自己掏錢爲蘭波租房子住。

10月份，魏崙做了爸爸，但一個嬰孩的降生已改變不了什麼。詩人的情感是無疆界的，所以他的家裡人未必能改變什麼。何況在蘭波眼裡，做父親無疑是向世俗讓了一大步，詩人活著的理由是創作，而不是傳宗接代。魏崙把時間都奉獻給了蘭波，瑪蒂爾德幾乎看不到他，而且回來也是喝得酩酊大醉。魏崙貪杯是有名的，但在遇到蘭波之前，他還有顧忌。在蘭波的鼓動下，兩人一起到酒精世界裡尋找事物盡頭的未知物。蘭波做這些事是清醒的，魏崙就不同了。他一喝多，馬上變了一個人，從溫柔的兔子可以變成暴烈的老虎。回到家，瑪蒂爾德一表示不滿，乾柴遇烈火，一點就炸。動手的事也就時有發生，第二天酒醒後，必是痛哭流涕下跪求饒。魏崙一直存有幻想，以爲常規世界可以永遠忍受他的荒唐，他並沒有蘭波那樣的決絕，蘭波在這個世界不想那個世界，到了那個世界就永遠關上這個世界的大門。魏崙一心只想腳踏兩個世界。殊不知兩個世界之間從來就沒有橋樑，必須有所選擇。

瑪蒂爾德以向法院提出身體與財產分離，發出了警告。當時法律還沒有離婚這一條。魏崙慌了手腳，他有了新的統治者，卻並不想放棄舊的統治者。瑪蒂爾德提出的和好條件就是一條，與蘭波分手，而且蘭波必須離開巴黎。魏崙去求蘭波，讓蘭波爲挽救他的婚姻暫離巴黎。被蘭波大大地嘲笑了一番：哪有爲一個「蠢女人」剝奪他自由的道理？

在魏崙的懇求下，蘭波最後勉強讓步，但他絕不回老家夏爾城，而是由魏崙出錢，讓他在北方小城阿拉斯暫住，等待魏崙穩住瑪蒂爾德再說。

魏崙的一條命和蘭波的兩條命（下）

魏崙、蘭波小道

我終於忍不住去北方追尋這兩位難兄難弟的影子。往巴黎東北方向走出一百五十公里，就進入了阿登省（Ardennes）的邊界。有著出名大教堂的蘭斯城一過，離開5號國道，有一條「魏崙、蘭波小道」，是倆人當年漫遊走過的路，一路都有帶有倆人頭像的紅色路牌指路。避開大路走這條小路，可以直奔夏爾城。阿登省基本上是平原，偶有小丘起伏一下。途經的村莊、鎮子多是平淡無奇的。北方各省一直就是各類戰爭的主戰場。1945年之前，歐洲就像戰國時期，不是你打我，就是我打你。所以盧瓦爾河以南那種建築的人文積累，在這裡難以尋覓。而且以前煤礦、鋼鐵工業都在發達的北方，現在已是夕陽工業，不是關門大吉，就是移到不發達國家去了。所以走過北方的城鎮，都有一種凋零之感。文明的寶刀一樣會生銹。夏末秋初時，大片的麥田已經收割。我走過的時候，路邊除了偶爾有幾頭牛，旅伴便只有一片片未收的玉米，再就是走不多遠便能瞥見的鄉村教堂的尖頂。這一切都好像是沒有年齡的，在我之前和我之後，一直就是這樣也一直會是這樣。大地和它的恆久力量，讓我們這些過路人，顯得異常渺小。我常在這時，被一種未知力量呼喚著，要謙卑一點。

在這北方原野漫遊之前，魏崙還有幾步要跨。把蘭波送出巴黎，與瑪蒂爾德重拾舊歡，這時已是他結識蘭波後的次年3月。但時間並不長。詩人是非禁果不吃的。瑪蒂爾德一放鬆警惕，魏崙就又跑到咖啡館偷偷寫信給蘭波。蘭波此時已因經費不續，被迫回到夏爾城母親身邊。他認爲此番闖蕩巴黎是徹底失敗了，不但詩沒有人出版，連魏崙這麼個唯一的癡心朋友也被老婆奪回去了。他把自己武裝到牙齒的英雄主義，在這個俗世，遠不像劍客的寶劍一樣，可以爲他所需要的絕對自由開道。他對這個世界的恨有增無減。

爲了瞞天過海，魏崙讓母親代收信。從來往書信可以看出，蘭波越是趾高氣揚，魏崙越是匍匐在地。此時魏崙又有了一份工作，做保險公司的秘書，是他母親和瑪蒂爾德怕他無所事事再酗酒鬧事，託人幫他找了一份正式工作。照蘭波看來，他又向資產階級束手投降了。大約是在4月末，蘭波悄悄潛回巴黎。魏崙偷偷爲他租了房子，並叮囑他這一次無論如何在短時間內要收斂。

就這樣，魏崙的雙重生活重新開始，只不過這回是祕密的。蘭波每天到他下班的地方等他。他又開始喝酒、晚歸。一度平靜下來的尼科萊街14號又開始充滿風暴。他在瑪蒂爾德和蘭波之間走投無路，三人中誰也不幸福。魏崙逃避苦難的本事就是永遠把自己放在受害者的地位。他後來對這段生活的總結是：「一年天堂，一年地獄和無休無止的痛苦，這就是我兩年的婚姻生活……」。

蘭波則是從拉丁區的一個小閣樓搬到另一個小閣樓，他住到哪裡都不自在，貧困讓他感到屈辱。這難道就是他爲自己設計的自由之路嗎？他時常是孤獨的，沒有朋友。他甚至沒有希望和目標，一年前投向巴黎時的雄心壯志已經熄滅。何況他感到懦弱的魏崙總有一天會向其他人一樣把他拋棄。他最後幾首寫於巴黎的詩註明的日期是1872年6月27日。

1872年7月7日這天，瑪蒂爾德病了，陪她的魏崙說去找醫生。那天他們並未吵架，瑪蒂爾德也不知蘭波在巴黎。魏崙確確實實是想去找醫生，他走出家門不遠就撞見了蘭波。蘭波告訴他是來給他送信的。

「送信？」

蘭波說他要走了，他對這個城市已經無所留戀。他這一生，沒有一處地方長久拴住過他的心。記得夏多布里昂（Francois-Ren de Chateaubriand, 1768~1848）在《墓畔回憶錄》（*Mémoires d'outre-tombes*）中寫過：「我的每一天都是一個永別。」用在蘭波身上極其合適。他的自由之門就是以逃爲鑰匙。他要去發現廣闊的世界，魏崙要麼跟他走，要麼此生永別。這是一封告別信。

魏崙想讓他平靜一下，蘭波打斷他的話：「要麼現在就陪我走，要麼就再也見不著了。」

魏崙做出了他一生中的最重大選擇：「好吧，上路吧。」

找醫生、生病的瑪蒂爾德、兒子、職業，就在這幾分鐘內全都拋掉了。在這種魔力面前，只能有一種解釋：鬼使神差。多數人謙卑的一生並沒有被這種魔力擊中的可能，於是我們慶幸我們的不出軌。魏崙不辭而別，瑪蒂爾德的父親直找到停屍房都沒有找到他。

倆人走上這北方的原野，「我看我們就像兩個好孩子，自由地在憂愁的天堂漫步。」[1]

魏崙、蘭波小道可以通到蘭波後來寫出《地獄一季》（*Une Saison en Enfer*）的羅什村。這個二十一人的小村莊，蘭波時代尙有一百六十人。現在只剩一個農民，其餘都是附近的退休工人。其中有一位退休女工在自家辦了一間小小的蘭波紀念室。這間紀念室恐怕是她餘生小小的寄託。那天我走進去又走出來，很奇怪的一種感覺，歷史迴響的確是難以預測的。蘭波生前寂寞，至死也無名無錢，也並不討人喜歡。要說他的天才，依我看也因作品太少而難下定語，至多是天才的閃現。19世紀七〇年代，他的詩欣賞的人不多。二十年後，出了新一代自稱「頹廢派」（Decadent）和「象徵派」（Symbolism）的詩人，蘭波一下被奉爲鼻祖。可以想見，普法戰爭二十年後，在下一次戰爭到來之前，歌舞昇平是必然的。活膩了，沒有仗打，自然要頹廢。社會生活也因溫飽有餘而漸爲開化，比如離婚已經立法。這種時候上一代的反叛者自然被視爲先知先覺。很有意思，所有的東西都會被加倍地反過來加以誇張。所以在任何時代，如果你不幸是少數中的一員，不要悲傷，今天砸在你身上的石頭，日後說不定是座豐碑。

不知多少人感歎他離開詩壇是聰明之舉，實際上在蘭波是走投無路之舉。後來巴黎的文人們都把魏崙的不幸命運歸罪於他，文壇的大門至少在二十年裡對他全面關閉了。現在如果某個青年也學樣就此不寫了，恐怕被遺忘的危險要遠遠大於成爲神話。這就像中彩券一樣，是一場天大的賭注。不信試試看。中不中也不全都取決於

[1]引自蘭波《地獄一季》。

有沒有天才，歷史的黃土間不知埋沒了多少天才。一生的寫作就像造一座冰山，活著的時候，這座山哪怕巍峨壯麗，死後它也會化掉，化得一乾二淨，到了最後，多大的山都會化掉。也許造冰山的時候，會有幾塊石頭夾在其中，死後即使在烈日下，那石頭也不會化掉。但誰也不知道在造這個冰山的過程中，能造出幾塊石頭。

羅什村已沒有什麼可看，蘭波住過、寫作過的農莊現在只剩下一截斷牆。走魏崙、蘭波小道，進羅什村，都屬於某個傳奇煙塵之後無窮無盡的滑稽表演。

德斯卡爾街39號

德斯卡爾街在通到護牆廣場（Place Contrescarpe）之前與穆費塔街匯合。這是拉丁區除聖·塞夫蘭街區之外的又一旅遊街區。與前者比，少了一點東方味，多了一點拉丁情調。走在這一帶的街上，仔細望牆上看，時常會有名人故居的紀念牌。寫作而又住在這裡的人，多半與貧窮是結拜兄弟。二戰前的那些小旅館，文人和妓女常是門對門的鄰居。爲寫作做出如此犧牲的人並不多，安貧一類的哲學，心甘情願接受的人少之又少。蘭波就中途退場了，他對詩的熱情來得快，去得也快。把詩歌作鴉片的人，往往需要某種特殊構造的性情，只有情感感覺力與心智的成熟正好南轅北轍向兩個極端發展的人，才不會從詩神的無情大網中鑽出去。魏崙正好屬於這種人。這一帶我常來，每每看見牆上的那些小牌子，和下面一家家的咖啡館、飯鋪，就想到那些人的鬼魂大概不會走回這裡，要迷路的。

魏崙潦倒後在這條街的15號、18號都住過。生命的最後一年，他住進了39號。39號門前有兩塊小牌子，一塊是給魏崙的，另一塊是給海明威的，海明威的故居在廣場邊的另一條街上，這裡只是他租了間閣樓寫作的地方。魏崙搬進去的時候已經是1895年，距1875年他從比利時的監獄被放出來，已整整二十年。

1873年7月10日這天，離他與蘭波結識差兩個月整兩年，在布魯塞爾市中心，大廣場與啤酒商街交會的那個街口有一家庫爾特雷旅館，就在這裡魏崙向執意要離開他的蘭波開了兩槍，一槍打飛，一槍打在蘭波的手腕上。而在打響這兩槍之前，魏崙曾把早晨剛買的槍掏出來給蘭波看，本以爲蘭波會驚慌，誰知後者不當回事，反問他幹什麼用。魏崙回答：「給你們的，給你，給我，給所有的人！」本來蘭波並沒想去告發他，魏崙也賠了罪，但從醫院回來後，蘭波還是要走，魏崙說至少要送他去火車站。

噢，火車站！一年前1872年的7月，瑪蒂爾德曾趕到布魯塞爾，拱手奉上最後一次挽留他的機會。倆人共度一夜之後，魏崙似乎下了跟她回去的決心。瑪蒂爾德約他下午4點在火車站附近的植物園碰頭，一起乘5點的火車回巴黎。分手時瑪蒂爾德以爲自己已經勝券在握。

魏崙把想法告訴蘭波，蘭波說那他也去巴黎，他不會爲討一個曾把他趕出巴黎的女人的歡心而回到他母親身邊。魏崙苦勸無效，他知道一切又會重新開始。

他心事重重隨瑪蒂爾德上了火車，一路睡到邊境城市基耶夫蘭。過海關時，所有人下了車，魏崙就在這時消失了，無論如何找不到。直到火車啓動，車門關閉的那一剎那，瑪蒂爾德才看見他又出現在月臺上，她衝他大叫，要他快跳上車。他說：「不，我不走了。」

瑪蒂爾德後來在回憶錄中寫道：「我從此再也沒有見過他。」

很多年以後人們才知道，蘭波也上了這輛火車。可以想見魏崙在海關遇見他時會是怎樣的場景。蘭波的意志不是魏崙的意志或瑪蒂爾德的意志以及他們兩人加在一起的意志，所能左右的。

在送蘭波去火車站的路上，魏崙的世界已經全面崩潰。從清晨開始，他肚裡不知灌了多少杯酒。走到魯普廣場，魏崙再度掏槍，滿眼殺氣。蘭波驚恐而逃，魏崙舉槍緊追不放。蘭波就在這時向執勤的員警叫道：「抓住他，他要殺我！」

魏崙被比利時法院以試圖殺人和同性戀罪判處兩年監禁。

魏崙後來在詩集《不久與往日》中寫道：「啊，眞的就是這麼慘！眞的，就這樣結束太不幸了！」他後來的詩很多都是對痛苦的哀嚎。他坐了一年半牢，精神無所依憑，又投入耶穌懷抱。他這輩子在詩意的海洋裡是獨行者，在塵世的生活卻總要依靠什麼人。在獄中，他寫了很多詩。比如：

天，在這屋頂之上，

那麼藍，那麼靜！

……

噢，看你哭個不停，

你做了什麼，

告訴我，你看你做了什麼

用你的青春。

譯出來已經無法全面體會。只有魏崙有這樣一種獨特的語言，可以在民謠一般的簡潔中，表現極度的哀愁，讀起來不像蘭波的詩節奏那麼快，那麼散，那麼一針見血，而是溫溫地捉住你不放。有時念他的詩，好像多少年前在學校裡枯燥地學外語背單字，都在這一刻得到了補償。他幾乎每一次都是在命運最低潮時萌發出最旺盛的創造力。而奇怪的就是，好像有一隻大手，爲了他的詩，牽引著他從一個悲劇走向另一個悲劇。

出獄後，他偶然聽說蘭波旅行到了德國斯圖卡特（Stuttgart），便從蘭波的朋友處要到地址。不過這一次他是帶著宗教使命，要讓野小子改邪歸正。蘭波看到他那半個修士的模樣，只覺好笑，一把把他拉進了酒館。幾杯酒下肚，被監獄和信仰打退的小魔鬼，又站在了他生命的路口。蘭波後來寫信給朋友，說到這次相遇：「魏崙到了這裡，手上拿著念珠……不過三個小時以後，人家就背棄他的上帝了。」魏崙把在獄中寫的皈依宗教的詩送了一份給蘭波，但蘭波已把詩像多餘的行李一樣丟在他長長的旅途上了。魏崙大概沒有想到他這是最後一次見蘭波，但蘭波應該已經知道他們生不再見死也難相逢了。

魏崙大約過了十年的規矩生活，但後來又喜歡上一個學生，爲這個男孩把自己的和母親的財產敗光。偏偏男孩又早逝，痛不欲生的魏崙再次陷入酒精世界。生命最後十年的魏崙，基本就是在兩個妓女和貧民醫院之間靠向朋友乞討度日。八〇年代中，他協助出版了蘭波的《靈光》（*Illuminations*）和《地獄一季》，但出版後，完全沒有迴響。蘭波的時刻還沒有到。魏崙自己也是到了生命盡頭，作爲詩人的聲譽才走出拉丁區。

他再度酗酒後，再也沒有找工作。唯一的謀生手段是寫詩，十個法郎一首。他腿上的靜脈曲張潰瘍一天比一天嚴重，長期酒精浸泡的內臟也一個個開始鬧事。後來名噪一時的作家安德列・紀德（Andre Gide, 1869~1951）說，有一天他看見他，背靠著牆去撿拾掉在陰溝裡的帽子，身邊圍著一班正在罵他的頑童。看到這段描述，我怎麼都從腦袋裡拉不走孔乙己和他的茴香豆。他的膝蓋時常不能彎曲，因而他多數時間已經走不出門檻。兩個妓女，歐仁妮和菲洛梅娜，在他身邊再度構成當年瑪蒂爾德和蘭波組成的那個三角，連角色都不需要再分配。他與異性或同性的情感關係始終就是這樣的，他永遠是被統治者，變換任何伴侶，都改變不了這一實質。他在兩個女人間像皮球一樣搖擺著，賺的一點詩錢全被騙光。1895年12月13日他寫過一封信，信上說他的左腿又腫起來，肚子鼓脹。更糟的是債越積越多，房租再付不出，人家就要把他扔到大街上，要是商人不再給他賒賬，他就只有餓死一條路了。這封信的日期離他病逝已經不到一個月。這樣的信他在生命最後幾年常寫，乞討來的錢轉眼就進了無底洞。

1896年1月7日夜裡，劇烈的胃疼把他鬧醒，他咳得厲害，想站起來，摔倒在床邊。這時與他同居的歐仁妮一人扶不動他，只能讓他一夜睡在冰涼的地上。運氣最後也沒有照顧他，這一夜引發了肺充血。第二天晚上，他陷入昏迷。就這麼頭略微側向左肩，又像是去尋找什麼情感的依託，他咽下了最後一口氣。52歲。終於帶著奇好的胃口等到了死亡這頓大餐。此時蘭波也早已遁入黃土。

長長的那份痛苦的清單，一款一款總算到此結清了。我們有一生去荒唐，還有下一生可以睡覺。

「愛吧，走出你的黑夜，愛吧，

地老天荒，這是我永恆的思緒。」[2]

「我是男人皮女人心，這就解釋了很多事情。」這是他對自己的總結。

夏爾城

我後來去了夏爾城，因爲蘭波的結局還是要交代一下。這個距巴黎兩百公里的東北部小城是蘭波度過半生的地方。那天下雨，陰雨的城市很寂寞。只有市中心迪加爾廣場還有些人氣。星期天流動商人到這個廣場上賣從吃到用的各種雜物。廣場其實是很有味道的，蘭波當年說這個城市醜得不行，與他否定一切的個性有關。黃色的石頭建築，將廣場整齊地圍成一個大大的四方內院，在雨水中反光的深藍瓦片堆砌成一圈尖頂，配上下面圍繞廣場的迴廊，以及噴泉、咖啡座之類永恆的基調，幽幽的舊時的那個身影還在。蘭波時代這是個兵城，那個時候北方的城市遠比南方繁榮，進入工業時代早，流經夏爾城的默茲河（Meuse River），汽船日夜不斷地運送

[2]引自魏崙《智慧集》。

著商品。蘭波的詩與這些船、這條河有扯不斷的聯繫。

我順磨坊街走到默茲河邊，看到建在河上的美麗磨坊。磨坊已經改造成蘭波紀念館。岸邊的那條街叫亞瑟・蘭波堤岸街，他1869至1875年的家就在這條街7號。他出生的地方在與磨坊街相對的貝雷戈羅瓦街12號。剛才這麼一路走來，發覺整個小城都沉浸在蘭波的餘暉裡。看板上寫著「2004——蘭波年」，商人們賣著印有蘭波頭像的汗衫和茶杯，書店的櫥窗裡放著與蘭波有關的書，連餐館門口都掛著「蘭波晚會——阿登省特色餐」的招貼，足見小城一百多年來再也沒有出過奇蹟。想想做現代人也是很悲哀，哪個中學生再寫出這樣的詩，已經沒有人要讀了。而那個默默死掉的舊詩人還在做著最後的努力，來拯救故鄉的經濟。厭惡這一切的蘭波，其傳世使命還遠遠沒有完。

站在磨坊邊的小橋上，看默茲河水，清綠的，鏡子一樣平展。《奧菲莉婭》、《醉舟》全都順水而來。這樣平和的水如何陶冶出那樣暴烈的性情？想到他的死，怎樣的死啊！比魏崙激烈百倍的個性，也帶來了同樣激烈的死，暴風驟雨一般。

退回迪加爾廣場，從市府邊上的那條芒杜街直走下去，就是夏爾城墓地。1891年5月20日他從非洲乘船在馬賽上岸，當天入院。他在家信中寫道：「我昨天到，經歷了十三天的疼痛……醫院10法郎一天，包括看病的錢。我的情況很糟，非常糟，我被這腿病折磨得只剩一具骨架，這條腿現在腫得很大，像一個巨大的南瓜……這日子簡直過不下去，我是多麼不幸！我們的生活就是一場苦難，一場無邊無際的苦難！我們走這一遭是爲了什麼？」

5月27日他被截去右腿。這個像風一樣行走的人，這個不願意停下腳步的人，被截去了一條腿！6月17日，殘肢端劇烈疼痛，他寫道：「我什麼都認了，我沒有運氣！」這個時候誰也不知道，本來以為的骨膜炎、關節積水之類，實際上是癌症。又，6月23日，「我能做的，就是日夜哭泣，我已是一個死人，終身殘廢」。不過要走的決心還在，「命運把我拋到哪裡，我就死在哪裡。我希望能回到我原來的地方[3]，我在那裡有交了十年的朋友，他們會可憐我，在他們那兒我能找到工作，想怎麼活就怎麼活……而在法國，除了你們[4]，我沒有朋友，沒有熟人，什麼人都沒有」。看來巴黎的那一頁是永遠在他心裡合上了。從頭至尾，魏崙就是一廂情願。得到蘭波死訊後，他還對一個朋友吐露：「自從他死後，我夜夜都見到他。在這個男孩身上，有一種魔鬼般的誘惑力。對他的回憶就像太陽一般炙烤著我，不肯熄滅。」

7月24日蘭波離開馬賽回到老家羅什。殘肢端又腫起來，疼痛依舊，雙臂和肩膀也不能動了。前來給他看病的鄉村醫生以為他得的是骨結核。據這位醫生描述，蘭波坐在廚房裡，斷腿擱在一張椅子上，「他雙眼冷冷地帶著審訊人的銳利目光望著我，在我幫他治療時，他一言不發，偶爾張嘴，別的不說只是罵人」。一天，醫生想跟他談談文學，蘭波立刻打斷他的話：「聽清楚了，詩歌滾它的蛋吧。」

[3]指他在非洲做生意的地方。

[4]指他的母親和妹妹。

8月23日，他又要走，6點半的火車，他淩晨3點就要去車站。結果拉車的牲口不聽話，他趕早倒沒趕上這班車，只得等下一班。馮克火車站離羅什很近，我那天在羅什的時候，去找過這個車站，已經沒有了，現在有汽車，火車已不在這些小地方停靠。下班車12點40分開，他9點就要上路，誰也攔不住他，他就是要走，快點走。上了車，他一路抱著殘肢，不停地在說：「太疼啊，太疼啊。」經過一整天的高燒、劇痛，他到了馬賽，住進醫院。醫生告訴陪他來的妹妹伊莎貝爾：癌已經擴散，沒救了。對他則隱瞞了眞相。他沒有一分鐘想放棄這條命，哪怕只有一條腿。他熬了不到三個月，劇痛從殘肢向全身發展。最後完全靠注射嗎啡度日。他呢，還想走，要回非洲。他不知多少次在家信中詛咒那塊野蠻人的土地，但看來如果這個世界沒有他尋找的那種自由，至少在野蠻人中他還自在一點。至10月5日他已經不能坐了。23日，他接受了一位神父的探訪，並且做了懺悔，在那個時代這是死後升天堂的「必要步驟」。蘭波，你還在乎上天堂還是下地獄嗎？

我一直認爲蘭波有兩條命，一條是他自己的，這條命在1891年11月10日這天早晨10點結束，痛苦、陰暗、幾乎毫無奇蹟；另一條是屬於集體意志的，從他離開這個世界開始，傳奇、神祕、充滿了奇蹟。

「時鐘最後只能敲響極至痛苦的那一刻」，他在《地獄一季》裡這樣預言過。我已經走到他的墓前，相當破舊的一個墓地，空曠曠的只有兩棵大樹。所有的平凡的鬼魂都聚在這裡，蘭波，你還是未能逃掉。白色大理石的墓碑，金字，小地方人的審美。與他妹妹、母親在一起，而不是大漠荒沙。這才是蘭波眞正的結局，沒有奇蹟。凡事他都要不顧一切地走到盡頭，但事實上沒有盡頭，在那個他以爲的盡頭等待他的永遠只是空無。

返回時向北繼續走夏爾城以北的那段魏崙、蘭波小道，一路有默茲河陪伴。拉馬丁（Alphonse de Lamartine, 1790~1869）[5]好像一直在唱：

> 詩人就像過路鳥，
> 他不在岸邊築巢。

[5]法國19世紀詩人。

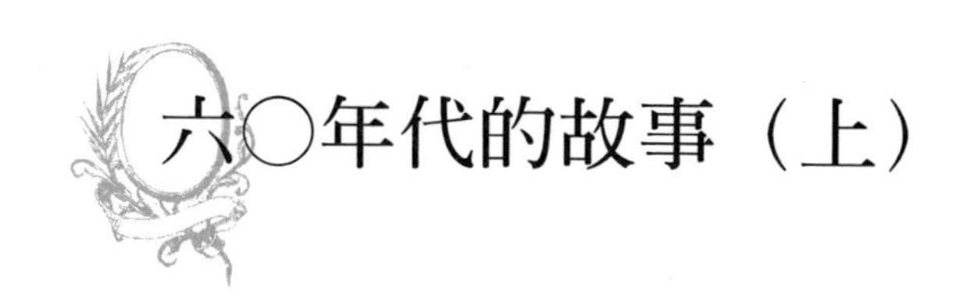

六〇年代的故事（上）

知道自己的東西兩星期後就會被扔進垃圾堆，卻還在寫，這就是現在意義上的人。有時我想在文章與這個世界之間，究竟有什麼？

我知道十全十美地反映現實的文章大概從來沒有存在過；完全讓我滿意的文章也從來沒有存在過；贏得所有讀者青睞的文章更是從來沒有存在過。那麼究竟有什麼？在文章與這個世界之間，我究竟留下了多大的尺度和空間？我可以確定的是，這之間的距離只會越來越大，縮小到零的那一天永遠不會到來。爲什麼還要寫？

如果相信法國19世紀作家兼政客的巴雷斯（Auguste-Maurice Barrès, 1862~1923）所說的話，智慧只是「我們自身表皮的那麼一點點東西，甚至只是一種幻覺」，我們便不得不承認「懷疑」才是唯一握得住的武器，這樣想來就更加不確定，像永遠都踩在冰上一樣。尤其是當你想讓人變得更善良、更理智、更慷慨、更自由、更有節制的時候，你最終會落到像受致命傷一樣地只想與這些人同歸於盡。

何況像我這樣的人，恐怕兩頭都不討好，中國人不喜歡我，是因爲我打碎了他們的夢；外國人不喜歡我，是因爲我說出了眞相。

但是故事還要講下去，這是我大致得出的結論。也就是不管「究竟有什麼」。聖伯夫（Charles Augustin Sainte-Beuve, 1804~1869）

說過：「成熟！成熟！只不過有些地方變硬了，另一些地方變爛了，成熟卻辦不到。」這大致是人生的最後景觀。

那麼還是讓我們來講故事，講講六〇年代的故事，哪怕歷史只是魔鬼的作品。1960年1月4日，有一個人死了，這其實跟我後面要說的事沒有直接關係，但還是提一筆，作爲一個時代的序幕。

記得某次旅行，半夜從里昂趕往巴黎。我旅行極討厭預先計畫，我的理論是什麼都計畫好，不如待在家裡。這就使我常常被迫半夜趕路，2、3點鐘都還不知道將投宿在哪裡，而且饑一頓飽一頓。平淡人生也就這麼點小小刺激，有一兩件事不在原先的軌道上，就已經給我們自由的錯覺了。這倒使我偶爾能體會到已經睡到被窩裡的人永遠都不知道的東西。那些沒有人只有路燈和房屋的村莊、城鎮，是旅途上的幽靈伴侶，只有這種時候的這種地方，能留住那久久不願投宿的靈魂。記得那天半夜2點了，才開到森斯，離巴黎還有一百多公里呢。在什麼地方停下來的不確定性，讓我有一種賭徒的興奮，好像我手上滿滿地握的全是骰子。經過路燈下的森斯城，我被一種美懾住。太美的東西就像末日審判一樣，不給你反擊的權利。很多年以後我明白，那只是一種氛圍，心境和環境在某一特定時刻的完美結合。我們凡事能抓到的也就是一點點氛圍。當然那天夜裡我沒有想到的是，這個「賭徒」的骰子偶爾落下的地點，是一個人最後用過午餐的地方；那夜半漫步，與現在這篇文字，越過不知多少「不相干」，最後被連接起來。森斯是一個人旅途結束的地方。一般人雖無法預知人生旅途終結的地點，但大多數人是死在自家的床上或居住地的醫院裡。超出這兩點一線的人，是另外的一群，獨特的一群。

1960年1月3日從南部普羅旺斯上路時，亞伯特．卡繆（Albert Camus, 1913~1960）是可以乘火車的，他車票都買好了。但有朋友從「香水之城」格哈斯（Grasse）趕來看他，他便上了他們的車。一行人一路向巴黎趕，第二天中午，在森斯吃了午飯。剛開出二十來公里，汽車一個急閃直撞向路邊的一棵懸鈴木，再彈到另一棵樹上，駕車的是加利馬出版社的新老闆米歇爾．加利馬（Michelle

普羅旺斯小鎮。

Gallimard）。卡繆當場死亡，米歇爾五天以後死在醫院，米歇爾的妻子坐在後座上，沒有死，她上車前與卡繆換了個座位。沒有人知道汽車爲什麼在那一剎那失控，奔向命運的終點，只留下超速一說。卡繆的手錶飛到路邊的田野裡，在那一刻停止轉動，指針停在13點55分。他46歲，剛獲得諾貝爾文學獎。最後一部沒寫完的長篇小說的手稿《第一個人》（*Le Premier Homme*）就在車後座上。文字是不死的。

人很少在他死的地方留下什麼，後來我去找車禍發生的那條路，5號國道在這一段已經沒有了，早已擴建成高速公路。斷頭臺換成了機關槍而已，我站在離出事地點不遠的塞納河邊這樣想。卡繆死後，法國進入私人汽車時代，公路和在其上奔馳的四個輪子，從六○年代開始，成了歐洲最大的生命殺手。所以1960年1月4日那一幕頗有點預示性，何況這一天會來得出人意料地快，任何想讓人插上翅膀的努力，不論是政治上的還是技術上的，都是預設了一個更大的殺手等在前面。1月4日，新年剛過，一場車禍揭開了一個時代。

已經無法判斷卡繆這一生的傑作是已經寫完了還是尙沒有開始。唯一可下斷言的是，在「第三地點」離去，讓他至少不必目睹被六○年代走運的「新小說」家們拋棄，也避開了後來在很多事情上選擇一個立場，以及其後的是非。六○年代是個政治的年代，經歷過的人難免被打上印記。那股左翼狂潮從東捲到西，讓不少文人以爲插上了翅膀，結果全成了火鳳凰。

這一把大火是怎麼燒起來的？恐怕連社會學家也難以全面概括。只知道從1944年到1973年第一次石油危機這三十年，法國從戰爭廢墟到經濟復甦、高速成長，進而以驚人的速度進入消費社會。歷史的對照，有點像我們從1976年到今天的發展。也就是從苦到甜在一代人身上開始實現，這個速度弄不好多少都讓人有幾分精神錯亂。這三十年被稱爲第三次革命，第一次是1789年法國大革命，第二次是19世紀的工業革命。經過三次革命的社會，不管是流血不流血的，被搞得面目全非是肯定的，最後必是自己不認識自己。

法國社會到六〇年代就很有點這個味道，什麼都在變。經濟上，從收音機到洗衣機到電視、汽車的過程，就不用說了，我們自己也正在經歷這些。儘管最後一場殖民戰爭到六〇年代初已經白熱化，但傷亡在阿爾及利亞。法國本土無論如何抑制不住一種新時代破土而出的興奮。上層建築「左」傾的步伐加快，但誰也沒有意識到無數的小革命將導致一場大革命。法國社會很有意思，戰後這六十年，前三十年右派執政，文化思潮是「左」傾的；後三十年左派執政，文化思潮開始右轉。前三十年，左派激進的尙－保羅・沙特紅得發紫；後三十年，右派保守的雷蒙・艾宏（Raymond Aron, 1905~1983）鹹魚翻身。可見誰掌握了權力之矛，必失去道德之盾。

六〇年代在這個城市撒下的那把珠子，我知道撿哪一粒都意味著放棄了一些沒有撿的。來巴黎的人，蜻蜓點水似的走了一遭，也是看了這個看不到那個。比如西堤島和將之與左岸相連的聖米歇爾橋（St. Michielsbrug）恐怕是必走的，但若陰雨的日子，走一趟，保證難有什麼感覺，風花雪月多半是在作者的筆尖下一層層褪下來的，像拋棄式透明絲襪一樣。記得2001年的某一天，在這座橋上走，發覺橋頭新添了一塊銅牌，是紀念法國本土最後一次屠戮。那是1961年10月17日，牌子卻是四十年後才釘上。但不管怎麼樣，一塊牌子還是改變了很多事，值得爲之奮鬥。那一天幾萬阿爾及利亞裔工人聚集到巴黎市中心和平示威，聲援祖國的獨立戰爭。在兩族人廝殺到以血相見的時候，這樣一次遊行會是什麼結局，可想而知。戰爭的「尾聲」最絢爛的焰火多半是以人血爲原料的。這一夜巴黎成了屠城，距「巴黎公社」九十年後，屠刀已經不再落在自己人頭上，而是落在異族頭上，這就是九十年文明的那麼一點點進步。這一夜很多阿爾及利亞裔工人從此沒有再回家。後來在教科書上只有一句話：「員警做了他們該做的事。」什麼事呢？10月17日以後，屍體陸續從塞納河裡浮起來，很多人就是在聖米歇爾橋上被打得頭破血流推下河去的。巴黎附近的密林也發現了屍體。這些被祕密處決的人一夜之間從地球上消失，四十年後眞相才浮出水面，就像當年他們的屍體。次年3月，戴高樂宣布承認阿爾及利亞獨立，但他封殺傳媒，在集體意識裡抹去了10月17日。

這場無聲的悲劇並不妨礙巴黎文人們的一次次小革命。除了激烈反戰的尙－保羅．沙特的寓所被右派軍人炸掉之外，聖日爾曼德普雷（St. Germain des Pres）的酒吧照樣夜夜笙歌。「新浪潮電影」和「新小說」的黃金時代到來。那個年代「新」這個字很時髦。從聖米歇爾橋沿同名的大街往拉丁區走，到聖米歇爾大街與學院街交會的街口，有一家小電影院，叫「尙波」（Champo）。1938年就建了，至今門面沒變。我常在這一帶徘徊，隨日子累積積蓄賺得多了，便悟到城市需要幾張不變的臉。六〇年代滾落的珠子，這裡算是一顆。那年代一班年輕影人聚在「尙波」，籌畫著要反抗一直壓在他們頭上的學院派。這群年輕人中最活躍的有楚浮（Francois Truffaut, 1932~1984）、夏布洛（Claude Chabrol, 1930~）、高達（Jean-Luc Godard, 1930~）、侯麥（Eric Rohmer, 1929~）和希維特（Jacques Rivette, 1928~）。

這班人都是電影瘋子，以文起家，特點都是先做電影批評，再轉行拍電影，但全都拿不到拍電影的錢。於是先從擊破舊體制開始，我稱爲是一次自救的集體突圍。他們攻擊舊電影體制的地方，無非這幾點，也就是好萊塢一直延襲到今天的：製片人中心，攝影棚拍攝，大投資，大明星，專職編劇，改編文學作品等。仔細分析，這一切全跟錢有關，而他們沒有錢，也不是電影學院科班出身，而是長期待在電影院的電影品嘗家。所以一切都是從沒錢開始的，不用明星，不用專職編劇，拍攝的隨意性與使用天然布景都與資金分不開。沒錢買小說版權，就拍自己的故事，自傳體電影也就由此產生。

這一班人中，楚浮最具天才，自傳體電影拍到無人能比，簡直就是電影小說，把私生活讓一個面貌與自己有幾分相像的演員從小演到大。他那部《愛女人的男人》（*L'Homme qui Aimait Les Femmes*）恐怕讓其後所有想描述男女關係的電影人望之卻步。後來好多年輕導演學他，學那種隨意和挖空心靈，結果多半是東施效顰，以爲隨意就是沒有故事，大錯特錯也。他和夏布洛後來有了錢，舊電影體制的那一套一樣樣又都撿回手裡。也有堅持下去的，侯麥、希維特是最知識分子化的，高達則是一種時髦，實則是搞錯了職業，去當哲學家恐怕更合適。那年代盛行一種虛無縹緲，很快到來的嬉皮文化，是大麻加上普世的愛。高達做什麼都不著邊際，單從這一點看，他的電影只留下了一個名詞：六〇年代。超出這個框看他後來的電影，我敢說絕大多數人看不懂，但沒人說自己看不懂，只說「妙」。因爲「看高達電影」已經成了某種概念。

「新浪潮」這個名字最早並不起自電影，而是當時《快報》（*l'Express*）做了一次社會調查，把18至30歲的年輕人稱爲「新浪潮」。這個名詞一出，馬上流行。最初把這個名詞貼在這批新出頭的導演身上，他們還很不樂意，因爲討厭有人給他們貼標籤。後來發覺這個名詞極易推銷，尤其在外國，也就順水推舟，接過了這面電影革命的大旗。這股浪潮本身持續的時間並不長，成名後，多數人還是回到了舊體制內。探究起來，它也並不比義大利新現實主義走得遠。但「作家電影」自此而來，這個名詞後來幾乎影響了大半個地球的電影人。

六〇年代滾落的另一顆珠子，是街上越來越多的女人大腿。時裝界也在革命，特點是布料越用越少，超短裙、比基尼紛紛出籠。1967年，羅蘭・巴特（Roland Barthes, 1915~1980）受一家女性雜誌之邀，在香奈兒時裝和1965年剛冒出頭的庫雷熱（André Courrèges, 1923~）時裝之間作個仲裁。庫雷熱推出的超短裙，把香奈兒（Coco Chanel, 1883~1971）老小姐的風頭搶盡了。老太太已經70多歲，堅持女人不能露膝蓋，因爲那是人體最醜的部分。老小姐戰後在瑞士避風頭避了十年，因爲二次大戰中她找了個德國軍官做情人。1954年她重返巴黎，首次時裝展，竟無一人拍手。讓老小姐好不尷尬。但這個從小喪母又遭父親遺棄的女人，什麼世態炎涼都受過。從棄兒、售貨員到酒吧歌手，一步步爬到後來大紅大紫的地位，固然靠其獨特的美學才華，但從年輕便善於操縱男人，也是原因之一。何況她的萬貫家財主要不靠向貴婦賣幾套衣服，而是靠賣香水。香水工業是獲利豐厚的，低技術、低成本，卻可以賣高價錢。訣竅是大量做廣告，製造夢想。一瓶香水60歐元，香精成本1、2塊歐元了不得，主要成本都用在廣告費上。舉一個例子，香奈兒5號香水最近又製作了一個廣告片，由拍《紅磨坊》（*Moulin Rouge*）的澳洲導演巴茲・魯曼（Baz Luman）執導，短短兩分鐘的片子製作費在700萬至1100萬歐元之間，這還不算品牌代言人妮可・基嫚（Nicole Kidman）拿去的750萬歐元，兩分鐘的廣告片在法國電視一台播出一次的費用是44萬歐元，算算這個廣告片在全世界播出是多少次。而這類廣告每隔一兩年就要翻新。所以全世界不知多少女人掏錢買的不是那點香精，而是一個夢想。

話說回來，老小姐重返巴黎沒幾年，設計了一件香奈兒套裝，很快就成了貴婦們的新寵。沒想到出了個庫雷熱，讓巴黎年輕或不年輕的女人全都染上了露大腿癖。符號學家羅蘭・巴特出來說話了，他的仲裁結果是：香奈兒「持久」，庫雷熱「時興」；香奈兒「典雅」，庫雷熱「時髦」；香奈兒「傳統」，庫雷熱「創新」。幾十年後看，巴特的話還眞有點應驗。那年代的改天換地還眞是個個爲自己預設了殺手。「新小說」、「新浪潮」讓電影和文學走進了象牙塔；而搞時裝革命的人，又因想背棄這個行業最關鍵的兩個字「奢侈」，在自掘墳墓。

香奈兒老小姐1971年1月10日在麗茲飯店的客房裡心肌梗塞，

時裝表演。

叫了一聲，留了一句話：「死就是這樣的。」好聰明的一個女人，最合適的話一定不假口於人，何況是最後一句。一個人的離去，正好與一個時代的結束契合在一起，恐怕莫過於香奈兒的死。統治了法國近兩個世紀的布爾喬亞文化（Bourgeois）正是從這時開始退出歷史舞臺，讓位給平民文化。但在這一天到來前，還需要一場更大的革命。

六〇年代接近尾聲的時候，時代的節奏越來越快，大衆被上流社會的一班「天之驕子」搞得頭昏眼花。漩渦已經停不下來，弄得人人以爲某個地方一定有個出口。我在東西方之間跨來踱去，發覺有一個時段東西方在意識形態上似乎很接近，很短的一段時間，好像世界只有一個目標。那就是六〇年代，眞是個瘋狂的年代，到哪裡都一樣，理想與噩夢從來沒有離得那麼近過。這種情形八〇年代也出現過，頗給人世界大同的錯覺。只不過後者是西風壓倒東風，前者卻正好反過來是東風壓倒西風。當時那股東風刮得好厲害，冷戰將兩個世界隔絕，隔絕的結果是西邊的人眼睛都看著東邊，西邊的理想主義者都認爲曙光在東邊。1966年中國的文化大革命，堪稱中國歷史最黑暗的時刻，傳到西邊非但不黑暗，倒好像光明無限。在巴黎，左岸派知識分子讀紅寶書[1]的相當不少。這些滿腦子浪漫念頭的知識分子，根本想像不出另一批成天讀紅寶書的人正一個個被趕進牛棚。

塞納河將巴黎城一分爲二，河北邊俗稱右岸，金融、商業中心都聚在那邊；河南邊俗稱左岸，是文化中心。二〇年代巴黎的文化心臟從右岸的蒙馬特高地移到左岸的蒙帕那斯。二次大戰後以沙特爲代表的左翼文人，都聚在河左邊，與右岸代表的布爾喬亞文化大唱反調。左岸派由此產生。這倒也符合人的性情，心都是在左邊，錢袋可是在右邊。

六〇年代刮起的那股反抗風，經過中國文化大革命和美國侵越戰爭升起這兩個火苗，至此已經燒起來了。1967年10月9日，永遠的革命者切・格瓦拉（Che Guevara, 1928~1967）在玻利維亞被處決；1968年4月4日，民權運動領袖馬丁・路德・金（Martin Luther King Jr., 1929~1968）在田納西州的孟斐斯（Memphis）被暗殺。兩個死亡塑造了兩個神話。從東到西，那股風就像八〇年代的牛仔褲

[1]即《毛澤東語錄》，因流傳最廣的是紅色封面版本，又是紅色領袖的經典言論，所以在文化大革命中被稱為「紅寶書」。

蒙馬特高地小飯館一景。

時尚一樣，極具傳染力。從美國大學校園開始，西方大都市很快將燃起大火，有些地方差一點不可收拾。

1968年5月29日，愛麗舍宮（Le Palais de l'Elysée）秘書長貝爾納・特里科慌張地趕到總理府，對龐畢度（Georges Pompidou, 1911~1974）總理說：

「將軍失蹤了。」

「怎麼回事，失蹤了？」

「的確如此，他本來應該在中午12點半抵達科隆貝（Colombey），但1點半了他的直升機還沒有降落，誰也不知他去哪兒了……。」

龐畢度的第一反應是戴高樂跑到國外去了。經過近一個月的學潮和由此而引發的全國大罷工，法國已經陷入無政府狀態。1789年大革命、1830年和1848年暴動以及1871年巴黎公社的歷史經驗擺在那裡，革命又開始了。就在29號這天，一個月來一直與學生運動保持距離的法共也站出來號召大遊行。在這個國家，誰也控制不住誰了。龐畢度立刻下令軍隊處於戒備狀態，他說：「共產黨與我們不共戴天，我準備打仗了。」

在大約兩個小時的時間裡，總統下落不明，政權處於眞空狀態。龐畢度想像戴高樂像法王路易十六那樣爲躲避群衆暴動而逃走了。野史都說他也爲自己準備好了飛機……巴黎警察局長後來回憶說：「恐懼正在國家心臟裡蔓延。」政權機器若拆成一個個的人，人性的弱點便全反映在上面。

戴高樂到哪裡去了？

他早晨7點便取消了中午的約會，忽然要去老家科隆貝「睡一覺」。他把內閣部長會議推到次日，在電話裡，他對想見他的龐畢度說要去科隆貝「休息」。同時對自己的軍辦主任說，他要立刻去東部的巴登巴登（Baden Baden），把他的兒子、媳婦和三個孫子託付給法國駐德部隊總司令馬敘將軍。

上午11點半，戴高樂帶著夫人和助手離開了愛麗舍宮直奔直升機場。

中途在聖迪齊耶停靠時，直升機沒有飛科隆貝，而是向德國飛去。

下午15點01分，馬敘將軍已經站在飛機跑道上迎接他。

「馬敘，你還是那麼蠢嗎？」這是戴高樂的第一句話。

「是的，我的將軍，我還待在戴派陣營，夠蠢的。」馬敘回了句雙關語。戴高樂此行也是想試探一下因阿爾及利亞獨立而分裂的軍隊，在此關鍵時刻是否還站在他一邊。

「馬敘，全完了！」

「我的將軍，你說說而已。像你這樣一個高人，手中還是有王牌的。」

「不，全完了。那幫共產黨搞得全國都癱瘓了。我什麼都指揮不了了。所以我撤了，因為我感覺在法國受到威脅。我帶著家人到你這兒避難……就差通知德國政府了……。」他又誇張地補充道：「既然我已經不在法國，憲法委員會將宣布廢黜我！」

馬敘勸道：「我的將軍，認倒楣吧，有什麼辦法，你陷在泥潭裡，一時半會兒還出不來呢。回去吧，沒有別的辦法。」

一個小時後，戴高樂鎮定下來，下令飛回愛麗舍宮。

法國在這個5月究竟變了什麼天，讓1940年在德軍炮火下都那麼鎮定自若的戴高樂落到這步田地？六〇年代西方大都市最激越的一章在此拉開序幕。

六〇年代的故事（下）

聖日爾曼大街和聖米歇爾大街交叉的那個街口，屬於那類沒有年齡的地方，每天高密度川流的汽車和人群，就像抹去舊塵的清掃車。這個十字街頭，一個街角被麥當勞漢堡店占去，溫暖的M大黃字不論白天黑夜都在那裡招搖；另一角是披薩餅店，第三個角是銀行；只有一個角留給了文化，「中世紀博物館」（Musée national du Moyen Âge）那堆廢墟。道路有時比人的舌頭更說明問題，精神最終都不是物質的對手。我看街景常常看不出浪漫，有時整條街只讓我感到人的生存負擔。旅行者在異域買塊燒餅吃，都能體會出不同尋常，而我辦不到。這個十字街口我常來，因爲拉丁區幾乎全部的藝術電影院，都可以從這個街角出發，步行走過去，它們散落在這兩條大街遮避的小街裡。我從索邦（Sorbonne）克呂尼（Cluny）站出來，經常撞見風裡雨裡在一個舊鐵皮桶上烤栗子的印巴人。我並不想在這裡唱幾句同情的老調子，事實上我也看不出他們臉上的表情是需要我同情還是根本不需要。只不過那些整齊排列在鐵皮桶上的開花栗子等待別人胃口的那分殷勤，總讓我感到幾分心酸。我雖不至於把地鐵口湧出湧進的人流都比作栗子，不過在生活的火盆上被烘烤的感覺應該是差不多的，也是這麼殷殷地等待著別人的好胃口。一個眼神投過來的那點點善意，都想抓到。有些街道就給我這樣的感覺。

這個街口還有一些懸鈴木，靠近「中世紀博物館」鐵柵欄邊的那兩排，比其他奧斯曼（Baron Georges Eugene Haussmann, 1809~1891）整型巴黎時種下的樹都要細。並非營養不良，而是「原版樹」在1968年5月巷戰最激烈的時候，被砍下來，做了抵抗員警的堡壘。人類幾小時的激動，上百年的大樹就倒了。我始終不明白人與植物之間那種極其不平等的關係。我也沒多大能力為樹伸張正義，只不過在追尋5月拉丁區的路上，我最先遇見的是這些懸鈴木。那應該是5月10日打得頭腦發漲時砍倒的。不妨先讀讀下面這段話，體會一下1968年5月的氛圍：

> 在法國，甚至在歐洲，一個前所未有的時代到來了。今天我們知道：在一個工業化程度很高的國家，也就是說在馬克思期望的條件下，一場社會主義革命即將來臨。這是歷史上第一次，這場革命將在全世界改變社會主義的面貌。

這是1968年6月15日在巴黎出版的《五月手冊》第一期上的一段話。然而就在一個月前，還沒人敢做此奢想，否則非被人當成神經病不可。如果我不告訴你這段話的出處，放在1968年北大校園大字報上未嘗不可。誰也沒想到，最初為大學男女生宿舍禁止互訪而鬧起的「性事」，最終會差一點釀成一場「無產階級革命」。

在我們把故事直接切入5月10日前，有幾個地點和日子需要交代一下。

南泰爾（Nanterre）這個地方在巴黎台芳斯的北邊，五〇年代還是貧民窟。經濟起飛以後，大學擴招，巴黎的校園人滿爲患，於是六〇年代初便在南泰爾這片貧民區拔地而起幾棟高樓，一座新型大學出現了。但預計給五千人上學的學校，很快擠進了一萬五千人。而且清一色是文科學生。當初決定把學校建到那裡的政府，大概絕沒想到讓這些學生每天目睹校園外面貧民窟的生活，會埋下什麼火種。北京學生的「造反有理」已經漂洋過海傳到這裡，雖然最初的不滿只是因爲男女生宿舍禁止互訪，但一種不滿過渡到另一種不滿，並不需要太多的邏輯性。

5月2日這天，南泰爾大學校園盛傳一批由復員軍人組成的極「右」分子，要來學校圍攻左派學生。雖然未發生「武鬥」，但學校裡顯然已「難以放下一張安靜的課桌」。校長格拉潘受不了校園裡總有一批極「左」學生蠢蠢欲動，他做了一個決定：關閉南泰爾大學。他想借此把極「左」學生與學生中的大多數分開來。然而效果恰恰相反。

翌日，南泰爾大學那幫「毛派」[1]、「托派」[2]青年沒處發洩，就跑到巴黎心臟索邦大學的院子裡，抗議關閉大學。索邦大學的校長羅什也做了一個決定：他乾脆通知員警來抓人。16點45分，員警封閉了索邦大學的所有進出口，把示威學生六百多人一股腦全抓了起來。

[1]毛派（Maoist）：西方知識分子吸取毛澤東的理念而形成的左派派別，主張一切由人民決定，而非由政府官僚或其他特定團體來決定；毛派認為藉此可以弭平一切階級的差異，建立真正的民主。

[2]托派（Trotskyite）：托洛茨基分子，簡稱托派，為反史達林主義左派。

這個下午成了燃起5月大火的「導火線」。在重大歷史事件發生前，沒有人事先嗅出味來。就在警車外，本來與這群左翼學生不相關的人迅速聚攏起來，至今人們也不知道究竟發生了什麼事，因爲並沒有人組織，也沒有人挑起，學生中的「鬧事分子」已經被押在警車上，後來研究歷史的人都奇怪這麼一件震撼法國的大事件，居然沒有一個人預謀。

偏偏這時，一塊石頭從湧動的人群裡飛出來，比在它之前飛出的石頭都要精準，砸碎了一輛警車的擋風玻璃，打碎了憲兵隊長的腦袋。好像所有的小事件都被不經意推著朝一個方向去，現在把整個事件拆開來看，最初的那些導火線，沒一件事站得住腳，卻一環扣一環，像有人精心安排。這一塊拋得過於準確的石頭好像是把信號槍。員警發威了，警棍朝著所有的活物打過去。但人群非但沒被嚇住，反倒越戰越勇。員警這邊是警棍加催淚彈，學生那邊是個個成了投石能手。鋪路石被扒開堆成碉堡，聖米歇爾大街一時成了戰場。

而戰場就在我上面說的這個街口，只不過當年的石塊路已經鋪上一層柏油。下次若再鬧學潮，沒有石塊可扔了。其後的幾天，走上街的人流像滾雪球般壯大起來。5月5日，四名學生被判入獄兩個月。一直並沒有什麼目的的學潮，至此有了一個明確的目標：「釋放我們的同學！」其後整個5月都是按這個邏輯走的，除了後來參加進來的工人有明確的目標：漲工資，學生們並不知道要什麼。但隨著上街的人越來越多，學運的目標才漸漸明瞭起來，反資本主義制度。當時有一句口號：「如果我們一起動手，舊世界必將坍塌。」

在滿街都是「打倒舊世界！」的時候，你慢慢就會以爲只要寫了就會實現。有意思的就是，學生的家庭多半是富有家庭，也就是說是體制的受益者。政權對「五月學潮」的脈搏始終搭不準，也是因爲經濟在成長，大家的日子一天比一天好，你們還要什麼？推翻這個制度，更好的在哪裡？

索邦大學後來被學生佔領後，某天留著兩撇鬍子的畫家達利（Salvador Dali, 1904~1989）跑來，學生們把他熱烈地迎上臺去。當時左翼名人都走馬燈似的跑來聲援學生。達利這人歷來是語不驚人死不休，那天他站在臺上說：「你們背叛了你們的階級，我也背叛了我的階級。」下面一片掌聲，「只不過我從資產階級變成了貴族。」結果學生們把他轟下了台。

沒有課走上街頭的學生忽然發現這樣的生活新鮮刺激。他們在街頭高叫著：「我們是一小撮！」後來有學生回憶說：「盡可能延長佔據街頭的時間，很開心，我們樂此不疲。」而這個時候戴高樂對內政部長說：「絕不能讓步。」《新觀察家》（*Le Nouvel Observateur*）雜誌上發了一篇文章寫道：「一個孤獨的77歲的老人，對他的年輕一代說了『不』。」

學生和政府就這麼較著勁，而街頭的革命熱浪就像燒在旺火上的熱水壺。這種氣氛頗能給人一種錯覺，就是過去可留戀，未來可期待，只有現在不理想。戴高樂後來回憶說：「這是一股激流，我沒辦法抓住它，激流用手是抓不住的。」

的確如此，何況民意這只悶鍋排出激流的速度，往往迅雷不及掩耳。到了10號這天，從早上8點就有兩千多中學生聚在克利希

（Clichy）廣場，到下午在丹佛－赫西霍廣場（Place Denfert-Rochereau），已有兩萬多人。節日的氣氛彌漫整個巴黎街頭，一種說不出的興奮和超越一切的友愛，傳染到社會各個階層。再清醒的頭腦這時也已經發熱。作家克洛德‧莫里亞克（Glaude Mauriac, 1914~1996）曾做過戴高樂的秘書，他在這個事件中的立場應該早已是劃定的，但他也禁不住參加了遊行。他後來說：「五月的神奇之處，就在於那種氣氛，像空氣一樣。沒有經歷的人是無法理解的。」亂世中幾天就成英雄的學生領頭人科恩‧邦迪（Daniel Cohn-Bendit），是個激進的「毛主義者」，群眾運動鬧到最後，總是最激進的人站到了高處。邦迪站在廣場中央巨大的鐵獅子雕塑上，對著黑壓壓的人頭，問了一個列寧式的問題：「怎麼辦？」去哪裡？做什麼？大家七嘴八舌討論起來，這叫直接民主。最後爭論不下，邦迪一句話裁定：「佔領拉丁區！」在我上面說的那個街口，示威人群撞上了同樣是黑壓壓的員警大軍。

員警封住了索邦大學，學生便在周圍築碉堡，鋪路石全部扒開，大樹鋸倒，汽車推翻。萬神廟四周聖熱納維耶芙高地，盧森堡公園外蓋伊－呂薩克街、羅斯唐廣場等，已經變成一個龐大的工地，搬動石塊的聲音不絕於耳。世界上恐怕再沒有比這更愉悅的戰場，他們夢想是打碎所有社會和文化的壁壘，彷彿就在與政權的對峙中實現了。「革命是一場節日」，有標語這樣寫著。連市民都飄飄欲仙起來，他們給學生端茶送水。此情此景，足以讓人一時把生存煩惱全拋開。人與人之間不再分你我了。學生在這種氣氛下，更是天下事捨我其誰，把自己當英雄了。所以政府不讓步，至少有一個好處，就是讓對手的事業取得了幾分高尚情懷。索邦大學就在一百多公尺的地方，一個就是要佔領，一個就是不讓佔領，就像兩個小孩搶一個玩具。人要較勁的時候，腦袋裡只有血，沒有腦漿。

政府派代表問學生：「你們究竟要什麼？」

「釋放我們的同學！」

在政府眼裡，爲四個學生坐兩個月牢，便搞得這般天翻地覆，簡直是開玩笑。夜裡2點05分員警進攻前的對話，是聾子和啞巴的對話。

這天晚上，全法國都守在收音機旁。因爲政府新聞部的代表，事前來到電視臺，不讓電視轉播碉堡戰的實況。而電臺還在繼續報導。電臺記者像報導足球賽一樣，穿梭於學生中間。當催淚彈的爆炸聲和海浪一般的喧嘩，透過電波傳到家家戶戶的時候，明眼人都感覺到再這麼下去，從「城市暴動」到一場革命，中間的距離不會遠了。

在內政部，神經繃得快斷的官員們坐不住了。內政部長克利斯蒂安·富歇抓起電話，對司法部長路易·若克斯吼道：「不是電臺在二十分鐘內住口，就是政權在二十四小時內垮臺……。」

戴高樂也在聽廣播，老頭子一輩子爲這個國家耕作，沒想到學生幾天就把他幾十年的奮鬥搞垮在地上了。他聽不下去，乾脆睡覺去了。這一夜巴黎是血與火的戰場，但沒人敢叫醒老頭子。直到清晨5點半，最後一個碉堡被員警攻陷，內政部長才叫醒了戴高樂。最漫長的「足球比賽」的實況轉播到此結束，全法國關上了收音機。

盧森堡公園噴泉邊偶遇的一個小女孩。

我沿著當年築碉堡的大小街巷，走了一圈。天正下著雨，拉丁區那種暖暖的黃色燈光，在每一個街角，將雨點撕成細碎的金粉，夜晚就那麼一點點超出現實的感覺，便足以讓你忘記時間這個永遠的「叛徒」了。從聖米歇爾大街經羅斯唐廣場到蓋伊—呂薩克街，一路我都在看著街上的行人。這是每天必看的風景。很難想像這些在街上行走似乎正奔向某個目標的人，如果酒足飯飽，會在幾個人的帶動下，爲某個理論，爲某個虛無縹緲的理想，放棄既定的那個目標，在幾天中成爲一個鬥士。歷史轉捩點上，讓民衆這只大麵包迅速發酵起來的東西，究竟是什麼？用法國19世紀政治家兼歷史學家托克維爾（Alexis de Tocqueville, 1805~1859）的話說，騷亂和斷頭臺只不過是「人們讓政體適應社會，讓事實迎合思想，讓法律順應民俗時，所借助的一種快速而激烈的方式」。任何制度，要讓其穩定，無非就是個大家都遵守規則的「費厄潑賴」[3]遊戲，沒有一方感情用事才可能玩下去。但有些民族情緒容易激動，往往非真理不要，這就難辦了。這種時候即使萬能的投票箱也不見得能承受住激情，只有革命這齣「心理宣洩劇」才能讓所有跳上舞臺的人滿意。

那天後半夜，被打散的學生紛紛逃到居民家裡躲起來。清晨的巴黎街頭，一片世界末日的景象。那個夜晚，流血很多，受傷很

盧森堡公園的情人。

[3]費厄潑賴：英語Fairplay的音譯，意譯為公正的比賽。

多，但沒有死人。雙方打到眼紅的時候，都在死亡這個界線前停住了腳步。社會進步至少在這一點上明顯地反映出來，你無論想獲得什麼，都不必非要在肉體上消滅對手。巴黎警察局長做出了如下總結：「街頭衝突的儀式，在5月那種激情澎湃的氣氛下，是以暴力的形式表現出來的。這種暴力越激烈，便越能控制和取代殺人的欲望……我深切感到，暴力是我們雙方爲拒絕屠殺而付出的代價。」不無道理，如果高唱一個月「人民警察人民愛」之類的高調，而不是你一拳我一腳的發洩一番，最後的爆發恐怕就要激烈得多。

然而，這個5月10日，只是這場大戲的第一幕。次日，龐畢度總理出訪伊朗、阿富汗歸來。面對驚慌失措的部長們，他說他「自有辦法」。他要求總統戴高樂放手讓他做。「你就做吧」。看你有什麼高招。龐畢度的高招就是向學生讓步。你們不是要索邦大學嗎？拿去吧。人也可以放，還要什麼？

政府投降了！學生被感化了嗎？遠遠沒有！龐畢度對學生的「友善」不光得罪了爲「保衛拉丁區」付出很大代價的員警，還使這場「革命」以驚人的速度向縱深發展。工人階級登場了。5月13日法國總工會領導的大遊行，聚集了一百萬人。工人佔領工廠的行動從第二天開始。

與此同時，佔領了索邦大學的學生進入極度亢奮狀態。他們成立了「學生公社」。在這個4月，他們獲得的第一個「鬥爭成果」，實際上不是進入索邦還是待在外面，而是言論的徹底開放。1968年5月的「大鳴大放」開始了。索邦大學裡大字報滿天飛，政見討論徹夜不停。有人說：「1789年解放了巴士底獄，1968年5月解放了言論。」學生中，任何一個稍具權威的組織成立幾天後，便會被指爲「官僚」而下臺。如此循環往復。「解放」這個詞掛在所有人的嘴皮上。這個詞在六〇年代很時髦，各地的理解相去甚遠。巴黎的學生總結出：「這場革命的首要目標，是讓社會爲個人服務，而非個人爲社會服務。未來文明的框架，不管經濟還是社會的，都只能建立在一個道德基礎上：個體的自由。」其中當然包括「性自由」。都說法國「五月革命」是中國「文化大革命」催生出來，細看，形同質異。中國紅衛兵也要解放，但卻是滿街抓破鞋。一個是讓人擁有過度的權利，一個是剝奪人所有的權利。一樣的革命卻能相差這麼遠。可見無論什麼時候，抓過人家一兩個詞來照抄，其結果必然是事與願違。

學生們摸不著頭緒在那裡大辯論。工人實際得多，他們的口號是：「銅板！銅板！」，「1000法郎，一個不能少；四十小時，一分鐘不能多！」學生遊行放火燒車，而工人想的是存錢買一輛。「毛派」學生提議「深入工廠農村」播撒「革命火種」。在工廠門口，學生與工人有一段對話：

> 工人：革命，意境是很漂亮，但老百姓沒有這個準備。應該現實一點……
>
> 學生：正相反！我們的願望就是現實。

至5月18日，罷工工人已達兩百萬。到羅馬尼亞出訪四天返回巴黎的戴高樂大發雷霆：「戴高樂一走，什麼都完了！」龐畢度請辭，戴高樂一口拒絕：「戰場上不能放棄職守！」他把部長們大罵一頓後說：「這件事拖得太久了，這回好了，混亂，無政府狀態。這是不能容忍的。」他又對新聞部長說：「電臺一定要重新控制在手裡，把那些煽動分子掃地出門……去對那些記者說改革可以，混亂不行。」

戴高樂要不惜任何手段制止動亂。「不惜任何手段」當然也就意味著可以開槍。部長們一聽慌了神，怎麼才能勸住老頭子別做蠢事？龐畢度努力了一天，最後才讓戴高樂首肯暫緩動手。

同一天晚上，在索邦大學的梯形教室裡，學生迎來了他們堅定的支持者：尙－保羅．沙特。就在這天出版的《新觀察家》雜誌上，沙特採訪了學生領袖科恩－邦迪。沙特問邦迪：「你們對這個運動的期待是什麼？」邦迪回答：「最多也許可以讓政府垮臺。不過別奢望能讓資產階級社會崩潰。」

5月21日，罷工工人從六百萬上升到一千萬。全法國停擺。汽油要憑證供應。巴黎人把扔在地窖裡的自行車又騎出來了。謹慎的人將孩子送到了鄉下。有人開始儲存糧油。街上的垃圾堆積成山，有些地方一直堆到二樓。咖啡館人滿爲患，全國都在「大鳴大放」。飛機不飛了，火車、地鐵、公共汽車全部停運，郵局也不再送信了。沒有一家商店、辦公室、工地還有人上班。其後的幾天，情況越來越糟。走上街頭的人一天比一天增多，人們高喊著：「再見吧，戴高樂！」這個1944年人們像救星一樣歡呼的人，這個1958年殖民戰爭白熱化時人們再次像救星一樣請上臺的人，突然就被拋棄了，而且是在這個社會無論從哪一個方面都變得好起來的時候。

民意之不可捉摸和忘恩負義由此可見一斑。

24日這天，碉堡戰一直打到早晨6點，而且不光在巴黎，里昂、波爾多、斯特拉斯堡……也都燃起戰火。戴高樂一夜未眠，他說：「控制不住了……情況控制不住了。」

這就到了我們在上文寫到的戴高樂被迫出走的時候。龐畢度也發火了，他說有人正在「挑起內戰」。同時他開始瓦解「革命陣線」，而這其實是多麼容易，只需要一點錢。政府與總工會的談判從5月25日開始。

工人階級得到了他們想要的，就沒有再戰鬥下去的理由了。從談判桌上眉飛色舞走下來的工會代表口氣馬上變了：「碉堡戰的時候已經過去。」而在「毛派」學生眼裡，只有工人階級才是最堅決、最徹底、最富有鬥爭精神的階級。殊不知這自始至終就是一個天大的誤會。對每一分錢都要用來謀生的人，理想不可能比銅板更重要。在工人眼裡，這群資產階級學生放著好日子不過，到我們窮人堆裡煽風點火。法共告誡學生不要再鬧下去，不要搞街頭武裝，否則他們會落到巴黎公社社員一樣的下場。學生的幻滅自此開始。整個20世紀左翼理想主義者的幻滅也已經進入倒計時。

在德國獲得軍隊強硬派支持的戴高樂，5月30日回到愛麗舍宮時，已經神清氣爽。他通過電臺向全國發表講話。就像1940年6月18日的倫敦講話，二十八年後，戴高樂再次請法國人民做出選擇：要麼站在我一邊，要麼就是共產主義極權。你們要哪一個？雖然不無恫嚇，但這一招還眞靈，好像他在提醒「忘恩負義」的人民，別忘了，是我三番兩次救了你們。

LE PLUS GRAN
ESPACE BEAUTE DU MOND
Printemps Hauss

地鐵月台上。

他的講話一結束，這個國家沉默的大多數，一個月來那些看一點熱鬧、掬一分同情的沒有聲音的大多數，走上了街頭。又是一百萬人，不過這一次是支持戴高樂的人流。走在前面的不再是邦迪或沙特，而是安德列・馬爾羅、米歇爾・德布雷[4]。人群呼喊著：「夠了！夠了！」的確，混亂已由上層建築滲透到每一個人的日常生活，豐衣足食的人，有幾個眞想革命。說到底，人還是喜歡秩序。那一陣風搞得人們暈頭轉向，差一點忘了羅伯斯比的命運！30日那一天的風雲突變，簡直奇妙無比，就像風吹草地一樣，一陣全都往那邊倒，一陣又全都往這邊倒。學生一夜之間被工人和民衆拋棄，就像被他們接受時一樣迅速。一個政權從道德非法到萬衆擁護，中間的搖擺其實很快，而且絕對毫無邏輯可循。民衆的體溫就像大陸性氣候一樣反覆無常。

下面的結局我不說你們也猜到幾分。1968年5月的「不流血革命」最後只達到一個目的：習俗的解放。和它要改變資本主義制度、摒棄消費社會的初衷風馬牛不相及。讓清醒者竊笑的是，它的這一收穫，偏偏是消費社會爲之提供了溫床。左、右派就這一「成果」分歧很大，一個說是進步的起點，另一個說是沒落的開始。都有道理，過度強調眞誠的社會，往往已經站在沒落的起跑線上。那天從拉丁區回來，地鐵每停一站都可以看見「粉色電視臺」的開張廣告，這是法國第一家同性戀電視臺。廣告用詞套用法國大革命的三字訣：「平等、博愛、自由」，把「自由」拿掉，最後兩個字換

[4]當時的外交部長。

成「電視」。在保守的右派眼裡，這全是1968年5月的惡果，而且苦果還遠遠沒有摘完。對左派來說，法國大革命和巴黎公社未盡的事業，至此總算部分地完成了。三十多年後回頭看，這個世界的基礎並未動搖，革命至多改變了人的想像，不過這已經不得了。

一夕之間從搖搖欲墜到重新握有道德權柄的戴高樂政權，做出的第一措施就是保證汽油供應。第二天正好是聖靈降臨節（Pentecost）這個長週末，油箱裡灌滿了油的人們，紛紛開車度假去了。革命了一個月的人們，離開了城市的大街，又擠到鄉村公路上。這個週末有七十人死於車禍，六百人受傷。沒有戰爭、革命和瘟疫，人又創造了一個殺人工具：汽車。這讓那些被半途拋棄的真正革命者大呼「革命有理」：「一個不革命的週末流的血，要比一個月的不斷革命多得多。」

沒有紀念牌的尚－保羅・沙特（上）

安東莞劇院在哪裡

我要去斯特拉斯堡大街，卻在艾蒂安・馬塞爾站就下了車。這是相當愚蠢的做法，因爲天氣很冷。從與寒冷的關係來講，人可以分作兩群，一群把自己的禦寒能力估計得太高，一群則太低。因此馬路上常常並肩而行的兩類人：穿得過多和過少的人。我要穿過整條聖德尼斯街去找安東莞劇院（Théâtre Antoine）。寒風刺骨的晚上走聖德尼斯街，很有意思，因爲街上穿得過少的人比例很高。這是一條妓女街。出賣色相的人沒有把商品裹起來不讓人看的奢侈，即

香榭麗舍大街夜景。

使臘月寒冬。這條街很特別，地處鬧市，但行車很少，也沒有遊客。晚上走過的時候，像看無聲電影一樣，只偶爾有低低的說話聲，從一個巷口或轉角傳過來。於是你看見一對裸露的大腿，幽幽地立在風中，眼睛如果是鏡頭的話，向上推，你會看見半公尺或一兩公尺處，那對雄性的、貓一樣在暗處閃光的眼睛。

有一些東西是無聲的，你無法描述。多麼複雜的事，當你要把它放進寫作這個布袋裡的時候，你都不得不把它簡單化，讓立體的東西變成平面的，變成紙上一個個只會躺在那裡的方塊字，這時候不絕望的人不可能是個好的寫手。

我在絕望中去找安東莞劇院。我爲了寫尙－保羅・沙特，讀的書整整有一籮筐。卻越往下讀，越進入上面說的無聲世界。沙特說：「天才是人在絕望時創造的一個出口。」當絕望者創造不出什麼，或者人家對他創造什麼根本無所謂的時候，那就像這條聖德尼斯街一樣，是一個只湧動著欲望的無聲的世界。

「好冷啊！」很快走到了這條街盡頭的舊城門前，是建了幾百年的聖德尼斯門，在冷月裡被黃色燈光映照得異常高大，在沒有摩天樓的城市裡，它像榮耀一樣孤獨，像孤獨一樣充滿權欲。「我將獨自和頭頂這片空無一物的天空在一起，因爲我沒有別的方式與人爲伍。」沙特在話劇《魔鬼與上帝》（*Le Diable et le Bon Dieu*）的最後讓主角格茨這樣說過。順街右拐很快再左拐，就是斯特拉斯堡大街。安東莞劇院就在那裡了。

「在天之靈的主啊，我寧願讓一個具有無邊法力的人評判我，而不是我的同類。」《魔鬼與上帝》裡的另一個人物亨里克這樣說道，「如果上帝不存在，就逃不出人的手掌心。」我讀到這裡能不心驚肉跳？上帝不存在，我們誰都逃不出人的手掌心。一部作品能在一個人生命中期的時候，如此全面地隱含其之前和之後的一生，莫過於這部《魔鬼與上帝》了。全部的沙特的影子，都可以在這部作品裡找到。而面對這個人和他的影子，你還眞是無法說明眞理在誰的手裡。這部作品的首演就在這家安東莞劇院。那是1951年6月。拐進斯特拉斯堡大街遠遠便看見了「安東莞劇院」打燈的招牌。一百五十年的老戲院。一百年前被一個叫安東莞的人買下來，從一個吵吵鬧鬧的戲樓，整變成實驗劇院。現代意義的、爲知識分子提供思考的戲劇就在這裡誕生了。很多大作家的戲劇作品在此上演過，二次大戰後文學生涯如日中天的沙特也被迎進了這裡。

亨里克：善在這個地球上是不可能的，這是上帝的意志。

格茨：不可能？

亨里克：絕對不可能：愛情是不可能的！正義也是不可能的！

……

格茨：……我說善是可能的，每一天，每一小時，就在此刻，它都是可能的：我將是那個馬上行善的人。

當年安東莞劇院半圓形的廳裡迴盪著這些對話的時候，沙特已經決定後半生不再游離於政治之外，他要做「那個馬上行善的人」。而冷戰使他不得不選擇一個立場，他選擇了第三世界、無產者、窮人。對於一個從兒時便夢想做劍客替天行道的人，不能說這個選擇不真誠。他一生的矛盾之處也從這裡開始。他說：「我仇恨資產階級，這個仇恨到死方休。」當有人提醒他來看他話劇的人都是資產階級，沒有一個無產階級，他說：「總之，我與這些來看我戲的資產階級沒有什麼共同語言。」又，「一個反共的人形同一條狗，我不出這個格，永遠都不會出這個格。」但他又問自己：「我是不是落入了一個不可接受的兩難境地：不是背叛無產階級去侍奉眞理，就是以無產階級之名背叛眞理？」

「這個世界是不公道的，你要是接受它，你就是同謀；你要是改變它，你就是劊子手。」這是亨里克對格茨說的話。我驚異於一個人如此智慧地早已爲自己寫好了辯護詞。我要說的，他都已經說過了。對一個早就說過「意識的存在與存在本身不相吻合」[1]的人，你如果在他身後十年或二十年，佔著時間上的一點優勢，去評判他是很難的。所以法國文化界有句口頭禪：「寧可與沙特一起犯錯，也不與阿隆[2]一起有理。」

如果說有人精心策劃了自己的一生，那就是尙－保羅．沙特。這只是我大致得出的結論，並沒有100%的確信。我在研究這個人物的過程中，幾經起伏。我一開始認爲這個人很天眞，文學上的才子，政治上的白痴。這類對句是人們很容易下的結論。我曾經在一篇文章中說「他是20世紀的唐吉訶德」，從某種意義上看倒也並沒

[1]引自沙特《存在與虛無》。

[2]雷蒙．阿隆（Raymond Aron, 1905~1983），戴高樂派，沙特在學界的老對手。

有錯。所以一開始沙特在我心目中的形象是比較清晰的，我很容易就把他歸為格茨這類人。但越讀他的作品，越發覺所有人都被他生命最後三十年所持的政治立場迷惑了，這是一個早已在作品裡將這個世界看透，卻又保有一部分幾乎不可能的天真的人。誰能肯定他不是亨里克？等我讀到他後來不作為文學或哲學作品發表的諸如《戰俘手記》、1974年《與西蒙・波娃的談話》時，我發覺他做選擇的時候心裡全明白，他甚至預料到了身後被人冷落的命運。「這的確是個變化的時代，向什麼方向變還不知道，不過我們生活的這個世界不會長久。」又，「榮譽從來不是乾淨的……我在戰後得到的聲名，使我想要任何其他東西都不可能。但我從來沒有把這種聲名與我在後世將得到或得不到的榮譽，混為一談。那是要到死後才來的。」

這就引出了一個疑問：既然如此清醒，為什麼不站在不濕腳的岸邊？因為這既不符合他存在主義的人生哲學：「我做了選擇，人想做什麼就是什麼」，也違背了他為自己早已策劃好的人生。那麼這個精心策劃的人生是什麼樣的呢？是伏爾泰、雨果、左拉式的人生。這三個人都是先成就文名，然後介入政治。共同點是三人今天都在萬神廟供人瞻仰。伏爾泰以其寬容精神，雨果以其人道主義，唯左拉的情況要特別一點。

如果不自量力以「文學品嚐人」自居的話，我要說，面對左拉，巴爾札克只是個連鎖旅館的總經理；雨果只是個百科全書的推銷員；而喬治・桑（George Sand, 1804~1876）更像個幼稚園老師。論眼睛「尖利無情」，感覺「苛刻刁鑽」，以及人生觀之

「惡」，有幾個能出左拉之右。《盧貢－馬卡爾家族》（*Rougon-Macquart Cycle*）只有一個字，就是「惡」。左拉的眼睛是一雙「吃人」的眼睛，那是不允許你有任何祕密收藏的眼睛，那是把火熱的心瞬間凍成冰塊的眼睛。在他的筆下，這世界只配做個茅坑，臭氣薰天，擁擠著一個比一個更卑鄙的人，強者是混蛋，弱者是白痴。在思想上，左拉其實是個極「右」派無政府主義者。也就是說與年輕希特勒的思想傾向差不太遠。所以他若活到二次大戰，會站在什麼立場，眞很難說。只不過歷史不允許我們做什麼假設。這樣看來，1898年鬧出的猶太軍官德雷福斯事件[3]，最大得益者自然是猶太人，其次就要算左拉了。他在最後一刻被人道主義大網打撈上岸，一篇《我控訴》（*J'accuse*）讓他從此被貼上捍衛人權的標籤，憑這張通行證進入中小學教學大綱，也算是買了一張通往永恆的單程車票。

要知道，沒有被貼上法國大革命左翼理想標籤的作家，不管文才多大，是進不了萬神廟的。所以沙特在戰後選擇介入左翼政治的路，其實是他必走的。他跟波娃有這樣一段對話：

沙特：我的確是照著這些榜樣[4]而行動的，我早就想過從50

[3]1894年，法軍總參謀部上尉德雷福斯（Dreyfus Alfred）被法國軍事法庭以洩密罪論處，一年後事實卻證明德雷福斯根本無罪。然而，法國軍方卻用盡各種手段，掩蓋真相，偽造證據，拒不糾錯。這時，著名作家左拉基於正義拍案而起，決定用書信方式揭露事件真相。他透過《震旦報》發表的《我控訴》，實際上是聲討整個制度的檄文。正是在左拉以及一大批有良知的正直人士不懈努力下，直到1906年，蒙冤十二年的德雷福斯才得到平反。

[4]指伏爾泰、雨果、左拉等。

歲起要搞點政治。

波娃：這是因為那些偉人們也搞政治。

沙特：我沒有想過一生從事政治，但在我未來的傳記裡，應該有一段時期是政治的。

也就是說，前半生他在小說和戲劇裡創造歷史舞臺上的人物，後半生他自己已經成爲歷史舞臺上的角色，他只要演自己就行了。1945年，他的名聲在幾星期內便過分地膨脹起來，連他自己也看出比例失衡的東西是危險的：「活著便被視爲一座公共紀念碑，並不是好事。」但時代顯然如他所願爲他提供了機會，這個機會是燙手的。他在《什麼是文學？》（*What is Literature*）一書中說過：「任何一部文學著作都是一次召喚。」在他眼裡，沒有無辜的文學，文學都是在向客體的人生揭示某種東西。沙特的名言：「文學必須介入」。此書在1947年戰後左翼思想炙手可熱之時掀起的狂熱，的確讓他「想要任何其他東西都不可能」，他只能去身體力行了。而他倒是達到了目的，比如他想做當代伏爾泰，這個標籤還眞讓他拿到了。

1960年，法國與阿爾及利亞的殖民戰爭打到最激烈的時候，沙特發起「121宣言」，這個宣言號召法國士兵放下槍桿不服從指揮。這下惹毛了政府和軍人。他創辦的《現代》雜誌（*Les Temps Modernes*）被封，老兵們在香榭麗舍大街（Ave des Champs-Elysees）一邊遊行一邊高喊：「槍斃沙特！」《巴黎競賽畫報》（*ParisMatch*）社論的通欄標題是：「沙特，一部發動內戰的機器。」法院準備逮捕沙特，但戴高樂在最後一刻說：「伏爾泰是不可抓的。」

這就把我們引到了此文的第二個地點。

波拿巴街42號沒有紀念牌

1962年，波拿巴（Bonaparte）街42號四樓面向聖日爾曼德普雷廣場的那棟寓所，在一聲巨響中全部被毀。這是沙特母親的房子，母親再度守寡後，沙特在此陪她住了二十年。1961年右派軍人已經放過一次炸彈，但那次是警告。兩次爆炸之間，沙特還在拉丁區莫貝爾廣場躲過一次暗殺。看來他開始爲介入政治付出代價。對他的電話監聽從1968年開始，一直搞到1976年。他六〇年代以後走向極「左」，受右派這種極端行爲的逼迫也是原因之一。我發現人只要選擇了立場，就等於閉上了一隻眼睛，而另一隻睜得過大。況且代價還遠不止這些。

人們總喜歡去抓衝在最前面的人的尾巴。沙特還眞讓人抓住了尾巴。這個尾巴顯得特別地難割，正是因爲他在1945年以後衝得太快、太前了。可見你跑得越遠你的影子也就拖得越長。本來在德軍佔領時期，法國絕大多數作家和藝術家都選擇了被迫——或心甘的——合作，眞正親身投入抵抗運動並爲之掉腦袋的人，到底還是寥若晨星。因此沙特只有抵抗之心，沒有抵抗之實，倒也無可厚非。人家捉住他這個尾巴，是他1945年前的行動與其思想不合，1945年以後的過分行動又與之前的無行動不合。何況無行動倒也罷了，他在文壇的一舉成名正是在德軍佔領時期。1944年5月到6月，他的話劇《禁止旁聽》在拉丁區老鴿舍劇院場場爆滿的時候，正是抵抗戰士和諾曼第登陸的盟軍人頭落地之時。他自己的解釋是：「戰前，對於我們來說，參與政治，除了參加共產黨，沒有什麼別的路。而參加共產黨在我們看來畢竟還是有太多的東西不對我們的胃口。」但這一解釋對這類明顯言行不符的事實，顯然是不夠理直氣壯的。如果他戰後沒有跳得那麼左，人們也就沒這麼方便從右邊抓他的小辮子。而他之所以衝得那麼前，難道不正是試圖糾正他戰前的被動嗎？這一切他早在寫《魔鬼與上帝》時，就讓格茨預言了：「要麼立即做，要麼永遠別做。輸贏都是早已定好的，時間和努力都無補於事。」外人只能從行動是否如一來測其眞誠與否。他死後很快被一大堆盲目信奉者拋棄，這也是原因之一。

我則並不因此視他爲投機家。我讀了他那麼多作品，幾乎不允許我做此想像。我寧可將此歸入我上面的判斷：他一步步按照他爲自己早已規劃好的人生在走，一點都沒有偏離航向。他無論如何要先成就文名。而戰爭給了他機會。大作家幾乎都有他們自己的戰爭。比如很難想像錢鍾書的《圍城》沒有抗日戰爭；張愛玲的《傾城之戀》沒有香港淪陷；海明威的小說沒有第一次世界大戰。所以不幸與幸運是一個銅板的兩面。試想戰爭期間他如果介入，無非兩個結局，不是戰後被判爲法奸，就是戰時被殺頭。而沒有成名的他，死也是「白死」了。他自己看得很清楚，還是在1974年與波娃的談話中，他說，1945年「我已經肯定可以進入文學的不朽了，這就使我此後不用再操心這個問題了」。下一步怎麼走顯然已經打好腹稿。

有一件事已經沒有辦法測試了。因爲沙特沒有活得那麼長，他曾在話劇《禁止旁聽》裡讓伊內絲說過：「人不是死得太早，就是死得太晚。」那麼他自己屬於哪一種？1980年他逝世後，左翼理想由於在世界很多地方實踐挫折，已經不再時髦。相反，人權、普世的人道主義成了時髦。沙特陣營裡的人幾乎都成了急先鋒。我一直在問，沙特如果活著會怎麼樣？事實上他若不是喝酒、抽菸、服用大量興奮劑，再活十年是可能的。他在1964年預言蘇聯將趕超西方，他說第三世界是革命的火炬，說極「左」派是西方民主政治的引路人……一樁樁都沒有實現。他若活著是承認判斷失誤，還是像他的很多信奉者那樣，把當年扔到西方資產階級身上的罪名，以更不寬容的姿態扔到無產階級和第三世界身上？所以活得不太長也有好處，給人家一個謎，一生眞僞有誰知。在《魔鬼與上帝》裡，沙特讓一個銀行家說了這樣一番話：「我把人分爲三種：有很多錢的、沒有錢的、有一點錢的。……第三種人要推翻既有的社會秩序，是爲了得到他們沒有的東西，同時又想保住這一社會秩序，不讓別人拿走他們已有的東西。於是他們實際上維護著他們在思想上摧毀的東西，或者說他們事實上在摧毀他們裝模作樣在維護的東西。這些人就是理想主義者。」沙特自己是第三種人嗎？

與左拉相比，沙特爲他的政治立場付出的多，收穫的少。所以知識分子介入政治有點像賭博，寶是很難押準的。這是一場事先難知輸贏的遊戲，付出的和得到的往往不成比例。比如卡繆與沙特在政治上並肩走了一段後，到了戰爭和鮮血面前，走不下去了。的確卡繆那種相當「狡猾的」普世的人道主義，更優雅，更具有永恆的生命力。資產階級是不願弄髒手的。相對沙特說的「一個革命政權必須清除一定數目的威脅到它的人，我看不出除了死亡之外還有什麼別的辦法。因爲坐牢終歸還要放出來。1793年的革命者多半殺得還不夠多」。這樣的話，普世的人道主義是永遠不需要更換的沙龍風景畫。沙特有一句話是說給卡繆聽的：「我們美麗的靈魂，就是他人的死。」在合法的壓迫和非法的反抗之間，在讓你自生自滅和把你關進勞改營之間，合理還是不合理，文明還是野蠻，界線早已是設好的。我正是在這一點上，無法評判沙特。

說句實話，就像當年沙特無論如何不反代表無產階級的共產黨一樣，我對選擇了第三世界的沙特，從本能上是帶有好感的，因爲我來自第三世界。如果說我研讀他的一生，一步步彷彿走進無聲的世界，至少有一個聲音始終沒退去，它在說：這是西方文明的眞正懺悔者。而我們中國人對沙特要下一個評判就更難。沙特當年曾經狂熱地推崇毛澤東發起的文化大革命，認可紅衛兵的造反有理。荒唐的是，當中國終於走出這場革命的時候，尋求思想新座標的大學生們居然是在沙特那裡拿到了思想解放的鑰匙。曾經經歷過七〇年代末八〇年代初那股反思思潮的人都記得，存在主義一度是如此時髦，以至於沙特這個最反資產階級、最支持無產階級革命的人，卻成了中國反「左」思潮的思想旗幟。歷史就是如此無聲地戲弄著我們。

沙特1980年逝世前的最後一次談話，暗示了自身悲劇與歷史悲劇的聯繫：

「面對這場終有一天會爆發的第三次世界大戰，面對我們這個苦難的星球，絕望又重新跑回來誘惑著我：那便是，我們好像永遠沒有了結的那一天，好像沒有目標，只有小小的、個人的意圖，而我們爲之奮鬥的正是這麼點意圖……。不管怎樣，這個世界看來是醜陋、惡劣、沒有希望的。這不過是一個將葬身其中的老人內心不慌不忙的絕望。」

我們還是到波拿巴街42號來結束這一章吧。42號沒有紀念牌。在沙特住過的所有舊寓所樓門前，都沒有紀念牌。猜想與他拒絕來自官方的榮譽有關。他曾說一直夢想自己生前無名，死後成大名。事實好像正好有點相反。人算眞是不如天算。42號走出來就是聖日爾曼德普雷廣場。他常寫作和約會的「花神咖啡館」、「雙叟咖啡館」並排立在與廣場相連的聖日爾曼大街拐角處。夏日黃昏，最後一抹斜陽打在廣場教堂鐘樓上的時候；冬日晚上，細雨街燈一起打在石塊地上的時候，都是讓旅行者心動的瞬間。可惜我的詞語是沒有顏色的。這裡的時髦女郎也會在冷雨中露出美腿，但那是不需要出賣的美腿。沙特舊居的樓下，有一家小藝術電影院，12月正在放映王家衛的《2046》。就一部分人的品味來說，世界是滿可以大同的。然後你可以拐進廣場周圍任何一條小街，街角總有什麼在等著你，那只能是你的過去。

沒有紀念牌的尚－保羅·沙特（下）

沙特的僧侶小屋

當年沙特說：「如果現實是馬克思主義的，這可不是我的過錯。」那麼如果現實是資本主義的，又是誰的過錯呢？

記得有一位後來背棄沙特的人說，他終於放棄在沙特式的小房間裡生活的那一天，可能就已經不是眞正的沙特「信衆」了。沙特式的小房間是指什麼呢？就是兩居室的小套房，租來的。沙特不要任何財產。年輕時更絕，固定落腳地都不要，住小旅館。後來算是租了房子，向年齡讓步了。裡面一張書桌、一張床，牆上一張革命宣傳畫，他這個大文豪，書該多了，非也，菸灰缸多。有人跑來，發現沒有大書架，腦筋整個轉不過來：「怎麼，你竟然沒有書？」他說：「沒有，我讀書，但不擁有書。」就像僧侶的小屋，維持生命之外的東西，在裡面都找不到。廚房是虛設的，他都在外面吃飯。存在主義在這裡首先表現爲拒絕家居小日子，讓餐館、酒館賺得不亦樂乎。某次沙特讓朋友去冰箱拿伏特加酒，對方發現酒倒是在裡面，但冰箱根本沒通電，裡面塞滿了資料。上面提到的那位「背信者」說：「過了30幾歲，我終於耐不住爲享受搬了家，我買了家具，布置了窗簾，堅持了一年沒買冰箱，後來也忍不住，自己做飯了：這就等於叛變了。」

沙特自己有一番解釋：「我一直都是生活在旅館，工作在咖啡館，吃飯在餐館。一無所有，這對我來說很重要。這是自我救贖的一種辦法。如果我有一套房子，帶了一堆家具，有一些物品是屬於我的，我會不知所措的，就像馬蒂厄[1]那樣。」在自身之外，擁有一部分物質世界，往往是起了補充價值的作用。看透物質世界在提供享受的同時，也給你套上了羈絆的人，在西方文人中有一些，但不是全部。也有把舊居列入不朽計畫的人。

沙特的僧侶小屋就在蒙帕那斯。1962年與母親合住的那套房被炸毀之後，沙特離開了聖日爾曼德普雷，生活中心轉到更南邊的蒙帕那斯。愛德加·基內地鐵站周圍一帶，就成了他的活動天地。這裡是拉丁區的南部邊界，他先在拉斯帕耶大街222號，住了十幾年單間公寓，最後搬到愛德加·基內大街29號，從一居升爲兩居。我去找了，和波拿巴街42號一樣，樓門口都沒有任何紀念牌。兩處房子將蒙帕那斯墓地一左一右夾在中間，相距都不到數百公尺。最後的居所與埋身地離得這麼近，好像要省去邁向那裡的多餘的腳步。

愛德加·基內地鐵站出來的這個街心廣場，有六個街口，星狀般散出去，四圍有六七家劇院，長長一串電影院，還有不知多少家性商店。對人這個只要滿足的動物，上上下下都是要照顧到的。基內大街將小廣場攔腰一截，一邊是蒙帕那斯墓地，沙特的最後寓所就在與墓地對稱的另一邊。在幾乎沒有高牆的巴黎，墓地都有牆，沿基內大街的這一段，爬滿常春藤。這種植物是不分冬夏的，久富

[1]沙特小說《理智之年》的男主角。

生命的東西對人間都有一種不緊不慢的淡漠。

沙特1980年3月20日住進醫院，肺水腫。以爲進去很快會出來，但終究沒有出來。在此之前高血壓、心臟病，不到70歲他已經衰竭。他一生嗜吃香腸、內臟，不愛水果、蔬菜，對海鮮尤忌，在興奮劑的作用下，常夢見有隻龍蝦在後面追他。這就解釋了心腦血管病的至少一半理由。1973年，有病的那隻眼睛就全瞎了。

肺水腫轉爲尿毒症，他4月13日陷入昏迷，給波娃留了最後一句：「我很愛你，親愛的小海狸。」就再也沒有醒來。對其他情婦說了什麼，就沒人知道了，只有波娃是作家。4月15日晚9點，他停止呼吸。沒有留下任何遺囑。與命運做的遊戲到此結束。自由，不過是跟命運那東西多玩幾個手腕。

早在五〇年代，有一天，沙特、波娃和出版商羅貝爾・加利馬一起用餐，談起身後事，羅貝爾說：「我才不在乎呢，我是無神論者，我的繼承人願意怎麼處理我都可以。」

沙特：「我也是，我完全不在乎。」但他馬上又說：「不過，別把我葬在芒西身邊！這是絕不可以的，我不要埋在芒西身邊！」

「沙特，你都死了，還管這些。」

「問題不在這兒！」

就這樣，他沒有與母親和繼父葬在拉雪茲公墓，而是埋在蒙帕那斯公墓。他當年說：「我仇恨資產階級，這個仇恨到死方休。」繼父芒西是主要的承受對象。由一個人到痛恨一個階級的例子，歷史上不少。所以毛澤東說：「沒有無緣無故的愛，也沒有無緣無故的恨。」

走進蒙帕那斯墓地，像走進陰間城市，一眼都見不到邊。不知誰出了這個主意，讓死人都聚在一起，人到底是社會動物。我倒蠻喜歡這個只有三種人聚集的地方：上帝、幽靈和我。這其中上帝又以「不存在」爲藉口常常不知跑到哪裡去了，那麼只剩下幽靈和我。少見的清靜地啊。沙特和波娃的墓是名人中最好找的，進門右轉幾步就看到了。乳白色的岩石，奇怪雨水爲什麼沒有留下一點暗痕。有人獻花，有人送小紙條，紙條常常被雨水沖得一字不留。有哲人說，到墓地走走，你就不想自殺了。我倒還沒有發現這個功能。

沙特那個「死後之怕」，源於詩人波特萊爾。波特萊爾就葬在離沙特墓不遠的地方。沙特某次站在波特萊爾墓前對朋友說：「你想想看，波特萊爾居然永生永世躺在奧皮克將軍身下！」

奧皮克（Jacques Aupick, 1789~1857）是波特萊爾的繼父。1848年巴黎起義時，波特萊爾帶了一幫「革命黨」，砸碎一家槍店的櫥窗，搶了槍，對暴動的人群喊道：「我們去槍斃奧皮克將軍！」看來文人在自家都不夠寬容。

在公墓的最西邊，波特萊爾還眞躺在繼父奧皮克的下面。墓碑上，奧皮克的名字掛在最上面，難怪我找波特萊爾的墓找得費心。奧皮克將軍不但占了上款，還帶了一大堆頭銜，把碑占了一大半，好像頭銜在陰間還有什麼用處。不用奇怪，世態炎涼在墓地一絲不減地全能反映出來。

波特萊爾是個矛盾體，品味精緻但嫖的妓女都是最窮最醜的；孤獨的人卻最怕孤獨；夢想遠走他鄉，但連到法國西海岸的翁弗勒（Honfleur），都要猶豫六個月。沙特何嘗不是，愛好自由，臨了卻選擇了「毛主義」；夢想無產階級的美好未來，又承認人是惡意的；被美國吸引，偏偏謳歌蘇聯；自言革命作家，卻很爲右派保守的福樓拜著迷；聰明絕頂，但只要有人以窮人之名拉上他，他就昏了頭。

自相矛盾的作家有的是，但矛盾到如此兩極的人，恐怕非此二人莫屬。所以死後做了鄰居也未必偶然。

臨終前幾天，沙特曾跟波娃提及喪葬費的事。他一生樂善好施，萬貫家財全散盡，最後眞是兩袖清風，連入土的錢都拿不出來。何以至此？原來他養了不少人，誰向他伸手他都給。有個乞丐常受他施捨，他一眼「認出」那是個未得志的詩人。他固定養著的就有六七人，絕大多數是女人。住僧侶小屋的人未必就是清教徒。

密司托拉風旅館

沙特一生的另一個戰場，便是女人。

他從未正式結婚，因爲他討厭任何形式的束縛。不過感情束縛算不算一種束縛？大學畢業後，教了幾年書，一旦他能靠寫作維生，便再也沒有從事過任何職業。在與女人的關係上，也是如此，戀愛可以，用一紙婚約將之固定下來，還是免了。他只在20歲出頭時對一位遠房表姊妹動過結婚的念頭，此後再轟轟烈烈的戀愛，都未能讓他上此「賊船」。但他喜歡女人。或者說女人是他的鴉片。他說：「我之所以成爲哲學家，之所以如此渴望成名，說到底，就是爲了這個理由：誘惑女人。」這個兒時便在盧森堡公園的椅子上編木偶戲以吸引女孩的人，一生等待的便是女性投過來的目光。

他還說：「你放棄你所喜愛的任何東西，都形同改變一個世界。」可見讓他放棄這一嗜好，後果之嚴重。看看他與波娃的這段對話：

波娃：你腦子裡早有一套譜了：一個年輕男人應該與女人們有些情事，這個想法是根深蒂固的。

沙特：沒錯，後來作為作家，我應該與很多女人發生愛情關係，要有點海枯石爛的情感。這都是從那些描述大作家的書裡得來的。可見我上文說他依照榜樣一步步計畫好了人生，一點沒錯。

從愛德加·基內街心廣場出發，走布滿性商店的歡樂街，可以岔到另一條叫塞爾的小街，小街24號是一家小旅店——密司托拉風旅館。法國南部山區常會刮起一種乾冷的風，就叫密司托拉風（Mistral）。不過旅店出名可不是因爲取了個風名，而是由於沙特和波娃曾住過。走進小街，一眼就能看到帶藍色遮陽窗罩的這家旅館。這也是你走遍巴黎，門口唯一爲沙特掛了紀念牌的地方，不過不是官方正式掛上的，而是旅店老闆爲招徠客人自作主張搞的一塊牌子。兩個情人當年在這家旅店住得時間比較長。但遠非你想像的如膠似漆，而是開了兩個房間，各居一室。

沙特一認識波娃就打了招呼，他屬於多配偶男人，不可能只有一個女人。「他們之間的情感關係只能以其自身的力量和持續時間來維持，而不是靠任何其他東西來使其正式化。」這是他和波娃訂的契約。在兩性關係中，他不要孩子，不要家庭，只保留屬於情感的部分。很難想像他只是個身高一百五十幾，還有一隻斜眼的人。聰明如波娃這樣的女人，倒也接受了這個條件，當然自由是雙方的。但一開始，波娃很是受了一番苦。思想歸思想，本性歸本性。與沙特具有一部分女人性格正好相反，波娃具有一部分男人性格，這可以解釋他們爲何珠聯璧合。她從一開始便明白了她不是唯一的，那麼她所能做的，要麼離開沙特，去成爲一個平庸男人的唯一；要麼就是成爲那個不可替代的人。她不屈的性格和勃勃的野心，使她選擇了後者。

沙特一生情婦不斷，有保持長期關係的，也有一些露水姻緣。他對波娃忠實的時間很短。從波娃的女友到朋友的妻子或女伴，有幾分姿色的，他都愛慕。他早在中學時代便已經意識到自己的一生大事將是愛與被愛。但他對女人並無絕對佔有之心。他說：「最讓我動心的是實施誘惑。女人一旦被誘惑，我就撒手了。」波娃後來對沙特說：「好像只要有個女人出現在你面前，你就做好了與她有一手的準備。」沙特自己的看法將之上升到哲學高度：「愛情之歡的根本，是讓人感到存在的理由。」我看，這恐怕是一個醜男人對命運的最好報復吧。「我愛女人愛到瘋狂。只有與女人相伴我才快樂，我只對她們才有敬意、溫柔和友情。」他在《戰俘手記》裡的這番自白不像只是寂寞俘虜營裡的臆想。很早以前沙特在高等師範大學的同學就告訴過波娃：「沙特的悲劇和偉大之處，就是他在所有事情上都有一種對美的完全不適當的摯愛。」他自己的話更直接了當：「我其實就是對美的渴望，除此之外，我什麼也不是，只是虛無。」這是個道地的浪漫主義者，後來與政治的關係也是這樣高潮迭起，沒有多少理性。和對女人的態度一樣，他總是要往前走，不願停住腳步，前面的、明天的一定是更好的。下一個女人也一定是更好的。

當年在密司托拉風旅店各居一室的情侶並非同床異夢的人，而是兩個用兩性關係的全部智慧編織起一套複雜方程式的男女。最站在無產階級這邊的沙特，其愛情觀可沒有無產階級那般簡單，而是全盤繼承了法國傳統貴族和資產階級上層對兩性關係的那種聰明的放任和犬儒主義（Cynicism）的寬容。他和波娃建起的實際是一種同盟關係，而非愛情關係。那麼爲什麼又沒有因爲愛上別人而各奔東西呢？

波娃久立不倒的原因，一是她的獨立性，她從來沒有成爲沙特無論何種意義上的負擔；二是兩人關係的複雜性，他們兩人的關係絕不是簡單意義上的男女相悅，他們是情人，更是至交。波娃不但是他事業上的同道，在多數情況下，還是他與其他異性關係的「同謀」。「我們的關係對其他人來說是那樣牢固和具有迷惑性，以至於任何人都不可能只愛上我們兩人中的一個而不醋性大發，這種妒忌最後就會轉變成被我們兩人中另一人吸引……。」不讀到沙特這段話，是沒法理解他與波娃關係的實質的。

在情欲上，兩人實際早已是陌路人。她代替不了沙特那些更有女人味的美貌情婦，就像沙特也取代不了她那些更具男人氣的情夫。他們關係之牢固，在於他們精神上、事業上已密不可分。他們

永遠的巴黎，蒙帕那斯街景。

-40

後來已是事業夥伴，因爲他們的關係已成爲一種形象，兩人中誰去破壞這個形象，都是兩敗俱傷。他們兩人合在一起的這個形象，對於不瞭解眞相的人來說，已幾近神話，所有愛情關係中人們最渴望的神話：自由情侶。

在波娃尙年輕的時候，也就是45歲之前，雖然情感飽受創傷，但一方的自由也等於另一方的自由，她也經歷了幾次轟轟烈烈的戀愛。最早是與沙特的學生博斯特，沙特爲了讓波娃原諒他的不忠，主動將她推到博斯特懷裡。後來便是她一生最熾烈的愛——美國人艾格侖（Nelson Algren, 1909~1981）。她對肉欲世界的領教，並非來自沙特，而是得自這個男人。所以選擇情人就像取漂亮盒子裡的蛋糕，甜不甜都是要吃到嘴裡才知道的。致命的愛的發生率不高，甚至到死也沒有發生，也在於像賭博一樣輸的時候居多。這份愛在兩人肉體關係結束之後依然持續了很久。只需看看她寫給沙特和寫給艾格侖的信之差別就知道了。寫給沙特的信，完全是同謀關係，不帶一絲情人的做作，靠操縱沙特與一些她拱手送上的女學生的關係，將全局控制在手。而寫給艾格侖的情書就大不相同了，她變成了一個害羞的、戀愛的小女人，不再是操縱，而是俯首送上了轡繩。艾格侖後來來過法國，但顯然不願進入這種獨特遊戲。他雖然也是作家，但美國人適應不了這種自法國宮廷傳下來的愛不一定是愛、不愛也不一定是不愛的遊戲。沒有法國人那種不來點反常簡直算不上愛情的精細品味，你準會大罵：這兩個狗男女搞的什麼把戲！一度曾眞心想娶波娃爲妻的艾格侖受不了這種多角關係，「逃」回美國去了。

密司托拉風小旅店的經理跟我說，沙特和波娃當年住的是五樓，但旅館早已幾易其主，誰也搞不清他們住的是哪兩間了。五樓有八間房，住的人，有四分之一的機率碰上那兩間充滿醜聞香味的臥室。

走出旅館所在的這條街，穿過一條馬路，就能從另一扇門再次進入蒙帕那斯公墓。1986年4月14日，舊情人遲了六年在這裡相會了。波娃嚥氣的日子與沙特辭世的那天僅一日之差，真有點心有靈犀。所有的情人都未能取代他們在彼此心目中的地位。他們在1974年的談話中有一段也許可以解釋這一切：

> 沙特：這個世界我是跟你一起活的。
>
> 波娃：對，我明白。你是在這個世界的包容下生活在不同的世界裡。
>
> 沙特：那些世界是包容在這個世界裡的，這就使得那些關係落到了次一級的地位……還沒有開始就已經是劃在界外的。

不知分別做過他們二位情人的人讀到這些會不會跳起來？

她們中曾有一位是他最愛的，法裔美國人多洛雷絲。兩個「愛情陰謀家」最愛的人都與美國有關。多洛雷絲可能是他一生唯一真正摯愛的女人，也是讓波娃愁腸百斷的一個女人。但最終他還是決定與她分手。沙特的情婦，多數都有自知之明，懂得波娃「不可替代」的含義。只有多洛雷絲想越過這條界線。她要沙特娶她，沙特

臨陣脫逃，沒有爲愛犧牲自己的生活方式。是波娃一手策劃了那次「祕密逃婚」。對於身材異常矮小、近乎獨眼的他來說，這樣有女人緣，的確有些說不清道不明。有一點很清楚，他聰明多才；另一點，幾乎可以肯定，他懂女人；下面這一點最關鍵，他由衷地喜歡女人，尤其漂亮的女人。漂亮女人是爲愛她們的人而生的，除此之外，我看不出她們存在的理由。他說：「我全身心投入到這一大事件中，它的美吸引著我，又從我手裡逃開：這就是我的人生。」「大事件」自然指的是女人。又「我寧願與一個女人談些最瑣碎的事，也不願與雷蒙・阿隆一起談哲學。」沙特後來的名聲地位，也爲他擁有女人提供了方便。這個蔑視財產的人，這個對「擁有」這個詞都厭惡的人，對感情的追逐卻從不知饜足。他的花心，究竟是

愛德加・基內地鐵出口一個與貓形影不離的人。

出於何種需要，是生理的，還是心理的，至此還沒人得出結論。他自己說純粹是情感需要。單純說他「色」，絕對是過於簡單了。

波娃最後的異性之戀發生在她40歲以後，也相當強烈，對方比她小二十多歲。清醒的她已意識到這是她一生最後的戀情。至於她究竟有沒有同性戀傾向，在法國爭論很多。有人說這是反對女權主義的人給她扣的帽子。由於她本人至死都沒有承認，此事也就一直沒有定論。作爲一個女人，尤其是那個時代的女性，她一生的情感生活還算多姿多彩。當然，與她的伴侶比起來，是小巫見大巫。可以說，是沙特的風流帶給她的痛苦，讓她切身體驗到男女不平等，激發了她的女權意識，四〇年代沙特一舉成名後，她度過了一段穿越沙漠般的寂寞生活，這段生活的結果就是寫出了她最出名的作品《第二性》（*Le deuxieme sexs*）；是沙特的不忠留給她的空落，讓她一生沒有把過多精力投入到兩人關係中，而有更多的時間思考和創作。實在難以想像如果沙特忠誠於她，而她要拖家帶口的情景。到了晚年，她已大致心平氣和，面對時間和歷史，他們最終是平等的。

她深知，不論實際上發生什麼，不管她眞正得到多少，她最終留給歷史的，不是她的內心感受，而是她留給世人的印象（通過他人的文字和圖像）以及她自己的文字。她不放過任何兩人公開露面的場合；在回憶錄中，她把眞正影響這一神話的人和事淡去或隱去。兩人中，面對歷史，她是眞正的操作手。在這方面，沙特對她充分信任，她不會鋌而走險，傻到去破壞他們兩人共築的神話。

波娃在《告別儀式》（*La Cérémonie des adieux*）中寫道：「他

的死將我們分離，我的死也不會讓我們再聚首，就是這樣。」

墓碑上只寫了倆人的名字和生辰年月。相差三年出生，相差六年去世，總共只有九年彼此錯過。有人是為你而生的，有人和你永遠錯過了，你有沒有錯過那個為你而生的人？很少有人會有答案。總之岩石下的這兩個人最終誰也沒有逃出對方的世界。自由乎哉？不自由也。大人物一般都有兩次死亡，一次是肉體的死亡，一次是其所處時代的死亡。塵埃落定之後，長夢當久。

拿破崙與大衛（上）

1784年，法王路易十六責成畫家胡貝爾·羅貝爾（Hubert Robert, 1733~1808）將王室藏畫集中到羅浮宮，準備籌辦一個博物館。他做這個決定時，大概沒有想到，不到十年後的1793年，這個博物館眞的對民衆開放了，而他的頭顱也在這一年滾進一只木桶，與成千上萬的庶民一樣，成爲歷史動盪的一件犧牲品。木桶就放在協和廣場（Place de la Concorde）上，當時名爲革命廣場，木桶周圍是黑壓壓等待鮮血洗禮的人群。人民不要國王的時候，你沒有辦法讓他們接受一個國王，哪怕是一個廢黜的國王；而當人民殷殷期待一個皇帝時，是總能找得出人選的。

從杜勒禮花園望向協和廣場的方尖碑。

旺多姆廣場和為拿破崙建的勝利柱。

在耶誕節過後的一個下午，我從協和廣場穿杜勒禮花園向羅浮宮走。盛放頭顱的木桶自然是早已不見了。同樣在寒流中（路易十六是1793年1月被處死的）湧來走去的人群，兩百年後，已經是人手一台數位相機，按下快門的不再是鍘刀，收進的圖片也不再是歷史的一個繩結，而是風景，全世界都一樣的、專爲旅遊者準備的風景。這使我不禁問走在我身邊的H：「兩百年意味著什麼？」

木訥的他以最可愛的誠實回答我：「兩個世紀。」

塞納河上德比利步行橋。

塞納河上伯・阿坎姆橋。

我大笑起來：「它意味著你走在一條路上，絕望地想著所有那些你未能走上的路。」

說著這些話的時候，我們已經走在杜勒禮花園連落葉都逃光的沙塵路上。下午4點最後一抹斜陽已經在揮手告別了，它們在羅浮宮石樓頂上一個轉身，就像美人離去前最耐人尋味的一個微笑，便不見了蹤影。

穿過粉紅大理石的小凱旋門時，想到這是爲拿破崙建的，大的那座在戴高樂廣場，也是爲他建的。強人都想在歷史上留下一點物證。那種張狂延展性，不但重塑周圍人的性格，連城市都會爲之改變。「到時候去找舊巴黎也是白費心思，剩不下什麼遺跡的，我已經讓法國換了一副面孔。」拿破崙如是說。短短十五年的統治，巴黎換了一副面孔，那是拿破崙的面孔，擴建羅浮宮，興建瑪德蘭大教堂（Eglise de la Madeleine）、兩座凱旋門、旺多姆廣場（Place Vendôme）的勝利柱，開拓聖馬丁運河（Canal St-Martin），還有塞納河上的那些橋……，有好大喜功之作，也有便民之作，總之他就是八級大颱風，不可能不改變什麼。1804年12月2日，他就是從這座小凱旋門後面業已不存在的杜勒禮宮出發，去加冕做皇帝的，迄今整整兩百年。面對兩百年幾乎秋毫未損的這座石頭傑作，你不得不感歎：強者只在天上才有錯，在地上人間他永遠有理。所有的古蹟都唱著同樣的「頌歌」，無論你走到哪裡。

羅浮宮裡的一幅畫

我去看一幅畫，或者說是一幅畫代表的兩個人物。從羅浮宮玻璃金字塔入口進德農館（Denon），先在一樓參觀義大利雕塑展廊。我在與米開朗基羅（Buonarroti Michelangelo, 1475~1564）的《奴隸》（*The Dying Slave*）和卡諾瓦（Antonio Canova, 1757~1822）的《愛神之吻》（*Eros and Psyche*）揮手告別時，心想這展廊裡不知有多少尊塑像是拿破崙遠征義大利的戰利品，如果沒有後來的滑鐵廬，羅浮宮將完全是另外一副面貌。義大利人追回了一部分藝術品，埃及人卻一樣也沒有討回。不過羅浮宮與大英博物館比起來，「強盜面目」還沒有那麼顯眼。

二樓是法國巨幅繪畫廊。我從77廳向75廳走。77廳裡，畫家德拉克洛瓦（Ferdinand Victor Eugene Delacroix, 1798~1863）是主角，而拿破崙又是德拉克洛瓦的主角。可見那個時代政治與藝術的關係。拿破崙是獨裁者中善用「媒體」的先驅。換了今天準是天天上電視新聞的頭條，絕不臉紅。當時既沒有攝影機，又沒有照相機，只能求助畫家，於是從19世紀初開始，印象派繪畫成氣候之前，說拿破崙是法國繪畫的第一男主角，絕不爲過。

過76廳時，不要錯過16世紀義大利畫家維洛內些（Paolo Veronese, 1528~1588）的《卡納的婚宴》（*Wedding Feast at Cana*），歐洲王侯貴婦與顯靈的耶穌共進的這桌豪宴，更進一步證實了權力是多麼需要畫面，越來越需要，永遠不知饜足！

到了75廳，我們要找的那個廳。這裡總是聚集很多人，因爲75廳裡有安格爾（Jean Auguste Dominique Ingres, 1780~1867）、格羅（Antoine-Jean Gros, 1771~1835）和普呂東（Pierre-Paul Prud'hon, 1758~1823），全是法國古典繪畫的最後一批精英。而在他們之中的大主角是大衛：雅克－路易・大衛（Jacques Louis David, 1784~1825），法國大革命期間最紅的革命畫家，拿破崙稱帝後的「皇帝首席繪畫師」。所有的人都聚在他那幅《拿破崙一世加冕禮》前。這是一幅高六公尺、寬十公尺的巨幅油畫，是後古典畫派代表人物大衛最出名的作品。誰都精不過拿破崙，讓大衛把那一刻記錄下來，權力與藝術便手牽手同時走進了歷史。這幅畫1807年完工時，拿破崙迫不及待地先跑去看了。他在畫前徘徊了一個多小時，臨走時說：「眞棒！……像極了！簡直不是一幅畫，人在畫裡都活出來了……大衛，我向你致敬！」能不開心嗎？

大人物的心思往往只有另一個頂級人物才能摸透。大衛是把他侍奉到家了，他要什麼大衛就能畫出什麼。那個不願出席兒子加冕禮的母后大人不是硬給大衛畫上去了嗎？老太太坐在畫布中間的暗影裡，看著一下竄到如此高位的兒子。其實老太太與同樣不願出席典禮的拿破崙的兩個兄弟路西安（Lucien）和傑羅姆（Jerome）都沒來，這個女人頭腦清醒得很，口頭禪是：「要能長久就好了！」但拿破崙的理論是管他們在不在，畫上去了，畫自會說話。

再看教皇庇護七世（Pius VII，1800～1823在位），完全是在冷眼旁觀，拿破崙把他從羅馬「請來」，請人家送過去的信裡卻說，任何不來的藉口他拿破崙都是不接受的。拿破崙可不是信徒，太聰明了，除了相信自己別的都靠不住。再說，你看過古往今來哪個強人眞正信過什麼？他叫教皇來，不過是效仿早他一千年的法國開國大帝查理曼，但查理曼是親自跑到羅馬去加冕，遠沒有拿破崙的大手筆。此外，法國歷代國王傳統是去巴黎東北部的蘭斯（Reims）大教堂加冕，宗教和王權歷來是穿一條褲子。拿破崙深知這一點，他這個靠革命起家的人，復起古來哪個國王都趕不上，他要不就不做，做起來可都是前無古人的，教皇被他一聲令下詔來了，地點可不是蘭斯這個小城，而是巴黎聖母院。教皇趕到巴黎那天，他不願屈尊去接，又不願失禮，於是安排了一次「巧遇」。他假裝在南郊楓丹白露宮（Fontainebleau）打獵，教皇座車經過時就「正好」碰上了。到這也要教皇先下馬車，他才從馬上跳下來。加冕那天，天寒地凍，教皇在陰冷的聖母院等了他一個半小時。現在哪個總統敢讓教宗受這個罪？何況他要教皇來，不過是撐個面子，他可不需要教皇給他戴皇冠。他從他手上一把拿過金月桂冠，自己就戴上了。餘下的大衛自會安排。大衛省略了拿破崙自己加冕的那驚人一幕，而安排已經頭戴皇冠的拿破崙爲皇后約瑟芬（Josephine）加冕，永遠留在歷史畫卷上。畫教皇面神凝然、目光超脫地坐在拿破崙的背後，是大衛爲自己的藝術留了一塊小天地。他的藝術理念是眞實，他一再對自己的學生說：「要眞實，眞實到自然逼眞。」他畫教皇的雙手垂在膝蓋上不知做什麼好，拿破崙不滿意的說：「我把他那麼遠弄來，可不是要他什麼也不做。」於是大衛遵命讓教皇抬起了一隻手，做了一個祝福手勢。

再看約瑟芬，她跪在地上，雙手合十，等待著一生最大賭注的「獎賞」——那頂后冠。她全算計好了，爲了防拿破崙日後另娶，她在加冕禮前夜向教皇懺悔說她和拿破崙只行過世俗婚禮。於是教皇把已經入睡的拿破崙叫醒，硬是讓兩人在上帝面前「完成手續」，否則第二天的加冕也是不合「規定」的。這是約瑟芬再次低估拿破崙。1796年，約瑟芬從拿破崙的提攜人督政官巴拉斯（Paul Barras, 1755~1829）懷裡轉投入這個年輕將軍懷抱時，並沒有想到她是無意中中了大獎。小將軍遠征各地，她的床從沒有空過。拿破崙從烽火前線寫回來火辣辣的情書，除了讓她在巴黎沙龍裡有了滿足虛榮的題材，一點也沒有打動她。那一大堆情書，只證明了一點：拿破崙的文學才華。集軍事天才、政治天才與文學天才於一身的人，史所罕見。不過出一個，必是個霸王。因爲一個會殺人、會管理人又同時會誘惑人的天才，還有什麼「職業」配得上他？等到拿破崙的火箭式竄升讓約瑟芬回過神來，已經有點爲時太晚。這一次也一樣，用個宗教婚禮便能拴住拿破崙嗎？五年以後他不是照把她休了，娶了個血統純正的公主爲他傳宗接代。拿破崙說：「只要有一個女人讓人做件好事，必有一百個女人讓人去做蠢事。」還好那時候沒有婦女解放運動，否則準叫這個科西嘉（Corsica）大男人主義者吃不完兜著走。

大衛本人也在畫上，在拿破崙母親「所在」包廂的上一層，他站在暗影裡畫著草圖。他這幅畫的要價是10萬法郎，拿破崙嫌這個開價太貴，只給了他6萬5000法郎。爲這場盛典，拿破崙向他訂了四幅巨畫，他只完成了兩幅，第二幅《交鷹旗》畫完的時候，拿破崙已經與約瑟芬離婚，他只好把事實上那天在拿破崙身邊的約瑟芬又抹掉。歷史在權力面前還不是說變就可以變的嗎？看大衛的畫往往讓人覺得畫上人的臉色都不好，拿破崙周圍那些教皇、主教們，包括拿破崙本人都是面色黯淡。大衛不像普呂東喜歡給畫中人一種誇張的「雪白粉嫩」，這使他的畫往往莊嚴有餘，色欲不足。不過那個時代人的臉色不太好，也情有可原，除了打仗，還有什麼體育運動？

大衛還有一幅記錄歷史關鍵時刻的名畫《網球場誓言》（*Tennis Court Oath*），不在羅浮宮，而在凡爾賽宮。我看到《加冕禮》這一幅，總不免想到那一幅。兩幅畫所反映的歷史時刻相距正好十五年，那一幅是1789年6月20日，第三等級的議員們聚在凡爾賽網球場，發表了他們向王權挑戰的誓言。這個誓言成爲法國大革命的導火線。兩幅畫，一幅是推翻王權的起始，一幅是新皇登基，十五年，無數人頭落地，歷史風馳電掣地轉了一圈，又回到起跑線上。

大衛的自畫像

到羅浮宮的遊客，大多是爲了三件寶而來。蒙娜麗莎、米羅（Joan Miro, 1893~1983）的維納斯和勝利女神，走馬看花一下，再擺上個勝利姿勢拍張照，就算完成了對這座世界著名博物館的「到此一遊」。這樣說，對時間緊迫的遊客未必公正。但至少是遺憾的，因爲還有更多的東西可看，其中，法國巨幅繪畫在世界任何其他地方都難得看到。達文西的蒙娜麗莎還曾出過國門被外借到其他國家展覽，但這些巨幅繪畫運出國去的可能性不大。因此，有機會來的人別忘了看一看75至77廳。

在75廳，還有一幅畫必看，就是大衛的自畫像。那略帶譏諷的眼神，彷彿穿透兩百年時光，一直注視著自己的傑作《拿破崙一世加冕禮》。如果說《網球場誓言》和《加冕禮》對大衛來說是歷史的兩個高峰，這幅畫於1794年的自畫像就是谷底。

他在這一年的8月2日被捕，此時他與志同道合的羅伯斯比等一百多名救國委員會成員一度被送上斷頭臺，但他的知名藝術家身分使他免於一死。他在獄中百無聊賴，畫了這幅自畫像，大概是想重新省視一下自己吧。六天前，1794年7月26日，在一時激動中，他曾對羅伯斯比大喊：「親愛的朋友，如果你喝毒藥，我與你一同喝。」但第二天，他沒有參加國民公會的大會，而是送去一張條子，說他「突然病了」。就在這次大會上，羅伯斯比倒臺，並於倒臺的次日成了刀下鬼。當年他們將吉倫特黨人（Girondist）送上斷頭臺時，對方撂下一句話：「我在人民失去理智時死去，你們將在人民恢復理智時死去。」在這場革命風暴中，推翻舊政權後，後浪撲前浪，任何人想再建立統治都遭覆滅下場。保王派被立憲派推翻，立憲派被資產階級推翻，資產階級又被無產階級打倒。所以挑起革命要小心，革命並不能給所有的人帶來利益，相反地它損害了誰的利益，誰就會進行殊死反抗。何況你想讓革命停在什麼地方它就停在什麼地方嗎？

在法庭上，大衛已沒有了「一起喝毒藥」的勇氣，而是開脫自己，他說：「從今往後，我不再追隨人，而只追隨原則。」不過我們很快就會看到這話是靠不住的。兼具野心和幼稚兩種性格的人，不可能只追隨原則，因爲原則從來是不值錢的。

說大衛是投機者並不公平，事實上大革命前他已經成名，完全用不著渾水摸魚。他是眞心相信革命。大革命前維持他這個畫家生活的全是王公貴族。他有很多學生，但他通常不收學生的錢，對富人則要價很高。不過他也不想想，革了這些有錢人的命，誰來買他的畫。小資產階級革命，常常是心裡想著窮人，最後卻作了大資產階級。

大衛是理想主義者，他認爲「自羅馬人以後，這個世界便空洞無物」，唯有革命可以召回「文明美德」。果眞如此就好了！1791

年，他在畫《網球場誓言》時，正處在革命鴉片的迷醉之下，他說：「噢，我親愛的祖國！我們再也不用到古代人的歷史中爲我們的畫筆去找題材。過去是藝術家缺少題材，不得不重複，現在是題材多到沒有那麼多藝術家。」這樣的話聽上去耳熟。大衛說的也沒錯，對繪畫求眞求大的他，革命大浪自然比貴婦沙龍更令人興奮。

而他在革命中的進程也是火箭式的。1791年他在廢黜國王的請願書上簽了字；1792年8月入選國民公會；10月2日成爲公共教育委員會成員；10月18日成爲藝術委員會成員。這個藝術委員會取代了王朝時代的畫院，大衛對畫院歷來沒有好感，當年他考了四年，愁得幾乎自殺，才讓那幫老古董接受了他。所以他積極推動畫院的垮臺。革命者公仇私仇往往是一起報的。1793年1月他投了處死國王的贊成票；同年6至7月，他主持雅各賓（Jacobin）俱樂部；7月底又當選國民公會秘書長；9月進入救國委員會。這幾年，他作畫不多，而是組辦革命節日，組建公共博物館，羅浮宮博物館的創建他起了核心作用。1793年，爲紀念法國軍隊從英國人手裡奪回南部重鎭土倫（Toulon），他建議國民公會舉辦一個慶功儀式。他不知道的是，這其實是他之後爲拿破崙做的那麼多宣傳活動的一個開始。奪回土倫的主角就是剛剛24歲的炮兵上尉拿破崙。

1794年5月，他又奉羅伯斯比之命，創一個「崇高人類」的節日。羅伯斯比想消滅舊宗教，創立一種新宗教，這個新宗教信仰的神明就是「崇高人類」。大衛自己是什麼神都不信，但也擋不住爲「崇高人類」熱血沸騰。他親自從音樂到服裝辦了一次盛大活動。不過讓人民在幾個月裡換一個神來信，行得通才是奇蹟。一個神幾十年上百年都未必換得掉。「存在的即是合理的」這句話雖然「反動至極」，但人性的彈性未必如我們想像的那麼大。1802年，正當大衛爲第一執政官拿破崙畫像而榮膺騎士勳章時，拿破崙與教皇在這年4月簽訂了《政教協定》，把被革命趕走的舊宗教又請了回來。簽訂儀式在巴黎聖母院舉行，場面同樣盛大。儀式結束當晚，杜勒禮宮花園又是歌會又是燈會，相當隆重。拿破崙回宮後問身邊一位將軍：「你看今天的儀式怎麼樣？」將軍回答：「這是一次無聊的宣教儀式，只不過少了一百萬人參加，這一百萬人犧牲性命去推翻的，就是您今天所恢復的東西。」大衛當年爲信仰「崇高人類」而組織的慶典儀式，也是在杜勒禮宮花園舉行。相距八年，人民顯然未領讓他們當家作主這份情。伏爾泰說：「讓人相信靈魂是不死的並且有一個可以替人報仇的上帝，是很有用的。」大衛用他的藝術才華侍奉過「要把革命進行到底的」羅伯斯比後，又轉而侍奉起「要結束革命」的拿破崙。而結束革命的人永遠有理。

在進入救國委員會的約十個月的時間裡，大衛等於直接參與了政治。他簽署或連署了三百多份逮捕令，而這些被送上革命法庭的人，十之八九走上了斷頭臺。不過也多虧了他，才沒有任何一位藝術家遭此命運。被他送上斷頭臺的有他過去的主顧奧爾良公爵，還有博爾奈將軍（Alexandre de Beauharnais）——約瑟芬的前夫。冥冥中他再次與拿破崙有了一絲關係。好在後來約瑟芬「不計前嫌」。大衛的革命熱情是那樣高漲，以至於妻子堅持保王黨立場，他們便離婚了。

1794年12月，在承認「是羅伯斯比的假美德將他的愛國熱情引入歧途」之後，他被釋放。但次年5月，又再度被捕。他以前爲新朋友而拋棄的人或打倒的人，全都伸出了報復的手。直到1795年10月，國民公會通過大赦令，他才徹底脫了身。他與妻子重婚，選擇沉默，完全鑽進了畫室。但時間不長。他與一位革命朋友曾有過這樣一段對話：

大衛：你覺得我是那種會被拖下水的人嗎？

朋友：比別的人還要容易，只要許諾你活著就能得到進入萬神廟那樣的榮譽。

終於找到了英雄

大衛畫的第一幅拿破崙像，是一幅未完成的畫。這幅畫也在羅浮宮。我看完大衛的自畫像，轉到這幅畫上時，還蠻吃驚的。這是我看到的拿破崙畫像中，最眞實的一幅。理由很簡單，波拿巴尚未成爲不可一世的拿破崙。畫只完成了頭部，身體只有一個素描輪廓。這張臉，霸氣是已經有了，但野心家未達到目的前臉上難免會有的那些「眞誠破綻」，留在大衛的畫筆下。那個時候，畫家尚沒有被權勢完全鎖住，被畫的人也還沒有「自己一百個正確」那樣一份篤定。這是權力與藝術結合前極其短暫之「一見鍾情」的時刻。

那是1797年。常勝的拿破崙已經升任將軍，28歲，霧月政變（Coupd'etat of Brumaire），他最終奪權，還有兩年。那由戰馬軍刀在亂世中迅速建起的權威，令所有的理想黯然失色。革命洪水之後的第一塊奠基石是軍靴踩出來的。所以革命總是由知識分子開局，最後由會打仗的人終結。而知識分子往往是走了第一步，看不到第二步。此時的拿破崙急於把軍功轉換成其他形式的榮耀。結識大衛是其中的一步棋。

1797年年末的一次晚宴上，他巧妙地安排大衛出席，兩人第一次見面。拿破崙誘惑藝術家的本事是一流的，應該承認他誘惑任何人的本事都是一流的。被羅伯斯比都搞得神魂顛倒的大衛，無論如何不可能越過拿破崙這個門檻，而不丢下一尺半寸靈魂。

果眞晚飯沒吃完，他已經爲之迷倒，當即同意爲拿破崙畫像。拿破崙只擺了兩小時的姿勢，便匆匆離去，他有其他更重要的事要做。這次短暫相見，便產生了我上面所說那幅未完成的畫像。

拿破崙一轉身馬上就把大衛拋在了腦後，可是大衛的「發燒」第二天還沒有退，他激動不已地對學生們說：「他有一個多麼漂亮的腦袋，像羅馬人那樣純眞、偉大、英俊……這個人若在古代，人們會爲他升起祭壇。是的，親愛的朋友們，波拿巴是個英雄！」

「他縮短了歷史，而放大了想像。」這是司湯達（Henri B. Stendhal, 1783~1843）對拿破崙的評價。我走出德農館，站在方院幾乎空蕩蕩的庭院裡，心想這種像隕星一樣衝撞歷史的人，實在不多。不過再多幾個也讓人吃不消。庭院四面的石樓是路易十四的作品，那也是個自比「太陽」的人物。夜晚站在方院，被四圍燈光下半透明半晦暗的高樓包裹著，三兩行人踩在石塊地上的腳步聲，特別清晰。1804年12月2日，拿破崙就是經羅浮宮，走方院後面的聖奧諾雷街（Saint-Honore），奔向巴黎聖母院加冕會場的。

這位最後兩小時的第一執政官坐在由八匹大白馬拉著的帶皇冠的馬車上，前呼後擁的衛隊、樂隊達八千人。他身披的皇袍有二十二公尺長。然而，十幾年後被英國人關在聖赫勒拿島（Saint Helena）上的拿破崙說，其實他更喜歡在巴黎過十來個法郎一天的小日子，上上文學酒吧，跑跑圖書館，在戲院票價便宜的後排看看戲，吃一頓幾分錢的飯，一個路易租間小屋。你更相信哪一個？

如此排場的加冕禮，他也有解釋：「我不相信法國人民那麼喜歡自由和平等。法國人並沒有被十年的革命所改變，他們只要一個感情——榮譽。因此必須滿足這種感情，必須給他們榮譽。」又說：「讓人去忙些蠢事，要比讓他們去操心正確思想，還來得安穩得多。」

很多年前，他在科西嘉島的一個朋友曾這樣說過他：「噢，拿破崙，你實際上一點也不現代，你是個普盧塔克[1]似的人物。」革命中最後那個破土而出的人物，那個最給人革命理想幻覺的人物，骨子裡往往是浸透了舊文化的墨汁。否則他怎麼能戰勝所有的對手？

野心的點燃是分好幾步的。頭幾步是他與環境做的交易，後幾步就是他與人民做的交易。1796年5月10日，拿破崙在義大利的洛迪打敗奧地利軍隊，佔領了義北倫巴底（Lombardy）地區。他就是在那一天測量到成功的尺寸：「洛迪之後，我不再只把自己視作一

[1]普盧塔克（Plutarque，約46~125）：古希臘歷史學家，一生致力於復古。

個普通將軍，而是視作一個被召喚來影響人民命運的人。一個念頭湧上心頭，我很可以成爲政治舞臺上起決定作用的角色。」又，打進米蘭那天：「在我們這個時代，目光遠大的人，一個都沒有。輪到我來做個榜樣了。」

亂世中能抓住亂馬轡繩的人，要比我們想像的少得多。然而後來幾乎所有人都被那耀眼的光環閃壞了眼睛。

拿破崙與大衛（下）

大衛的另一幅畫

拿破崙垮臺後，大衛流亡到布魯塞爾。1817年，他爲另一個流亡者畫了一幅肖像，畫上的人叫西耶斯（Emmanuel Joseph Sieyes, 1748~1836）。兩人同年，69歲。路易十八復辟後，訂了一條法律，當年投處死國王贊成票的人，一律不得寬恕，將被趕出法國。大衛就在這裡遇到了當年爲拿破崙霧月奪權立下汗馬功勞的西耶斯，並爲他留下了這幅肖像畫。這是他最後的幾幅畫之一，被美國人買去，如今收藏在美國哈佛大學藝術博物館（Harvard University Art Museums）。

這不是一幅普通的肖像畫，這是兩個幻滅者的相遇。畫上西耶斯那雙曾經滄海對一切都淡漠的眼睛，是大衛爲他自己、爲西耶斯、爲革命畫上的句號。

說到拿破崙的發跡，不得不說說這位西耶斯。此人是「知識分子鬧革命永遠生不逢時」的典型。他與大衛一樣出身第三身分，也就是中、小資產階級。人是聰明絕頂，但想當主教卻升不上去，因爲沒有貴族血統。一個制度讓這樣的人受了教育、取得了能力唯獨晉升之路不順暢，是難穩江山的。果然，時機一到，他一鳴驚人。1789年大革命前夕，他寫了一本小冊子，名爲《什麼是第三身分？》（*Qu'est-ce que le Tiers Etat*）。如果說「網球場誓言」是法國大革命的導火線，那麼這本小冊子就是「網球場誓言」的導火線。他寫道：「第三身分代表了什麼？一切。它在現存政治秩序中又是什麼？什麼也不是。它要求什麼？成爲一支不可忽視的力量。」其後，那著名的「網球場誓言」就出自他之手。

大衛與他幾乎總是亦步亦趨，他拋出小冊子，大衛借古羅馬人物畫了一幅反王權的巨幅油畫《布魯特斯》（*The Lictors Bring to Brutus The Bodies of His Sons*），而訂畫人正是路易十六大人；他起草「網球場誓言」，大衛將那一幕永遠留在畫布上；他們都是國民公會議員，都投了處決國王的贊成票；都看好拿破崙；最後都流亡在外，客死他鄉。但有兩點本質不同：西耶斯比大衛清醒得多，早早追隨革命腳步，沒有跟著激進黨人走下去；對拿破崙，大衛是想找一個英雄，而西耶斯並不想找個英雄，他只想找一個能幫他扶住革命車輪、穩住法國社會的人。

西耶斯有「政治學的牛頓」之說，聖伯夫說他「對法國大革命的各個階段都有準確的觀點」。比如他對吵得不可開交的制憲會議做了如下評論：「他們想要自由，但不懂得公正。」恐怖時期，人家問他做什麼了，他說：「我活過來了。」他對各個派別有一句奉告，很有名：「讓我們閉嘴吧！」他的清醒理智讓他與革命在最初的碰撞之後，即保持著若即若離的關係。他在挑起革命後，很快意識到這輛發瘋的馬車，並不一定朝著人們最初希望的方向奔跑。何況不同的人，希望朝不同的方向。他在督政府後期終於忍不住跳出來，也是看著這輛馬車被各方力量、各種希望拉扯著，永遠也走不到任何一個目的地。

1795年督政府成立前這六年的革命可以用幾句話簡單地畫出線條：最初是特權階級要以保持等級制度和三級會議來反對王室和資產階級，建立特權階級的政權；第二階段是資產階級要利用1791年的憲法來反對特權階級和無產階級，建立資產階級的政權；第三階段是無產階級要以1793年的憲法反對其他各個壓在他們頭上的階級，建立無產階級「專政」。這幾種力量無一不排他，如何穩定得了。

西耶斯等人的算盤是讓革命退回並停在第二階段。國家要運轉起來，還得靠有產階級。而有產階級希望有一個穩定而強大的政權，讓他們發財致富，而不用擔心掉腦袋。1791年資產階級革命階段的制憲人都是伏爾泰派，伏爾泰有句名言，他說管理國家的優良方法是「一小部分人讓一大部分人有事做，同時被這一大部分人供養，並統治著這一大部分人」。至於當初爲了打倒特權階級而發動起來的群衆，則是該在哪邊就回到哪邊。1791年拉法耶特（Marquis de Lafayette, 1757~1834）就給過這些「熱情不減」的百姓澆一壺冷水，他在三月廣場讓軍隊給了他們一起亂槍。沒有用，革命車輪轉起來了，哪那麼好停住。看到這裡，你該明白羅伯斯比爲什麼成了「千古罪人」，而這個案永遠翻不過來了吧？

革命七八年，幻滅是一個接一個，每一個似乎都必去拿血換來。慢慢地溫和派希望把權力掌制在手裡，但督政府受制於自己設計的體制，無力辦到。而雅各賓（Jacobin）派隨時都想奪權，保王黨隨時都想復辟。於是，在1795年督政府上臺後沒有絕對權威的時代，所有人的眼睛並沒有停止尋找權威，大家把目光都投向了爲了革命在外四處征戰的將軍們。人們推翻一個權威時的熱情，往往很快就轉換成迎接另一個權威的熱情。所以當你要推翻面前這個制度時，有沒有想過它也曾是你自己的傑作！

憲法無法實現西耶斯所代表的溫和派的計畫，只有一條路，借助外力。西耶斯說：「我需要一把劍。」只不過這把劍用過之後，還要重回刀鞘，西耶斯並不希望獨裁統治。但我們將看到，資產階級又在重犯它已經犯過的錯誤，劍可以如意出鞘，是否還能如意收回？

事實上革命開始不久，便有一批清醒的資產階級在尋找他們的「劍」，人選有過幾個，但無一脫穎而出。早期知名的有拉法耶特。後期西耶斯看中了軍功不下拿破崙的茹貝爾（Barthelemy Catherine Joubert, 1769~1799）將軍。但天意做了另外的安排。1799年8月15日，茹貝爾在義大利被一顆子彈送下黃泉。也就在這一天，拿破崙過了他30歲生日。看人的命運看久了，再聰明的無神論者，也不得不問自己：是不是有一隻天意之手在那裡安排操縱？否則你無法解

雲、燈塔、地中海。

釋有些人的幸運及另一些人的倒楣。

西耶斯只得去找另一把「劍」——北方軍司令莫羅將軍。莫羅要求給他一些考慮時間。一星期後，西耶斯再去找他，莫羅告訴他波拿巴已從埃及返回。他說：「這就是你們需要的人，他幫你們政變，比我要強。」

1799年10月9日，拿破崙在地中海聖拉斐爾灣（Saint Raphael）登陸。這一天距11月9日——共和曆霧月18日，一天不差，正好一個月。

聖克盧公園的廢墟

拿破崙被英國人打敗後，除了老百姓沒拋棄他，所有他致力維護利益的王公貴族、資產階級和教會，全都拋棄了他。但聰明的他，靠一部《聖赫勒拿島回憶錄》，把失去的名聲、魅力一樣樣全都追回。這恐怕是歷史上最不可思議的一本「平反書」。

但他住過的兩處最出名的官邸，在戰火中毀滅，卻不似人的感情那樣追得回來了。這兩處地方，一個是杜勒禮宮，一個是巴黎西郊聖克盧宮。燒毀時間都是在1871年，前者由巴黎公社放火燒掉，後者是在與普魯士軍隊作戰時被大炮炸毀。

但聖克盧（Saint-Cloud）還是很值得一遊。它已經變成一座有森林及草地的公園，關鍵是它地處高地，可以將巴黎城盡收眼底。

這個地方意義不同尋常，因爲拿破崙政變上臺是在這裡，後來稱帝也是在這裡。他喜歡住在這個離宮。大革命開始後這十年裡，不管是想把革命進行到底的人，還是只想將革命進行到合適自己程度的人，都怕再跟「富貴」沾邊，因爲這兩個字似乎已跟舊制度沾在一起。把國王從杜勒禮宮趕出去後，沒有哪個以革命起家的政客敢再住進去。就是西耶斯這些督政官，實則代表著有產階級，也只敢在盧森堡宮辦公，據說宮裡除了幾件辦公家具，一件奢侈品都不敢有。當初靠打倒特權階級、呼籲平等起家，把人家打倒自己立刻登堂入室去享受同樣的東西，無論如何不能自圓其說。拿破崙可不管這些，他住進了杜勒禮宮，也不怕別人說那是你們推翻的「暴君」的宮殿。他進去視察準備派人整修時，看見牆上還掛著革命黨人的小紅帽，便對身邊人說：「別讓我再看見所有這些亂七八糟的東西。」

而離宮他選了聖克盧宮。這是死在斷頭臺上的王后瑪麗・安東尼（Marie Antoinette, 1775~1793）最中意的別墅。她大革命前從奧爾良公爵手裡買下這座城堡，找名匠精心裝修，直到1788年革命爆發前幾個月才裝飾完，卻已經無福消受。

我知道聖克盧宮已經燒掉，但橘園（L'Orangerie）還在，霧月十八政變就是在橘園進行的。西耶斯和拿破崙於霧月15日制定了推翻共和三年憲法的政變計畫。由拿破崙把軍隊方面的人控制在手裡，西耶斯則已謀反了元老院最有勢力的三個議員。政變的主要目的是推翻督政府，重新制定憲法。實際上就是又一次激烈的政治體制改革，只不過不再通過群衆革命這樣一種方式。推翻一個憲法再立一個憲法，形同一場革命，希望它不流血，政變是唯一的辦法。18日（1799年11月9日）早晨，元老院開會，三名西耶斯安排好的議員，危言聳聽，說雅各賓黨人正從各地趕往巴黎，準備奪權。在幾個「暗樁」的攪動下，元老院果眞同意了謀反者的要求：將立法兩院遷到聖克盧，由拿破崙負責遷移。這一步是把兩院與巴黎可能生變的各種力量隔開，便於操作。元老院的命令和拿破崙的布告散發到巴黎街頭。布告裡拿破崙有幾句話，已經頗有主子的口吻：「你們把我爲你們留下的如此光輝燦爛的法蘭西變成了什麼樣子？我爲你們留下的是和平，我回來看到的卻是戰爭；我爲你們留下的是勝利，我看到的卻是失敗；我爲你們留下的是義大利的億萬財富，而我到處看到的卻是橫徵暴斂和民窮財盡……。」從大革命以來，還沒人敢如此露骨地擺出這種唯我獨尊的架勢。眼明的共和黨人馬上警覺起來。

西耶斯在幾天前與拿破崙密商時，也已經驚覺拿破崙的霸氣。西耶斯跟他談改變憲法的計畫，拿破崙打斷他的話：「這些我都知道……這不是三言兩語說得完的，我們沒有時間了。我們需要的是把兩院遷出巴黎的當天就成立一個臨時政府……我同意由三人組成臨時政府：你、羅歇－迪科和我……。」西耶斯開始了他的第一個幻滅。幾天以後拿破崙又說：「我給他們時間自己想明白了，我完全可以不要他們就能做我同意和他們一起做的事。」西耶斯想取拿破崙這把「劍」自用，卻沒想到實際上成了對方的謀權刀柄。但機器上了發條，已經停不下來。只能走著瞧了。

19日，兩院代表來到聖克盧宮。五百人院的會議在橘園舉行。元老院的釘子實際已經拔掉，就剩下五百人院了。拿破崙想用對付元老院的辦法讓五百人院就範。行不通，他就親自出馬，以爲議員是他帶的兵，可以隨他調遣。結果橘園裡面群情譁然，人家大罵他「獨裁者！」他倉皇跑出來，不小心把自己臉劃破，卻對外面士兵說議員裡有人要害他。最後，看再不動手，政變就要流產，他下令士兵衝進橘園，強行解散立法議會。

第二天，有些地區就以兩院的名義貼出了告示：「霧月十八、十九這兩個不朽之日，挽救了即將分裂的共和國。」

大衛在聽到霧月政變的消息後說：「我早就想過，我們的德行沒有好到足以讓我們成爲眞正的共和主義者。」

霧月十八政變就這樣把革命留下的最後一個人民代表機關拔除了。自1789年以來，不是沒有人想以自己的意志扭轉什麼，但沒有人像拿破崙這麼徹底，也沒有人像拿破崙這樣適逢其時。革命已經疲軟到所有人都經不起強力的拉扯，很容易就把辛辛苦苦支撐下來的理想丟掉了。像霧月十八這樣的事，要在1792、1973年，民衆早已暴動。但革命十年的結果是，窮人照樣是窮人，財產不到一定數目連投票權都沒有。我看人類還沒有發明出一種制度讓老實人長久統治狡猾的人。霧月十八政變，正是人民想要一個強權保證他們最基本生活的時候，他們已把以前的事忘掉或者不願再記起了。要等到下一個週期才會再翻過來。每一件事都有它自己的時間。

我進聖克盧公園大門時，看門人還跟我說橘園尙在。但我在裡面轉了一圈下來的結果，只找到橘園舊址的牌子，橘園已經沒有了。很奇怪的一種感覺，花園、噴泉、石階、房基，甚至露臺都在，就是宮與橘園沒有了。1789年革命後，王后裝修新的宮自己還沒住，已經對民衆開放了，群衆跑來看到裡面的優雅豪華，無不開始仇恨特權階級。不過沒有特權階級，也就沒有了奢華，我們就連眼福都享不到了。

馬車一路駛向聖母院

共和8年霧月20日（1799年11月11日）凌晨5點，一輛馬車離開聖克盧宮，駛進尚在睡夢中的巴黎。車上坐著霧月政變的兩個主角：拿破崙和西耶斯。這輛孤獨的馬車讓我想到五年後浩浩蕩蕩穿過聖奧諾雷街駛向聖母院的車隊長龍。西耶斯已經不在那條長龍裡了。

那天凌晨在盧森堡宮分手的拿破崙和西耶斯，不出一個月就已經分道揚鑣。先是三位執政中迪科馬上審時度勢，向天平傾斜的那頭靠去。他對拿破崙說：「將軍，誰主持執政府沒有必要再投票了，這個權力應該歸你。」一下子就把西耶斯扔下了，西耶斯如不同意就站到了對立面。從此以後，迪科凡事按拿破崙的心思走。他對西耶斯說：「我們的統治已經結束。經驗告訴我們，我們沒有能力掌這個舵。事情很明顯，這個國家要一個將軍來指揮。」

西耶斯背後，有文學名人斯塔爾夫人（Madamede Stael, 1766~1817）沙龍裡一批持自由思想的知識分子支持，從跟拿破崙合作成功的第二天起，他就開始了抵抗。但就像我們前面說的，知識分子就是這樣，總是事後聰明，永遠生不逢時。他對那些迅速向權力重心處傾斜的人說：「先生們，你們有一個主子了，波拿巴什麼都想做，什麼都會做，什麼都能做。」他集畢生政治智慧擬定的憲法草案，並不合拿破崙的心事。與另一執政官分權而治，始終處在行動和被監督之間，這些構成西耶斯政治體系的東西，可不是為拿破崙裁剪的衣服。拿破崙這樣的人，需要特別量身訂作。立法者與拿破崙爭到後來，拿破崙便威脅說他要打內戰，那時候「會有鮮血沒膝」。西耶斯扔過去一句話：「你是要做國王了。」拿破崙很不高興：「我不是個國王，我不願人家用國王來侮辱我……我是從人民中走出來的一個士兵，全靠自己走上來。能把我和路易十六比嗎？」日後的歷史將證明，國王都還搆不上他的野心。

1800年2月通過的新憲法，最顯著的特點是訴諸全民投票。當時流行一句話：「新憲法裡有什麼？」謎底：「有拿破崙。」我們馬上就會看到，像拿破崙這樣的人，全民投票只會順從他的意願。民主，民主，有時很蠢。1944年，即便東邊有蘇聯的大炮，西邊有美軍的飛機，要是再投票，希特勒當選一點都不會比1933年的票少。西耶斯徹底認輸了，他對拿破崙說他別無他求，只想退休。

拿破崙當上第一執政官後，把七十三家報紙，一刀砍掉六十家。1803年砍到剩下八家，1811年只留四家。他也並沒有不讓兩院存在，只是人數和組成都如他所需。他在1802年之前，的確爲穩定這個動盪了十年的國家提供了一個權威。在議會制吵來吵去做不了的事，他一聲令下都完成了。最主要的是，他爲有產階級提供了可靠的保護。他取消了旨在限制富人發財的累進稅，把有產階級最怕的雅各賓黨人流放到下輩子也難返回的太平洋小島。那個奢華的巴黎慢慢又復甦了。商人、銀行家最高興：「這才是一次舞臺布景徹底換掉的變革。共和國只是個幌子，實權都在將軍手裡。」拿破崙自己的評價是：「我恢復了私有財產和宗教信仰。」我看他是一時之間把「階級鬥爭」的火焰撲滅了。在他的治理下，法國社會幾年就找回了似曾有過的歌舞昇平。一時之間，似乎人人滿意。下層百姓有不斷的對外軍事勝利可以歡呼和自慰；資產階級更不必說，正忙著發大財；就是保王黨也從他身上看到英國那個蒙克將軍（General Monck）的影子。蒙克將軍也是以反王權起家，但後來打進倫敦，解散議會，把查理二世接回來，復辟了王政。如果拿破崙的統治在1802年即結束，歷史將只留下他的功德。但眞正的野心家是不會自動停住腳步的。「從卓越到可笑，只有一步之差。」這是拿破崙自己說的。

我挑了一天沿著八匹大馬的皇家馬車走過的加冕之路，由杜勒禮花園向聖母院走。在里沃利大街沒有開闢出來前，聖奧諾雷街是主幹道。如今跟旁鄰的里沃利街比，它實在是不算寬。可見當年八千人的車隊那長龍般的尾巴可以甩多遠。聖奧諾雷街昔日的繁榮已經被里沃利街搶盡。但尋舊的人選這條街而避開里沃利街是上策。

拿破崙的車隊從聖奧諾雷街拐上新橋便直奔聖母院。這是塞納河上最古老的橋，我在橋上歇腳時，望著亨利四世高頭大馬的塑像，想到這銅像是波旁王朝復辟後，融化了兩座拿破崙的銅像，重塑的。原版的亨利四世在大革命中被群衆搗毀了。前不久維修時，在銅像裡發現一些差不多藏了快兩百年的文章和書，全是共和思想的內容。有人推測是雕塑家對王朝復辟不滿，才埋下這一伏筆。好有意思，銅像不會說話，但有好多故事。讓我們接著講下去。

從共和到帝制，這一步跨出去，遠比當年從帝制到共和要容易。每想及此，我便不得不承認，自身責任感不強的民族，只看見眼前利益。所以他們往往只有兩種角色可演：被虐待的孩子或被寵壞的孩子。

越權行爲是一步步來的，易動感情的民族，很容易就把權利與感情混淆，並且很容易就把希望寄託在那個最擅於煽動他們感情的人身上。事情的起源就是一種感情，實際是一種被操縱的感情。從1802年5月起，就有人提出要向第一執政官證明全國人民的感激之情。如何證明？還有什麼比讓他再統治下去更好的禮物？於是，元老院投票通過將拿破崙的權力再延長十年。可拿破崙想要終身權力，這個禮顯然太輕了。所以他覺得很沒面子，拒絕了。但拒絕的理由當然是故作謙虛。

我發覺，碰到權欲超強的人，他身邊人往往不是去制止他，而是拼命迎合他，以謀取自己的利益。這使得歷史上的獨裁者有太多機會走到底。這些人很快想出了一個高招，既把元老院的決定繞開了，又可滿足拿破崙的欲望。拿破崙說：「我要求人民來決定。」你看，碰到這種人，人民遲早都是人質。而向人民提出的問題已經不是再幹十年行不行，而是「拿破崙・波拿巴是否做終身執政」？元老院啞口無言。

投票結果可想而知，同意票占絕大多數。於是，拿破崙被宣布爲終身執政。

我已經走到巴黎聖母院前。在那個寒冷的冬日，爲了拿破崙的加冕禮，整個巴黎都張燈結綵。爲一兩個人的心事搞得全城大動，現在看簡直荒唐，但身處其中的人，覺得理所當然，這才可怕。眼前剛剛整修完的聖母院，像遲暮美人新塗了脂粉，讓人頗有了幾分年齡加魅力共同對付青春的底氣。加冕禮那天，聖母院的外牆完全

月下的新橋和西岱島。

站在塞納河藝術橋上望著新橋和西岱島。

被罩起來，因爲大革命中提倡「崇高人類」信仰時，聖母院外牆上的雕像被砸個七零八落。革命的瘋狂到哪裡都是一樣的。爲這次盛典，聖母院周圍的民房全被下令拆除。權力可以讓人將自己的欲望凌駕於所有人之上。看來現在聖母院前這個擺放漂亮聖誕樹的廣場還是多虧拿破崙了。廣場上也有一個塑像，比亨利四世的那座還要高大，非得把頭仰得很高才好觀賞。這就是拿破崙孜孜以效的榜樣查理曼大帝。

拿破崙還有最後一步就走過來了。

到了1804年，由於對英戰爭，以及抓出了幾個謀反將軍，有人提出「廣闊的帝國四年來全靠波拿巴的堅實領導才得以休生養息」，所以必須確保領袖身後這個政權的存在。這只是借了一個機會，通向權力頂峰一直就在拿破崙的野心裡的。

在權力面前，拍馬屁者的傳染性遠大於批評者，於是一呼百應。元老院起草了一封肉麻的信給拿破崙：「偉人，完成您的巨作，讓其永垂不朽，就像您的光榮。您把我們從過去的混亂中拯救出來，您讓我們享受到今天的幸福，再爲我們保證未來吧。」馬屁走遍世界都是一樣的，眞遺憾！爲了「革命」，給終身執政官一頂皇冠的時候到了。整個元老院只有一個人投了反對票，這才叫「全國一心」。元老院走在前面，別的人也不甘落後，誰都想分到「偉大傑作」的一份。法案評議委員會秘書長是個「改邪歸正」的雅各賓黨人，居然號召同行說：「對於全國政權的領袖，我看不出還有什麼比皇帝這個頭銜更佩得上我們偉大的國家。」「改邪歸正」的人，再踩準鼓點的人絕少，慣性常常又把他們甩到了另一頭。不要忘了，法案評議委員會是三權分立的另一足。可見政權制度隨便你怎麼立，人都是可以另外搞一套。關鍵在人。

拿破崙呢？還在裝模作樣：如果是「全國人民的願望」，他準備接受，但要全民投票。於是在確立終身執政官兩年後，再次試探民意。當然是順利通過。人民把推翻舊制度時的不理性，又一分不減地用在建立新制度上——或者說建立一個根本就是「舊」的新制度。沒有一個結果不是由人的欲望產生的。獨裁者獨自一人是獨裁不起來的，如果沒有那麼多人追隨他。一種社會制度的形式，往往不是一個人的作品，每一個人對自身利益的那些小小的選擇，構成了這個制度形式的基礎。所以從歷史上看，有些民族往往是推翻了一個獨裁者，再選出另外一個獨裁者，而且常常更獨裁。每一個人意識到自己在幹什麼，意識到自身的利益與他人利益那個適當的界限，意識到每一個選擇的後果，才是走向個人獨立的第一步。沒有獨立個體的社會，每個人不能自我負責的社會，人民與國家的關係永遠不可能是一種理智的關係。

兩百年後的今天，人們仍然在羅浮宮絡繹不絕地觀賞大衛的《拿破崙一世加冕禮》。曾如此崇拜革命的大藝術家，最後以其才華，將獨裁者被送上皇帝寶座這一幕永遠地留在了人間。而藝術家本人則至死沒有回法國，後來王室礙於他的名氣，倒是願意特許他回來。但這一次也許依附權勢的苦頭吃夠了，他拂逆了路易十八的好意。他說：「我是由一條法律放逐的，只能由一條法律才能再回來。」他與拿破崙的路早於1815年滑鐵盧戰役後便永遠分開了，但油畫藝術將他們永世拴在了一起。